L'Amandière

Simonetta Agnello Hornby

L'Amandière

Traduit de l'italien
par Fanchita Gonzalez Batlle

Liana Levi

Les personnages qui figurent dans ce roman sont purement fictifs.
Toute ressemblance avec des personnes ou des événements réels
ne peut être que fortuite.

Titre original: *La Mennulara*

à la British Airways

Lundi 23 septembre 1963

1
Le docteur Mendicò assiste à la mort d'une patiente

Le docteur Mendicò, les jambes engourdies et des fourmis dans les bras, ressentit soudain une extrême fatigue. Il avait gardé la même position pendant plus d'une heure, les mains de l'Amandière serrées dans les siennes, à lui caresser les doigts d'un mouvement circulaire incessant et délicat. Il leva la main droite, laissant ouverte sur le drap la main gauche, sur laquelle reposaient celles encore tièdes de la défunte.

C'était un instant solennel, qu'il connaissait bien et qui l'émouvait toujours, le dernier devoir d'un médecin vaincu par la mort. Il lui ferma doucement les paupières, puis lui joignit les mains en entrelaçant les doigts, les plaça avec soin sur la poitrine, arrangea le drap jusqu'à couvrir les épaules, et se leva enfin pour annoncer aux Alfallipe la mort de l'Amandière.

Il resta avec eux le temps nécessaire, remit à Gianni Alfallipe l'enveloppe contenant les dernières volontés de la défunte, et descendit en hâte les escaliers du petit immeuble en croisant les voisines qui montaient partager le deuil. Il s'était senti suffoquer dans cette maison; la porte cochère franchie, il se mit à marcher à petits pas lents, respirant à pleins poumons l'air encore frais du matin. La rue

9

faisait à peine quelques dizaines de mètres, mais elle paraissait plus longue car elle était étroite et pleine de recoins créés par les bâtiments de deux ou trois étages qui s'étaient entassés au cours des siècles en englobant les constructions d'origine jusqu'à former deux murailles irrégulières qui se touchaient presque, percées seulement de deux arches qui ouvraient un passage. De là serpentait jusqu'en bas l'un des nombreux escaliers qui constituaient le principal réseau de voirie de Roccacolomba, bourg caractéristique de l'intérieur accroché à flanc de montagne.

Le docteur Mendicò se rappela tout à coup qu'il avait failli à l'usage d'enrouler un chapelet autour des doigts de la morte. Il revoyait la chambre de l'Amandière, une petite pièce dépouillée qui ne contenait que le strict nécessaire : le lit, une chaise, l'armoire, une lampe et une radio sur la table de nuit, une table étroite qui servait de bureau où étaient posés dans un ordre parfait, sur un plateau en métal, des stylos, des crayons et une grosse gomme. Il y avait sur l'étagère deux photos de ses neveux, une autre, plutôt décolorée, qui représentait ses parents, des cahiers et quelques livres. Les murs étaient nus, à part une reproduction de la *Vierge à l'Enfant* de Ferretti à la tête du lit. Il manquait dans cette chambre la note féminine et l'élément religieux : le fouillis d'images pieuses, statuettes de la Vierge et de saints locaux, flacons d'eau bénite rapportés de sanctuaires lointains qui s'accumulent sur les tables de chevet des femmes; il manquait même un chapelet. La chambre de l'Amandière donnait pourtant la nette sensation d'être imprégnée d'une religiosité profonde, presque monastique.

La bande de ciel découpée par les toits pointus et irréguliers des maisons était très lumineuse, à peine bleue,

10

presque éblouissante. Le docteur s'arrêta, respira profondément et leva un regard intense vers le ciel. « Où que son âme se soit envolée, que Dieu lui donne la paix », murmura-t-il, puis il reprit sa route et s'engagea dans l'escalier qui descendait vers son domicile. La cloche du monastère sonnait onze heures. Le docteur Mendicò avait donc le temps de donner les coups de téléphone nécessaires, prendre un café et faire une promenade avant le déjeuner : il avait besoin d'être seul pour réfléchir. « Même un vieux médecin comme moi ne s'habitue pas à la mort », songea-t-il en sonnant à sa porte.

Gianni était retourné dans le salon après avoir raccompagné le docteur Mendicò. Ses sœurs et sa mère l'attendaient en silence. Santa n'avait pas osé entrer, par respect pour les Alfallipe et pour les volontés de l'Amandière. Mais elle n'avait pu résister à la curiosité et dans le couloir, appuyée contre la porte de la cuisine, le visage contracté et encore trempé de larmes, les bras ballants, elle tendait l'oreille pour saisir quelques bribes de la conversation des maîtres.

Madame Alfallipe s'était affaissée dans son fauteuil, la tête renversée sur le dossier, les yeux humides, le regard absent. Lilla, penchée sur l'accoudoir, lui caressait le front. Carmela, quant à elle, attendait l'arrivée de son mari, penchée au balcon. Lilla demanda : « Qu'est-ce qu'il t'a donné, le docteur ? » Gianni lui montra l'enveloppe, son nom tracé en grandes majuscules désordonnées : c'était l'écriture de l'Amandière. Carmela s'était retournée en entendant sa sœur et les observait. À la vue de la lettre elle les rejoignit en criant : « C'est sûrement son testament, ne l'ouvrez pas, nous devons attendre Massimo », et d'une voix de plus en plus stridente elle répéta plusieurs fois: «Nous devons attendre Massimo.» Madame Alfallipe se mit à pleurer tout en répétant faiblement comme une litanie: «Je le savais que Mandi penserait à moi, elle m'aimait beaucoup.» Lilla et Gianni auraient voulu ouvrir l'enveloppe tout de suite, mais ils n'eurent pas le temps de contredire leur sœur, car Santa et les voisines firent irruption dans la pièce en gesticulant et en présentant bruyamment toutes ensemble leurs condoléances. Madame Alfallipe sembla se décomposer dans un déluge de larmes, aussitôt assistée et réconfortée par les femmes. «Que vais-je devenir, Mandi veillait sur moi, comment faire à présent, malade comme je suis…»

Ils furent tous étreints et embrassés l'un après l'autre, longuement serrés dans les bras des femmes et laissés poisseux de la sueur de leurs aisselles ainsi que des effluves du repas qu'elles étaient en train de préparer : un mélange d'ail, d'huile, de tomate, de persil, de mie de pain. Une odeur ancienne qui rassembla les Alfallipe dans un même dégoût des classes inférieures.

Lilla frissonna à la pensée que, depuis la mort de son père, sa mère avait vécu dans le même immeuble qu'un marchand de poisson, l'électricien de la famille Alfallipe et un petit employé. Elle remercia le sort qui l'avait menée à Rome, loin de ce trou immonde. Dissimulant son irritation après la dernière étreinte malodorante, Lilla expliqua que sa mère se sentait mal et qu'elle avait été sur le point de s'évanouir, heureusement le docteur Mendicò lui avait administré un médicament et imposé de se coucher. Carmela et Lilla ne voulaient pas la laisser seule, brisée comme elle était, et comptaient se retirer avec elle : les braves voisines pouvaient rester, aller dans la chambre où reposait l'Amandière et, si elles voulaient, aider Santa à préparer le corps, pendant que sa sœur et elle prendraient soin de leur mère, qui en avait tant besoin dans ces moments de détresse.

Madame Alfallipe, confirmant en cela ce qu'avait dit sa fille – laquelle, après tout, pouvait se permettre de parler avec une certaine autorité en tant que femme de médecin –, s'était enfoncée encore davantage dans son fauteuil, avait étendu les bras sur les larges accoudoirs et laissé pendre ses mains, la tête abandonnée de nouveau sur le dossier; elle avait recommencé à murmurer: «Je me sens mal, je vais m'évanouir», sur quoi ses trois enfants et Santa étaient accourus. Cette fois ils ne réussirent pas à éviter l'intervention zélée des femmes qui ne s'étaient pas encore retirées et qui s'empressaient, prodiguaient des conseils, s'affairaient de mille façons. Ensemble elles transportèrent Madame Alfallipe dans sa chambre et l'étendirent sur son lit: c'était à qui lui apporterait un verre d'eau, lui poserait une serviette mouillée sur le front, lui arrangerait un oreiller derrière le dos, lui prendrait le pouls. Ravie de leur sollicitude et craignant qu'une amélioration de son état la prive de ces attentions, Madame Alfallipe redoubla de plaintes et de malaises. C'est alors qu'arriva son gendre.

Massimo Leone n'avait pas osé accompagner Carmela ce matin-là, quand Santa les avait appelés pour leur annoncer que l'Amandière était mourante. Il avait préféré rester chez les Alfallipe, à quelques minutes de là, en attendant les nouvelles. Il ne se sentit autorisé à rejoindre Carmela que lorsque celle-ci l'appela pour dire que la femme était entrée dans le coma. Il continuait instinctivement à obtempérer aux ordres de l'Amandière: «Je jure sur l'âme de ma mère qu'il ne mettra pas les pieds chez moi, sous mon toit», une excommunication pure et simple. Il était marié à Carmela depuis sept ans, et n'avait même pas eu la permission d'entrer dans la loge du portier, ni de téléphoner à sa femme lorsqu'elle se trouvait là. Cette maudite Amandière, il l'avait haïe et la haïssait encore. Elle était enfin morte. Massimo se sentait libéré. Il montait l'escalier dans un état d'excitation mêlée de ressentiment: il allait poser les yeux sur son cadavre, mais il ne pourrait même pas lui cracher au visage comme elle l'aurait mérité, parce que, d'après le caquetage que l'on entendait dans les escaliers, il était évident que des gens étaient venus présenter leurs condoléances.

Les voisines le traitèrent comme s'il faisait partie de la famille de la défunte, l'entourèrent d'un air pénétré et cherchèrent à cacher la gêne de la situation, étant donné qu'elles étaient parfaitement au courant de sa mise au ban. Les condoléances étaient choisies: «Elle aimait votre femme comme sa fille», «Elle faisait tout pour vous», «Elle était bonne, croyez-moi». Dès qu'il le put, Massimo se dégagea et entra dans la chambre de sa belle-mère où son beau-frère, sa belle-sœur et sa femme l'attendaient, anxieux.

Ils se dirent rapidement bonjour, sans les embrassades habituelles. Lilla se hâta de bien fermer la porte, après avoir demandé à Santa de les laisser seuls et de ne faire entrer personne, puis elle adressa à son frère un regard éloquent. Gianni ouvrit aussitôt l'enveloppe, en tira un feuillet et le lut avec un visage renfrogné. Ses sœurs et son beau-frère se taisaient, immobiles. Gianni continuait à lire en silence. Lilla ne put se retenir. «Lis pour nous tous, qu'est-ce qu'elle dit?» Son frère lui tendit la lettre: «Je n'y comprends rien, regarde.» Sa mère, qui semblait s'être remise à une vitesse étonnante et suivait leur conversation, s'effondra de nouveau sur ses oreillers en gémissant. Cette fois, personne ne fit attention à elle car Gianni avait commencé à lire à haute voix :

Ceci n'est pas un vrai testament, parce que je vous ai donné tout ce qui vous revenait, et que je n'ai rien de vôtre à vous donner, mais je vous demande de faire ce que je vous dis pour la dernière fois et je vous rapporterai des biens. Je veux un enterrement à Roccacolomba sans procession d'orphelines ni de religieuses et tous les Alfallipe doivent être présents, parce que je le mérite. Je serai enterrée dans le caveau que je me suis acheté devant celui de votre famille, comme c'est justice pour la «servante» que je suis dans la famille Alfallipe. Je veux qu'il y ait ma photo et les mots : «Ci-gît Maria Rosalia Inzerillo dite l'Amandière qui est entrée à treize ans dans la famille Alfallipe et l'a servie et protégée en honnête employée de maison jusqu'à sa mort.» Je n'ai rien à laisser à Roccacolomba, la maison où je meurs est léguée à Madame Adriana, si elle veut y rester, mais vous devez lui trouver une bonne femme de chambre et bien la payer, comme ça elle sera toujours servie jusqu'à ce qu'elle meure. Les affaires dans ma chambre, donnez-les au père Arena, si elles lui sont utiles pour les pauvres et pour l'église. Tout le reste des meubles va à Madame Adriana. Je veux que vous mettiez tout de suite une annonce dans le Giornale di Sicilia *telle que je l'écris, mot pour mot :*

15

Aujourd'hui s'est éteinte

Maria Rosalia Inzerillo

dite l'Amandière

à l'âge de 55 ans

administratrice et employée de maison de la famille Alfallipe.
Affligée la famille annonce
leur lourde inconsolable peine éternelle.
De la part de Madame Adriana Mangiaracina, veuve de maître
Orazio Alfallipe, son fils Gianni et sa femme Anna Chiovaro,
sa fille Lilla et son mari le docteur Gian Maria Bolla et sa fille
Carmela et son mari Massimo Leone. Depuis l'âge de 13 ans
elle a vécu dans la maison Alfallipe et a servi honnêtement la
famille inconsolable qui la pleure. La cérémonie funèbre aura
lieu à 15 heures dans l'église de l'Addolorata le 24 septembre
1963 et la dépouille sera accompagnée au cimetière
de Roccacolomba pour être inhumée dans le caveau familial.

N'informez pas mes neveux. Je ne les veux pas à mon enterrement. Mon âme à Dieu et mes biens à qui ils reviennent.

La première à parler fut la mère. «Je vous le disais bien que Mandi penserait à tout, elle me laisse sa maison… mais lequel de vous prendra soin de moi à présent que je suis seule?» Elle s'était soulevée sur ses oreillers et regardait autour d'elle, juchée sur son lit. Ses enfants et son gendre, pâles et muets, l'ignoraient.

Entre-temps, Massimo avait arraché le feuillet des mains de Gianni et l'examinait attentivement. Il se mit soudain à fulminer en criant de plus en plus fort: «Qu'est-ce que c'est que ce document! Et l'argent alors? Et à qui elle le laisse? J'en ai pris plein la gueule à cause de cette pute parce que toi, toi… hurlait-il en tendant le doigt vers sa femme, bougre d'andouille, tu me disais qu'elle nous respecterait à sa mort!» Carmela fondit en larmes et alla se réfugier près de sa mère sur le lit, tandis que Gianni essayait de calmer son beau-frère en lui rappelant qu'ils n'étaient pas chez eux et que dans la pièce voisine se trouvaient des personnes en visite de condoléances qui ne demandaient qu'à écouter pour aller ensuite cancaner en ville.

Lilla s'était assise à l'écart et relisait attentivement la lettre. Puis elle parla à voix basse en dominant avec peine la colère qui lui gonflait la poitrine; elle la sentait monter dans sa gorge et imprégner ses paroles: «Elle a tout organisé, elle a même choisi l'heure de son enterrement. Elle s'est sûrement fait écrire la lettre par le docteur Mendicò, c'est visiblement l'écriture de quelqu'un d'autre. Une lettre perverse. Elle ne veut pas de sa famille, ils avaient peut-être coupé les ponts, aucun de nous ne peut s'en étonner. En revanche, elle veut, elle ordonne même, encore une fois, que nous payions les frais de son enterrement et que nous fassions paraître cet avis absurde, humiliant, écrit n'importe comment et inusité pour une employée de maison, une "servante" comme elle le dit elle-même, et rien moins que dans le *Giornale di Sicilia*, elle qui a toujours vécu ici et qui est inconnue ailleurs. Même pas *La Sicilia*, le quotidien provincial. Sa mort doit être annoncée dans le journal lu dans toute l'île. Une mégalomane. Ce texte n'est qu'une apologie, un panégyrique d'elle-même, je ne l'aurais jamais crue aussi vaniteuse et irresponsable. C'est le dernier outrage que nous aurons à supporter. De surcroît, elle se moque de nous: en disant qu'elle n'a rien à laisser, elle nous dit que l'obéissance continuelle nous rapportera, quel affront...»

Sa colère était telle que Lilla ne parvint pas à terminer sa phrase; les autres la regardaient abasourdis.

À cet instant s'éleva dans le salon la voix perçante d'une femme qui semblait vanter sa marchandise sur le marché: «C'était une sainte! Quelle vie de travail et de sacrifices! Elle ne méritait pas de mourir!» La voix se noya dans un chœur inintellligible; d'autres visiteurs étaient arrivés. La pièce résonnait d'éloges funèbres emphatiques; sans nul doute, toutes les femmes chantaient les louanges de la morte. Lilla se reprit à exprimer sa rancœur: «Elle mériterait que j'ouvre la porte pour demander tout net de ne pas pleurer pour cette domestique qui se moque de nous sans pitié!»

Massimo se tenait debout, les mains serrées sur le dossier d'une chaise, il l'aurait presque broyée. Il dit d'une voix forte, comme s'il voulait que tout le monde dans la maison l'entende: «Elle n'a toujours cherché qu'à nous mortifier; cette lettre est pleine de fiel.» Gianni, tout agité, ajouta en s'adressant à Lilla: «Tu vis à Rome, mais j'enseigne à l'université et je porte le nom des Alfallipe: publier dans le journal un avis de ce genre serait une humiliation intolérable pour moi et pour Anna, on va nous prendre pour des incapables doublés de crétins, tout le monde rira de moi.» Carmela se mit à hurler: «Toi, au moins, tu es parti, mais moi, qui pense à moi? C'est moi qui vis à Roccacolomba, que vont dire les gens?» Ils parlaient tous ensemble, allaient et venaient dans la pièce, furieux et déçus, comme des fauves en cage.

Frêle sur le grand lit parmi ses oreillers, Madame Alfallipe les suivait d'un regard noyé de larmes, avec des mines d'adolescente surprise et effrayée. Elle dut intervenir pour éviter une scène et s'étonna elle-même de la fermeté de ses propos: les dispositions, auxquelles elle avait prêté peu d'attention, ne l'intéressaient pas, elle pensait aux biens de ses enfants, et eux devaient y penser davantage qu'elle, qui après tout était vieille et allait bientôt mourir, elle le sentait dans ses os: «Mauvais caractère et rusée, oui, mais elle était honnête et nous a tous servis; il est normal que nous nous occupions de son enterrement. Croyez-moi, elle vous donnera ce qui vous revient, je n'en doute pas. Cette lettre ne sert sans doute que pour les dispositions de son enterrement, il doit y avoir un testament. Il se peut qu'elle ait tout organisé pour éviter les droits de succession, Mandi n'aimait pas payer d'impôts. Calmez-vous, pour l'amour du Ciel, il y a du monde à côté.» Et elle fondit en larmes, exténuée par son long discours.

Carmela aussi s'inquiétait pour l'héritage et s'accrochait à un mince espoir: «Mandi a toujours tenu parole, et elle me le répétait encore hier soir: faisons ce qu'elle dit et nous aurons l'argent. Il est possible qu'il y ait un testament chez le notaire ou ailleurs, ou qu'elle ait déjà fait des donations, ou qu'elle nous ait légué des comptes bancaires sans que nous le sachions… il faut chercher dans ses tiroirs. Elle n'était pas du genre à se fier au docteur Mendicò, qui est à moitié idiot. Qu'en penses-tu, Massimo?» Elle cherchait l'approbation de son mari qui tournait le dos à tous, debout devant le balcon. Massimo ne broncha pas. Carmela pâlit et se jeta de nouveau sur le lit de sa mère en sanglotant.

Santa frappait à présent à la porte, curieuse et inquiète. Les autres femmes avaient entendu des éclats de voix et mouraient d'envie de savoir ce qui se passait. Elle demanda prudemment si on pouvait faire entrer pour les condoléances à Madame Adriana. La pièce s'emplit de nouveau et le groupe familial se dispersa. Massimo avait disparu sans saluer personne et on ne le revit que dans la soirée. Il n'y avait jamais eu une telle foule dans le modeste appartement de l'Amandière : les visites continuèrent jusqu'à l'heure du déjeuner ; outre les gens de sa condition on aperçut aussi des parents et des amies intimes de Madame Adriana, et même de vieux employés de la famille Alfallipe.

2

Dans l'après-midi suivant la mort, la famille Alfallipe prend des décisions fatidiques et les enfants Alfallipe vaquent le soir à leurs affaires au lieu de participer à la veillée funèbre

Au début de l'après-midi, pendant un bref intervalle entre les visites insupportables, Lilla proposa un plan d'action : « Avant tout, nous devons organiser l'enterrement parce que le corps ne peut pas rester éternellement ici. Faisons ce qu'elle demande, ça me paraît bien. Ensuite nous chercherons dans sa chambre le testament ou toute autre disposition écrite. Nous appellerons le notaire, Vazzano, dès que possible, nous retrouverons le comptable ou le conseiller fiscal qui s'occupait de ses déclarations de revenus. Quant à la notice nécrologique, je suis absolument contre sa publication dans un journal, après tout, c'était une domestique. »

Madame Alfallipe, revigorée par les visites et par les louanges de la défunte qui se multipliaient, s'opposa avec une détermination qui stupéfia ses enfants. Elle voulait que l'avis paraisse au moins dans le bourg, tel que le voulait Mandi. Elle parla longtemps et d'une voix forte: «Après la mort de votre père je n'ai eu une vie supportable que grâce à Mandi. Vous, vous avez votre famille et vous vivez chez vous, aucun de vous ne s'est proposé pour m'accueillir ou pour venir vivre avec moi dans la maison Alfallipe.» Elle fit une pause et regarda Gianni, son fils et enfant préféré, puis elle reprit: «Vous étiez tous d'accord pour que je reste toute seule dans la maison. La nuit, le vent fait battre les volets, les vitres des fenêtres tremblent et il y a mille autres bruits. Le jour, les pièces vides et les couloirs déserts de cette maison sont lugubres, sans parler du froid en hiver et des frais d'entretien. Vous n'avez pas pensé à moi, vous ne pensiez qu'au qu'en-dira-t-on. La proposition de Mandi, que je dorme et que je mange chez elle, était la meilleure. Le jour j'étais libre d'aller chez moi comme et quand je voulais, j'ai continué à recevoir, à utiliser les pièces que Mandi entretenait, elle ne m'a jamais laissée seule ici ou à la résidence Alfallipe, elle savait que je serais morte de peur: Mandi s'est très bien occupée de moi et elle mérite son enterrement et l'avis de décès.»

Surpris par le ton décidé de leur mère et conscients du reproche voilé qu'elle leur adressait, les enfants durent se plier à ses désirs. On arriva ainsi à un compromis: il y aurait un avis de décès, mais seulement affiché dans les rues, et le texte serait réécrit. À la grande surprise de tous, Massimo, à qui Carmela avait téléphoné tout à coup pour lui communiquer les décisions, avait proposé de s'en occuper personnellement, et ils lui en furent reconnaissants.

Le reste de la journée passa vite. Madame Alfallipe trouvait une distraction et une consolation dans les coups de téléphone affectueux de ses amies et les visites diverses. Elle répétait sans se lasser les détails de la longue maladie de sa Mandi, la grande douleur de son agonie, le bouleversement provoqué par sa mort soudaine ; elle tirait du réconfort de son apitoiement sur elle-même, cette fois plus que justifié. Elle voulut que Gianni demeure près d'elle, aussi se reposa-t-elle moins sur ses filles qui purent se consacrer à la myriade de choses à faire, notamment aux préparatifs pour le retour de leur mère dans la maison des Alfallipe, désormais inévitable, temporairement du moins.

Gianni et Carmela, qui connaissaient mieux les habitants du bourg, furent pris dans un tourbillon de coups de téléphone et de visites, nombreuses et pressantes au petit appartement de l'Amandière. Lilla avait quitté Roccacolomba depuis son mariage. Elle avait conservé très peu de liens, et elle fut donc chargée de donner des directives à Santa pour les préparatifs des jours suivants et le nettoyage de la maison familiale, tout en se consacrant à la recherche du testament. En effet, le notaire Vazzano, auquel elle avait téléphoné, avait avoué avec un certain embarras qu'il n'avait ni testament ni autre disposition écrite de l'Amandière, et avait suggéré une recherche soigneuse dans ses tiroirs.

Lilla avait fouillé dans les commodes et les armoires de l'appartement, quand il n'y avait personne, mais elle n'avait pas trouvé grand-chose : des photos de ses neveux, des factures et des reçus, un petit cahier plein de chiffres et d'additions, une liste de courses, des notes et même des épreuves d'avis de décès. Elle décida donc de se livrer à une recherche plus systématique dans la maison Alfallipe.

Elle retourna en fin d'après-midi à la maison de famille. Apeurée, elle ouvrit la porte cochère avec la grosse clef, entra seule dans la maison où elle avait vécu jeune fille, avec ses parents et sa grand-mère, et se dirigea vers les chambres de service, en traversant des pièces qu'elle n'avait pas vues depuis tant d'années : la lingerie où les domestiques repassaient, l'office, la grande cuisine jamais modernisée. Puis elle monta l'étroit escalier de bois qui menait aux chambres de bonne, à l'entresol occupé autrefois par la nombreuse domesticité et où Mandi avait dormi seule pendant des années. En dépit de la poussière partout présente, il était évident que le ménage avait été fait dans les chambres périodiquement. On aurait dit une maison fermée pour les vacances d'été : les lits étaient recouverts de housses usées mais propres, les objets et les bibelots avaient été rangés dans les armoires pour éviter qu'ils ne prennent la poussière, les baignoires et les lavabos étaient immaculés. Elle ne trouva rien de ce qu'elle cherchait, mais des listes du contenu des armoires, en caractères d'imprimerie, de l'écriture hésitante de Mandi.

Quand le soir tomba Lilla prit conscience des bruits : claquements de portes, grincements de charnières, bruissements des arbres du jardin intérieur, battements d'ailes des oiseaux dans les nids cachés sous les corniches. Pour la première fois elle partagea les anxiétés de sa mère : elle trouva même un réconfort à la pensée de dormir ce soir-là chez la domestique.

Gianni Alfallipe, que les événements des derniers jours avaient tourneboulé, était d'un naturel tranquille. Il menait une vie sereine et bien réglée à Catane, avec sa jeune épouse adorée, elle aussi professeur d'université. Mandi l'avait informé au début du mois de la vraie nature de sa maladie, sans laisser soupçonner une mort rapide. Par pure coïncidence, Lilla était arrivée à Catane le samedi précédent pour affaires; habituellement, elle rendait visite à sa mère à la fin du mois, en prenant le premier avion du matin pour retourner à Rome par le dernier vol. La veille, Carmela leur avait annoncé que l'état de Mandi s'était aggravé et leur avait demandé de venir immédiatement.

Sur la suggestion de Carmela, les sœurs avaient décidé qu'il n'y aurait pas de veillée traditionnelle. Seules Lilla et leur mère, qui avait refusé de laisser le corps tout seul, resteraient une dernière nuit dans cette maison. Le lendemain matin Gianni reviendrait avec sa femme, à temps pour l'enterrement. Il rouvrirait la maison Alfallipe pour y réinstaller leur mère, à leur grand soulagement et malgré l'immense anxiété de la principale intéressée. Cela mettrait fin à sa déplorable cohabitation avec la domestique.

Gianni ne parvint à se représenter clairement la situation que lorsqu'il eut laissé Roccacolomba derrière lui. Mandi avait fait partie de sa vie jusqu'à son adolescence, tout d'abord femme de chambre et bonne d'enfants dévouée et affectueuse, puis administratrice des biens de la famille. Elle s'était progressivement aigrie, mais elle était restée le pivot de la famille Alfallipe: elle le poussait à étudier, l'abreuvait de discours souvent incompréhensibles sur les embûches du monde moderne et sur l'importance de leur position sociale, lui répétant qu'il devait faire honneur au nom qu'il portait. Il avait été bien

24

content d'échapper à l'atmosphère oppressante de la maison pour fréquenter le collège à Catane. Depuis, Gianni s'était éloigné affectivement de sa famille, y compris de ses parents : il méprisait le manque de culture et les jérémiades de sa mère ; elle l'avait toujours étouffé avec son attachement égoïste et inquiet. Avec son père il avait scellé une mutuelle incompréhension.

Après la mort de celui-ci Gianni n'avait pas hésité à retirer à Mandi l'administration du patrimoine familial. Ses sœurs avaient suivi son exemple, et ils avaient sapé ainsi la base de son pouvoir à l'intérieur de la famille. Mandi n'avait pas réussi à le regagner, pas même lorsque leur mère prit la décision inconvenante d'aller habiter chez elle, mais elle l'avait retrouvé, du moins en partie, grâce à un stratagème onéreux : afin de les obliger à rendre assidûment visite à leur mère, elle avait offert de verser aux trois enfants une sorte d'allocation mensuelle, à condition qu'ils se rendent à Roccacolomba pour la percevoir. Chaque fois qu'ils failliraient à cette obligation ils devraient renoncer à la toucher. Cela arrivait assez rarement : la somme n'était pas insignifiante. Avec la mort de Mandi s'achevait ainsi une phase de la vie de Gianni. Il allait pouvoir se concentrer maintenant sur sa carrière et sur la famille qu'il espérait fonder avec sa femme ; restaient l'énigme de la fortune apparemment immense de Mandi et les difficultés qu'ils rencontreraient probablement pour entrer en sa possession – outre l'obligation de prendre soin de leur mère –, mais il espérait qu'elles se résoudraient avec le temps.

Comme son père, Gianni avait le don remarquable d'écarter tout ce qui le perturbait : dès que la voiture eut dépassé la bifurcation de Roccacolomba et que la route

25

s'engagea vers la vallée sur une pente douce et régulière à travers les chênaies touffues des domaines des princes di Brogli, que ses aïeux avaient administrés pendant des générations, il commença à savourer le plaisir imminent de retrouver sa femme, oubliant le bourg et ses habitants. Ce soir-là il eut cependant de fortes brûlures d'estomac et dormit mal.

3

Massimo Leone fête imprudemment, à sa manière,
la mort de l'Amandière

Massimo Leone, lui, eut sans nul doute une journée satisfaisante. L'après-midi il s'était occupé de l'organisation de l'enterrement et avait rédigé le faire-part de décès comme convenu avec sa famille. Il aurait pu le rendre encore plus concis, mais il fallait faire plaisir à sa belle-mère, cette grande comédienne capable d'improviser une crise d'hystérie et de feindre un malaise pour obtenir ce qu'elle voulait. L'enterrement serait simple, rien de plus que ce qu'exigeait la condition sociale de la défunte. Massimo avait trouvé dans les remerciements sincères de sa belle-sœur et de son beau-frère une satisfaction et un stimulant tout à fait bienvenus après la honte d'avoir perdu son sang-froid devant tous.

Carmela et lui avaient dîné seuls chez eux. Elle lui racontait les visites qu'elle avait reçues quand soudain elle s'interrompit: «Qu'est-ce qui va se passer le 25?

– J'y ai pensé ce matin. Tu sais où elle retirait l'argent?

– Il me semble qu'elle le recevait par la poste, répondit Carmela en se troublant.

– Comment tu le sais? la pressa Massimo agressif.

– Elle disait toujours qu'elle devait aller à la poste le 25 parce que saint Paganino lui enverrait l'argent.

– Alors il arrivera comme avant, conclut Massimo.

– Et qui va le retirer?» Ses yeux bleus s'assombrissaient à l'idée que cette nouvelle corvée ne retombe sur elle. «Écoute, nous avons eu une rude journée, nous verrons ça demain.»

Et ils se hâtèrent de finir de dîner.

Massimo sortit pour aller rejoindre ses amis au bar de la place. Carmela s'était reprise et elle entama une série de longs coups de téléphone à ses amies – auxquelles, du reste, elle parlait tous les jours – pour annoncer la mort de l'Amandière aux rares qui n'étaient pas encore au courant. Elle leur conseilla de ne pas se déranger pour l'enterrement, où il n'y aurait que quelques intimes, et à une heure inhabituelle: elles devraient renoncer à leur petit somme de l'après-midi, et ce n'était vraiment pas nécessaire attendu qu'il ne s'agissait jamais que d'une domestique. Même en la circonstance, elle ne pouvait s'empêcher de se plaindre de Mandi et de conclure chaque conversation avec une pointe de méchanceté: «C'est vrai qu'il ne faut pas dire du mal des morts, mais elle avait un caractère difficile et il a fallu une patience d'ange pour la supporter... Massimo est un saint, il a eu beau souffrir à cause d'elle, il nous a beaucoup aidés aujourd'hui.» Carmela omit de préciser que la famille allait faire afficher un avis de décès dans les rues, elle en avait honte.

En marchant vers la place, Massimo fut assailli par le découragement et par ses craintes habituelles. Alors que l'après-midi il avait songé avec plaisir à la rencontre avec ses amis et à tout ce qu'il allait raconter, il avait à présent peur de l'avenir, c'était la fin d'un revenu assuré qui, même divisé par deux, lui avait permis de faire patienter ses créanciers après la faillite de son entreprise. Il repensait à sa conversation avec Carmela, qui n'était pas si bête, après tout. Il s'était laissé persuader par sa belle-famille et sa femme que le testament désignait les Alfallipe comme héritiers. Il craignait à présent que la domestique n'ait pas laissé de testament, et donc que l'argent aille à ses neveux. Ce qui expliquait qu'elle n'ait pas voulu d'eux à son enterrement. C'était le dernier tour qu'elle jouait à la famille : «Je me suis enrichie sur votre dos, je vous fais même payer mon enterrement et je laisse tout à mes héritiers légitimes», voilà ce qu'elle avait dû penser, dans sa méchanceté. À la seule idée qu'il puisse en être ainsi Massimo ressentit une sorte de vertige, un tremblement, un froid dans les jambes. Il serait rentré chez lui s'il n'avait reçu une tape sur l'épaule. «Tu es un homme fort, Massimo, après une dure journée chez les Alfallipe tu ne renonces pas à sortir!» Ces mots lui redonnèrent du cœur au ventre et il poursuivit son chemin avec son ami jusqu'au bar, où il but beaucoup et tint le crachoir en parlant presque tout le temps de l'Amandière : il souhaitait sa mort depuis des années, elle lui avait fait mille affronts, c'était une voleuse qui s'était acheté un appartement et Dieu sait quoi d'autre avec l'argent de sa femme et de ses frère et sœur. Obsédé, Massimo le répétait à tous ceux qui rejoignaient la compagnie et cherchait leur approbation.

«Cette femme avait commis tant de mauvaises actions qu'elle méritait de mourir assassinée. Je l'aurais peut-être tuée de mes mains, mais finalement ça n'a pas été nécessaire, son venin remontait de ses tripes et il l'a noyée.» Ravigoté par la boisson, requinqué par l'espoir de l'héritage et encouragé par l'exubérance malveillante de ses amis, Massimo mit de côté les doutes qui l'avaient assailli et, à la perspective de la richesse qui reviendrait finalement aux Alfallipe, il ne craignit pas de manifester son exaltation. Dans la joie générale il conclut qu'il avait juré de ne pas arriver à quarante ans avec cette canaille dans les jambes, et que l'année suivante il fêterait cet anniversaire fatidique à Taormina: ses amis étaient tous invités, rien que des hommes, bien entendu.

Il était déjà tard dans la nuit lorsque, ivre et chancelant sur le chemin du retour, Massimo eut la nette impression d'avoir trop parlé. Et ses fantasmes de revenir. Après tout, l'Amandière, aussi méchante eût-elle été, avait un certain sens de la justice et, en dépit de l'aversion qu'elle éprouvait pour lui, elle n'avait pas traité Carmela différemment de son frère et de sa sœur comme il l'avait craint au début. En fait, depuis janvier, l'Amandière, au lieu de remettre à Carmela l'intégralité de la somme convenue, avait décidé de régler ses dépenses directement chez les commerçants et de lui donner le reste en liquide.

Sa sœur voulait savoir si les soupçons de l'Amandière étaient fondés. Avait-il levé la main sur Carmela? Massimo avait nié maladroitement, soutenant qu'un mari avait le droit et le devoir de remettre sa femme à sa place et de se faire respecter, en la frappant si nécessaire, mais lui n'en avait pas besoin, parce qu'il savait comment s'y prendre avec Carmela: l'Amandière n'était qu'une femme perfide et menteuse qui cherchait à détruire son bonheur conjugal.

À la suite de cette conversation, Massimo avait évité de rester seul avec sa sœur aînée, que par ailleurs il aimait bien et qui l'avait toujours aidé et protégé des rossées de son père lorsqu'il était petit. Mais il savait ce qui avait éveillé les soupçons de l'Amandière. Au cours d'une dispute, la veille du jour de l'An, et sans doute parce qu'il avait beaucoup bu, un coup de poing visant la poitrine avait atterri dans le cou de Carmela où il avait laissé un gros bleu. Carmela avait essayé de le cacher avec une écharpe, et il lui avait offert un beau foulard de soie pour se faire pardonner, mais cette sorcière qui voyait et savait tout s'en était rendu compte.

Depuis lors Massimo avait appris à ne battre sa femme que lorsqu'il était sobre, afin de pouvoir frapper des endroits invisibles pour les autres. Quand il rentrait ivre chez lui avec une envie incontrôlable de se venger contre Carmela de la rage qui le dévorait et du sentiment d'insuffisance qui le torturait, il la possédait avec violence plutôt que de lui donner une raclée, il déchargeait jusqu'aux entrailles. Après s'être vidé de la haine et du ressentiment qu'il nourrissait contre le monde entier, il réussissait à trouver le repos, rompu mais rassasié à côté de sa femme évanouie.

En réalité ce rite était devenu presque agréable pour tous les deux. Carmela l'avait interprété comme un regain de passion et une preuve d'amour, malgré l'extrême douleur physique. C'est ce qui arriva cette nuit-là aussi.

4

Conversation entre frère et sœur chez les Mendicò
le jour de la mort

Le docteur Mendicò vivait depuis trois ans avec sa sœur Concetta, veuve Di Prima, dans la vieille maison de famille. Ils s'étaient retrouvés veufs et seuls, et Concetta était retournée à Roccacolomba. Leurs enfants vivaient tous dans une autre ville, et même sur le continent. «Voilà la récompense des mères qui élèvent bien leurs enfants : ils étudient, ils se marient, ils réussissent et ils s'en vont, répétait souvent la sœur, et nous, les vieux, nous restons ici tristement seuls.» En fait, le frère et la sœur menaient ensemble une existence agréable.

Ils avaient repris une vieille habitude de leur enfance : ils jouaient du piano à quatre mains presque tous les soirs. Bien qu'ils aient dépassé les soixante-dix ans, ils allaient trois fois par an voir leurs enfants et petits-enfants respectifs et participaient à la vie sociale du bourg avec plaisir et assiduité. Madame Di Prima avait renoué d'anciennes amitiés et le docteur n'exerçait plus à temps plein ; il faisait ses visites à domicile tard dans la matinée, et l'après-midi il recevait les patients un jour sur deux, dans son cabinet à la maison, comme l'avaient fait avant lui son père et son grand-père.

Sa sœur et lui appréciaient le contact humain qu'un médecin établit non seulement avec un patient mais avec toute sa famille et qui, dans un endroit comme Roccacolomba, se transformait souvent en affectueuse amitié. Le docteur Mendicò continuait ainsi à soigner des

31

régiments de patients fidèles et dévoués, suscitant l'envie de la nouvelle génération de médecins du lieu. Quand son frère était introuvable, Madame Di Prima prodiguait des conseils et allait parfois jusqu'à suggérer des remèdes aux patients, à leur grande satisfaction; sans parler des jeunes mamans qui préféraient presque la consulter elle pour les grippes et les rhumes des enfants.

Assis sur le balcon où il prenait un apéritif dans la tiédeur du soleil d'automne, le docteur racontait à sa sœur la scène chez l'Amandière: «En presque cinquante ans de métier il ne m'était jamais arrivé de devoir veiller seul une mourante, comme je l'ai fait aujourd'hui. Aucun des Alfallipe n'a eu la décence de rester auprès de cette malheureuse accablée de souffrances pour la réconforter, pas même Madame Adriana. Ensuite, écoute bien, ensuite, quand je leur ai annoncé qu'elle était morte, personne n'a versé une larme à part Madame et Santa, personne ne m'a rien demandé, ni comment elle était morte, ni si elle avait souffert, ni si on pouvait la voir, rien, tu comprends? Comme si c'était un chien. Gianni Alfallipe a été le premier à m'adresser la parole, et pour me demander quoi? Il voulait savoir si Mandi m'avait donné quelque chose pour eux, une lettre, un testament.»

Le docteur s'échauffait, il avait les joues rouges: «Trop c'est trop... Je ne l'ai même pas regardé et j'ai demandé à tout ce beau monde: "Vous ne voulez pas voir d'abord Mandi?"» Il fit une pause, les mots lui manquaient. Il but une gorgée et posa les yeux sur les pots débordants des splendides géraniums que sa sœur soignait avec amour: rouges et violettes, les fleurs luxuriantes se détachaient sur les feuilles charnues, déployées comme des éventails. «Seule Santa, qui semblait attendre que je le dise, est entrée tout de suite avec moi dans la chambre, les Alfallipe nous ont suivis sans un mot. Ils ne montraient aucune émotion, ils sont restés plantés devant le corps comme des courges, ils paraissaient embarrassés, presque agacés.» Le docteur s'interrompit, honteux de ce jugement grave et peut-être imprudent, en tout cas dénué de compassion: la douleur se manifeste de nombreuses façons, peut-être étaient-ils seulement réservés et intimidés par sa présence. Il était le médecin traitant des Alfallipe depuis quarante ans et des poussières, mais il n'y avait plus d'intimité avec les enfants: Lilla et Gianni habitaient ailleurs depuis longtemps, et Carmela avait choisi un autre médecin après son mariage. Il dit à haute voix: «Je suis peut-être trop sévère avec eux, mais moi j'aimais beaucoup l'Amandière.» Et il termina son Cynar.

Le lundi après-midi le docteur Mendicò décida de se reposer. Il était fatigué, les derniers jours il était allé voir l'Amandière matin et soir. Il s'éveilla de sa petite sieste ragaillardi et resta couché à écouter de la musique à la radio. Il prit paresseusement le livre qu'il avait commencé depuis longtemps avec passion, mais il n'arrivait pas à se concentrer, le livre ne l'intéressait plus. Il ferma les paupières, et dans la tiédeur moite des draps lui revint le souvenir de sa première rencontre avec l'Amandière, enfoui et oublié depuis un demi-siècle.

Il était jeune médecin récemment diplômé, son père était mort prématurément et c'était à lui désormais de maintenir la tradition familiale et d'entretenir sa mère et ses sœurs. Son travail lui plaisait et il avait l'énergie de la jeunesse. Les notables locaux et la nombreuse clientèle de son père l'avaient pris en affection. Il voyait bien, cependant, que les familles aisées l'appelaient pour des troubles sans gravité ou pour qu'il traite leurs gens de maison, il avait l'impression qu'elles le faisaient s'exercer sur ces malheureux. Cela ne lui déplaisait pas, c'était un défi de chercher à soigner les maladies causées par la mauvaise alimentation et le manque d'hygiène, de doser efficacement les rares médicaments qu'il pouvait se permettre d'offrir ou que les patients pouvaient acheter, ainsi il apprenait vite et bien son métier de médecin, et même de chirurgien, en cas d'urgence.

Les Minacapelli, grande famille respectée de la province, éprouvaient de la sympathie pour lui. Un jour Madame Carmela Minacapelli lui demanda s'il était disposé à visiter la famille de la domestique préférée de sa fille Lilla. Cette pauvre petite avait quitté son service pour se marier et, depuis, toutes sortes de maladies et de malheurs s'étaient abattues sur elle.

La portière l'avait accompagné à contrecœur chez les Inzerillo et s'était éclipsée après lui avoir indiqué leur maison. Luigi Inzerillo toussait, assis sur le pas de la porte; le docteur crut que c'était lui le malade, mais les autres lui dirent tout de suite que sa femme allait encore plus mal et ils avaient raison. Addoloratina, sa fille, l'accompagna à l'intérieur. Les Inzerillo habitaient non loin de la maison des Minacapelli dans une de leurs étables, contiguë à celles qui servaient encore. Sans lumière naturelle ni aération, elle était humide et infestée par la puanteur des étables occupées par des chèvres et des chevaux. Elle n'était pas sale, mais pas propre non plus.

Le docteur Mendicò avait établi très vite son diagnostic: Nuruzza Inzerillo avait une pneumonie. Faute d'autre remède pour la forte fièvre, il fallait pratiquer une saignée. Il alla vite chez lui avant qu'il ne fasse nuit et revint avec le nécessaire. Sous le regard anxieux de son mari et celui, effrayé, de sa fille, à la lumière tremblante d'une bougie il lui appliqua les sangsues dans le dos. Il détachait avec adresse les vers gonflés de sang, les remettait dans les flacons et les remplaçait par d'autres affamés, opération désagréable mais efficace.

Il se sentait mal à l'aise, observé, presque surveillé. Il lorgna vers les deux malheureux près de lui, mais ce n'étaient pas leurs regards effrayés et anxieux qui lui donnaient cette sensation étrange et inquiétante. Il déposa les sangsues dans leur récipient, ferma sa trousse et se releva après avoir rassuré la malade. Il entendit un bruissement venant du mur du fond et vit dans la pénombre deux grands yeux noirs fixés sur lui. Luigi Inzerillo leva la bougie et le docteur réussit à entrevoir un visage de gamine, encadré d'épaisses boucles noires, qui sortait de la mangeoire au fond de l'étable. Ils se regardèrent. «Tu as bien travaillé», dit une voix claire et aiguë sur un ton d'approbation et sans aucune timidité. Puis la petite tête replongea d'un mouvement rapide dans la cavité et disparut. Luigi Inzerillo dit: «Maman va mieux, dors maintenant.» Puis, se tournant vers le médecin, il expliqua embarrassé: «C'est mon autre fille, Rosalia, vous devez l'excuser, docteur, elle n'a même pas quatre ans, elle ne voulait pas vous manquer de respect.» C'était sa première rencontre avec l'Amandière, et la première fois qu'elle l'étonnait.

À partir de ce jour-là, le docteur Mendicò dut souvent aller voir les Inzerillo et leur fille aînée. Tous les trois étaient finalement atteints de tuberculose; la plus petite était restée miraculeusement en bonne santé et sous la direction du médecin elle devint une infirmière habile, elle sut vite reconnaître les plantes médicinales qu'il lui apprenait à préparer et à administrer, faute de pouvoir disposer de médicaments coûteux. C'était une fillette attentive, pleine de ressources, et gaie malgré ses malheurs.

Le docteur tapota son oreiller et s'assoupit de nouveau.

Cet après-midi-là, Madame Di Prima reçut plusieurs coups de téléphone : ses amies avaient appris la nouvelle de la mort soudaine de l'Amandière et voulaient des détails. N'ayant pas pu répondre à toutes leurs questions comme elle l'aurait voulu, madame Di Prima profita du dîner pour revenir sur le sujet avec son frère.

« Et tu avais le testament ? Tu l'as donné à Gianni ?

– J'avais une lettre à lui donner, je la lui ai donnée, comme elle le voulait.

– Tu l'as lue ?

– Je le devais.

– Pourquoi ?

– Il y manquait quelque chose.

– Quoi ?

– Ça ne te regarde pas, curieuse. » Le frère et la sœur s'amusaient à se prendre le bec comme lorsqu'ils étaient enfants.

« C'était un testament ?

– Je n'ai pas l'impression.

– Mais quelle fortune pouvait bien avoir cette domestique ?

– En quoi ça t'intéresse ? Tu es devenue pire que les commères d'ici !

– Si elle en avait une, elle devait venir des Alfallipe, donnée ou chapardée, mais il est exclu que les gages

36

qu'ils lui versaient lui aient permis de s'acheter l'appartement où elle habitait !

– C'est compliqué à expliquer, dit le docteur sur un ton de frère aîné, tu dois comprendre et te rappeler que tout ce qui appartient aux Alfallipe a été donné aux Alfallipe, et que ce qui appartient à l'Amandière a toujours été à elle, un point c'est tout. Elle l'a gagné en suant sang et eau.

– Qu'est-ce que tu en sais ?

– Quoi qu'il en soit, n'oublie pas que c'était une patiente très difficile mais quelqu'un de très bien. Demain nous irons ensemble à l'enterrement, si tu veux. »

Le docteur espérait pouvoir mettre ainsi fin à la conversation, et il y réussit.

5

Le soir de la mort de l'Amandière on en parle dans la cour
des portiers du Palazzo Ceffalia

Don Paolino Annunziata avait été autrefois cocher, puis chauffeur au service de trois générations d'Alfallipe ; il en aurait servi quatre s'il n'avait reçu son congé quand la famille avait eu des revers de fortune, après la mort de Madame Lilla. Il s'était contenté d'une modeste indemnité de départ et d'un prêt à usage qui lui permettait de continuer d'habiter le logement du chauffeur, au rez-de-chaussée de la maison Alfallipe, à côté du garage ; avec sa femme, donna Mimma, il avait élevé là ses braves enfants, tous mariés et avec de belles situations. En somme, il

37

jouissait d'une plaisante vieillesse, n'eussent été ses rhumatismes dans les jambes et le manque d'argent, car on n'avait jamais parlé de retraite, dans la mesure où les Alfallipe, avares avec leurs employés et généreux avec eux-mêmes par tradition familiale, n'avaient pas voulu « le régulariser », même s'il y avait droit.

Tous les après-midi, il montait avec difficulté les escaliers qui le menaient sur la place, au Palazzo Ceffalia, où sa belle-sœur, donna Enza, et son mari, don Vito Militello, étaient portiers. Il restait là longtemps à deviser et à observer la promenade ; par ailleurs il se rendait utile en surveillant la loge quand les portiers étaient occupés ailleurs dans le bâtiment.

Souvent, dans la soirée, sa femme le rejoignait après son travail, et apportait ce qu'elle avait cuisiné ; ils mangeaient tous ensemble dans le grand appartement du portier ou carrément, en été, dans la cour des communs que la famille des maîtres n'utilisait plus et qui faisait désormais partie du logement des portiers, en servant aussi de jardin et de poulailler.

À toute heure il y avait là un grand va-et-vient de parents et d'amis appartenant presque tous à des familles au service des notables de Roccacolomba ; ils s'arrêtaient pour dire bonjour, se reposer avant de reprendre leur chemin, et bavarder. Depuis la chute des Bourbons l'oligarchie locale était restée solide, ayant joui d'une longue période de stabilité et de bien-être. Par ricochet, les familles qui les servaient depuis des générations – cochers, cuisinières, femmes de chambre, nourrices, portiers – pouvaient s'enorgueillir d'une position également stable et n'étaient pas du tout indigentes, même si elles vivaient dans des conditions de pauvreté. Liées à leurs maîtres par des relations vieilles de plusieurs générations – un mélange de respect, de ressentiment et aussi d'affection mutuelle – elles avaient adopté leurs valeurs et leurs modèles de comportement. Les familles des gens de maison traitaient de haut les autres pauvres, qui n'avaient pas de patron et vivotaient sans garantie de leur pain quotidien; en outre elles se sentaient d'une certaine façon protégées, mais également menacées, selon la position de leurs maîtres, par une autre composante importante de la société des propriétaires fonciers, la mafia, alors en phase d'ascension rapide et prête à pénétrer dans les provinces de l'Est.

Le père de don Vito Militello était devenu portier du baron Ceffalia, un nouveau noble qui s'élevait dans la société stratifiée du village; celui-ci l'avait installé dans la loge la plus somptueuse de la place, lambrissée de bois sculpté, et l'avait doté d'un bel uniforme bleu foncé, comme font les nobles des grandes villes. La loge était devenue un carrefour de visites et de potins pour les gens de maison des riches, source fort utile de renseignements qui parvenaient ensuite aux maîtres par la femme du portier, plus rapidement et plus fidèlement que le canal traditionnel des conversations des cercles et des salons. Cette circulation de gens avait donc l'accord tacite du baron, auquel il ne déplaisait pas que la loge du Palazzo Ceffalia reflète son propre éclat.

L'après-midi du 23 septembre don Vito était assis dans la loge d'où il surveillait en même temps l'entrée, la promenade sur la place et l'activité de sa famille à l'intérieur de l'habitation. En bavardant avec son beau-frère, don Vito expliquait: «Elle est morte rongée par son ambition et son avidité, c'était une femme fruste et grossière. Elle s'était éloignée des gens de son rang – elle n'était absolument pas du nôtre, c'était une fille d'ouvrier agricole – et elle avait adopté le maintien des Alfallipe, elle se sentait comme une des leurs, mais elle ne l'a jamais été et ne le pouvait pas. Les enfants de l'avocat ne la supportaient pas et elle est morte seule comme un chien, même ses neveux n'ont pas donné signe de vie.»

De l'intérieur donna Enza écoutait son mari tout en nettoyant les légumes pour le dîner, et elle défendait l'Amandière: «Ce n'est pas vrai. Et puis on ne dit pas de mal des morts qui ne sont même pas encore enterrés. Elle travaillait dur pour eux et Madame Alfallipe avait de l'affection pour elle, au point qu'elle est allée vivre chez elle après la mort de l'avocat, personne ne l'y obligeait! L'Amandière ne l'a jamais rien laissé faire et elle l'a servie jusqu'à la fin.

– Ça n'a aucun rapport... bonne servante, c'est possible, mais pourquoi elle prenait des airs avec nous? Elle ne s'arrêtait jamais à la loge, elle répondait tout juste quand on la saluait, comme si elle était offensée, et quand on lui faisait une gentillesse, et c'était rare, je ne l'ai jamais entendue dire merci, ça lui aurait écorché la langue», répondit don Vito sans la regarder, et il secouait la tête, en gardant toujours un œil sur la loge.

Don Paolino Annunziata était d'accord avec sa belle-sœur. «Elle m'a toujours respecté, même si je sais qu'elle était derrière les négociations pour mon indemnité et qu'elle n'a jamais dit un mot pour me faire avoir une petite pension, paix à son âme. Ç'a été difficile pour elle, et pour nous tous au service de la famille Alfallipe, de nous habituer à ce qu'elle commande à la maison et à la campagne; c'était une situation si nouvelle et si différente!

– Différente, ça oui, une histoire de fous, intervint donna Mimma qui n'était pas de l'avis de sa sœur. Je pense à l'ancienne et on doit laisser les choses comme elles ont toujours été, ces nouveautés portent malheur. Qu'une femme aille seule sur les terres, et qu'en plus elle donne des ordres à des gens qui dépendent des mêmes maîtres qu'elle, comme si tout lui appartenait, et qu'elle passe la nuit toute seule, c'est de la folie, et l'Amandière y a perdu sa réputation, elle a fait scandale. Vivante ou morte, elle a été une vraie dévergondée, voilà ce qu'elle était.

– Je n'ai jamais bien compris. Comment ça se fait qu'elle ait fini par s'occuper des affaires des maîtres? demanda donna Enza.

– Dis-le lui, Paolino, toi qui es de la maison Alfallipe», intervint don Vito. Cette fois il se tourna vers l'intérieur et regarda son interlocuteur pour appuyer sa demande.

Don Paolino ne se le fit pas dire deux fois et se mit à raconter avec plaisir, un verre de vin à la main et l'œil vif: «Après la mort de Madame Lilla, qui depuis qu'elle était veuve gérait tout d'une main de fer, bien mieux que son défunt mari, ses deux enfants, maître Orazio, Dieu ait son âme, et son frère Vincenzo, capitaine dans l'armée, qui habitait ailleurs, n'ont pas su administrer les terres et ont commencé à dépenser à tort et à travers. Après la guerre les temps étaient encore difficiles, mais ces deux-là dépensaient sans compter, ils s'achetaient de belles voitures et tout ce qu'on pouvait imaginer. Alors qu'ils auraient dû économiser, ils étaient criblés de dettes, tant et si bien qu'ils ont dû vendre à perte de grandes propriétés et congédier des gens de maison. Quelques années après, je jure que je ne sais ni comment ni pourquoi, l'Amandière a commencé tout à coup à s'occuper des terres. La première fois que je

41

l'ai emmenée à la campagne seule, je m'en souviens comme si c'était hier. Elle m'a dit: "Don Paolino, préparez la voiture pour aller aux Puleri." J'ai suis descendu au garage et j'ai fait mon travail. Quand elle est arrivée toute seule, je lui ai demandé si je devais attendre longtemps les maîtres, et elle m'a dit qu'il n'y avait personne d'autre à emmener, elle m'a fixé avec ces yeux qu'elle avait, comme des charbons ardents, un regard de commandement; elle s'est installée dans la voiture à côté de la place du chauffeur et m'a dit de me presser, et à partir de ce jour nous avons compris que les choses avaient changé. Mais pour elle, ç'a été très difficile de se faire respecter à la campagne. La première année a été bonne, il avait plu tout l'hiver, mais la récolte restait faible parce que les paysans volaient beaucoup, plus que de raison.» Il s'interrompit et adressa un regard de reproche à sa femme. «Mais l'année d'après l'Amandière a fait appeler le régisseur de Terre Rosse et s'est enfermée avec lui dans le bureau. J'ai entendu comment elle lui criait dessus, j'ai eu presque peur tellement elle hurlait. C'était l'époque de la réforme agraire, les ouvriers agricoles se faisaient entendre des maîtres, il y a eu des affrontements dans les villages voisins et même des morts, et elle qui tenait le rôle des maîtres prenait beaucoup de risques: cette racaille ne ménageait personne et elle pouvait se faire tuer, même si c'était une femme.»

Don Paolino fit une pause pour reprendre haleine avant de poursuivre: «Ça n'est pas tout. Au moment de la récolte, cette année-là, elle n'a pas bougé de la campagne, elle n'a manqué ni une récolte, ni une moisson, pendant que toute la famille Alfallipe allait en visite ou en vacances. Cette femme se couchait sur la récolte la nuit, que ce soit du blé ou des amandes, elle posait une couverture et dormait là, tout habillée, sans même un coussin sous la tête. Depuis, elle a eu toute la récolte et rien ne lui a été volé, c'est comme ça qu'elle a commencé à toucher la rente des terres telle qu'elle revenait en toute justice aux Alfallipe, et elle payait aux ouvriers et aux paysans les gages convenus, et sans retard.»

Donna Mimma intervint de nouveau: «Elle a eu de la chance de ne pas finir assassinée, vu comment elle se conduisait... elle s'était fait beaucoup d'ennemis, on dit même qu'elle prêtait de l'argent.»

Sans quitter la rue des yeux, don Vito dit: «C'est sûr qu'elle avait du courage... une femme non mariée qui passe toute la nuit dehors et dort seule dans l'humidité, à la belle étoile...»

Carmelina Li Pira, la tante célibataire de donna Enza et donna Mimma, âgée et affaiblie, avait été amenée de chez elle par les Militello. Ses nièces ne savaient jamais si elle suivait ou non la conversation; elle intervint à ce moment-là en s'exclamant: «Et qui aurait épousé une femme qui passe la nuit dehors!

– De toute façon, tante Carmelí, personne n'en aurait voulu tellement elle était excessive, dit don Vito. Pas un homme n'aurait voulu s'approcher d'elle.

– Elle n'était pas du genre à se marier, l'Amandière, remarqua donna Mimma.

– Elle n'aimait pas les hommes», ajouta donna Enza avec un sourire pincé, consciente d'en savoir davantage que les autres grâce aux conversations indiscrètes de la baronne Ceffalia et de ses filles, qu'elle surprenait quand elle montait à l'étage noble pour aider ses maîtresses et pour communiquer les nouvelles qui arrivaient à la loge.

Don Paolino les avait laissé parler pendant qu'il buvait

43

à petites gorgées le vin qui restait du déjeuner; il intervint avec un ricanement: «Je ne sais pas si c'est vrai qu'elle n'aimait pas les hommes, quand elle faisait les récoltes sur les terres elle était délurée, et les gens ne changent pas.»

Entre-temps s'étaient joints à eux la jeune cousine de donna Mimma, Lia Criscuolo, bonne chez les Pecorilla, et don Luigi Speciale, autrefois chauffeur chez les Fatta et à présent chauffeur de voitures de location. Ce n'était pas convenable de parler aussi librement devant des étrangers d'une morte qui n'était pas encore enterrée, et donc la conversation, tout en se poursuivant sur le même sujet, glissa de la morte à la mort: à Roccacolomba la nouvelle maladie en avait emporté beaucoup, encore jeunes. Don Luigi s'aperçut qu'il avait interrompu une conversation croustillante. Il essaya d'encourager don Paolino, qui se montrait particulièrement loquace ce jour-là et avait toujours son verre de vin à la main, à quelques indiscrétions: «Raconte-nous, Paolino, et avec maître Alfallipe, il y a eu "quelque chose"?»

Cette question directe et irrespectueuse ne plut pas à don Paolino: après tout, il faisait toujours partie de la maison Alfallipe, et il répondit avec prudence: «C'est sûr que lorsqu'elle est arrivée elle était jolie, et maître Orazio, qui était jeune à l'époque, aimait beaucoup les femmes. Je n'en sais et n'en dis pas plus: je n'ai rien vu de mes yeux chez les Alfallipe, je ne peux donc rien ajouter. Avant qu'elle devienne domestique, on disait qu'elle plaisait à quelqu'un de la campagne, mais ça ne s'est pas bien passé et l'Amandière n'est plus retournée travailler là-bas, madame Lilla l'a prise à son service. Mais elle était belle, elle avait la chair ferme et même une jolie figure, tandis qu'après, en grandissant, elle s'est abîmée.»

Don Vito grommela: «La bile qu'elle accumulait et déversait sur les autres l'a rendue laide, voilà tout.» Donna Mimma voulut abandonner le sujet, qui risquait de devenir osé, à cause de la présence de Lia, encore demoiselle, qui ne devait rien savoir de ces choses-là, et elle se mêla à la conversation: «Vous avez su que ses neveux ne viennent pas à son enterrement et que ce sont les maîtres qui l'organisent?

– Qui te l'a dit?» Don Paolino était incrédule.

Donna Enza intervint en élevant la voix, avant que sa sœur puisse ouvrir la bouche: «Paolino, je le sais, aujourd'hui même, à l'étage au-dessus, devant moi, Madame Giovanna racontait à la baronne que Madame Lilla Alfallipe, celle qui vit sur le continent, en était restée elle aussi bouche bée: l'Amandière avait laissé une lettre écrite de sa main où elle demandait de ne pas aviser ses neveux qu'elle était morte, pas question de les avoir à son enterrement! Alors les Alfallipe paieront tous les frais.»

La conversation dégénéra en vieux ragots sur l'avarice légendaire des Alfallipe, on ironisa sur leur obligation de payer l'enterrement, on fit des hypothèses sur les raisons de la mésentente entre l'Amandière et ses seuls neveux, enfants de sa défunte sœur, on analysa encore une fois son caractère hargneux, on se perdit en conjectures sur l'identité de l'amoureux de l'Amandière et, à mots couverts, sur ses relations avec maître Alfallipe.

Don Paolino suivait en silence les conversations qui s'entremêlaient: ils parlaient parfois tous ensemble en gesticulant, tant ils étaient excités. Il reprit enfin la parole, cette fois d'une voix solennelle: «Je vais à l'enterrement, tout d'abord parce que je la connaissais bien et que j'ai travaillé pendant des années avec elle, ensuite

45

parce qu'il me paraît bon de faire comprendre aux Alfallipe que, tout comme ils respectent une domestique et paient les frais de son enterrement, nous apprécions ce respect et l'attendons à notre égard le moment venu.» Ils se turent l'un après l'autre. Ils étaient tous graves, les yeux fixés sur don Paolino, et l'écoutaient avec la déférence qui lui était due.

«C'est juste, Paolino, dit donna Enza toute contrite à son beau-frère. Les Alfallipe doivent s'être attachés à elle pour s'occuper de son enterrement, et j'y vais aussi demain.»

Don Vito regarda sa femme d'un air désapprobateur, mais il n'eut pas le courage de chercher à l'en dissuader. «Je dois travailler à la loge, mais si j'étais libre je n'irais pas, tu fais comme tu veux.» Un ange passa – il faut toujours glisser sans commentaires sur les querelles conjugales – alors qu'ils savaient tous qu'à la maison c'était donna Enza qui portait la culotte.

La compagnie se sépara sur ces entrefaites, car c'était l'heure de fermer la loge.

Plus tard, au moment où ils se dirent au revoir, et pendant que Paolino embrassait sa belle-sœur sur les deux joues, donna Enza lui demanda tout à trac: «Qui était cet amoureux de l'Amandière quand elle était jeune fille?» Don Paolino la regarda droit dans les yeux et répondit: «Même à toi je ne peux pas le dire… mais je le sais», et il fit un clin d'œil en haussant les sourcils presque jusqu'à la ligne de ses cheveux, en soulevant ses paupières ridées et en écarquillant les yeux. Donna Enza comprit et se tut.

6

Le déjeuner chez les Fatta

Madame Fatta brodait, pensive. Elle savait que l'Amandière allait mourir et elle était impatiente d'avoir des nouvelles de sa cousine Adriana Alfallipe; pourtant, sa discrétion proverbiale l'empêchait de lui téléphoner, elle craignait de déranger. Lucia lui annonça que le déjeuner était servi: elle était déjà allée appeler le président dans son bureau. Chez les Fatta, quand il n'y avait pas d'invités, on mangeait en silence. Pietro Fatta, président de l'Union des agriculteurs de la province, était un homme peu bavard. Sa femme Margherita respectait ses silences et avait appris à faire la conversation avec elle-même lorsqu'elle avait besoin de compagnie. Mais ce jour-là, au déjeuner, les époux se parlèrent.

Le mari prit place au bout de la table et sa femme à sa gauche, comme toujours, puis Pietro dit: «J'ai reçu un coup de téléphone de Mimmo Mendicò: l'Amandière est morte ce matin et elle lui avait demandé de m'annoncer sa mort, mais oui, quelle curieuse requête!»
Margherita aurait voulu se plaindre que son mari ne l'ait pas informée tout de suite de l'événement, ce qui lui aurait évité des heures d'inquiétude et d'anxiété, mais elle eut la sagesse de ne faire aucun commentaire sur son manque habituel de sensibilité. Elle se borna à demander: «Il ne t'a rien dit à propos d'Adriana et des enfants?
– Non, nous n'en avons pas parlé. L'enterrement a lieu demain après-midi à trois heures, je ne crois pas qu'il m'ait rien dit d'autre.

– Je présume que ses neveux feront le voyage, remarqua sa femme.

– Je le pense aussi», dit Pietro, et il se plongea dans ses pensées en portant à ses lèvres une bouchée de pommes de terre frites.

Ils avaient coutume de prendre le café sur la terrasse après le déjeuner quand le temps le permettait. Ce jour-là Lucia le servit avec une application particulière : impatiente d'obtenir des renseignements sur la mort de l'Amandière, faisant semblant de s'affairer, elle rangeait les sièges des autres tables en fonte dispersées sur la grande terrasse, déplaçait les cendriers, débarrassait les sièges des feuilles de glycine qui commençaient déjà à tomber de la pergola, bref, elle ne savait quelle tâche s'inventer afin de pouvoir rester et écouter.

Madame Fatta parlait des Alfallipe : «Je m'inquiète pour Adriana. Depuis qu'elle était allée habiter chez Mandi elle s'était beaucoup attachée à elle et elle va lui manquer. J'ignore si elle pense retourner dans la maison des Alfallipe, mais il faudrait y faire des travaux, elle n'a pas le chauffage central, il y a aussi la question du service… Adriana aura besoin de personnel de confiance, si elle vit seule. Mandi travaillait comme trois, sans parler de ses autres compétences… pense qu'Adriana la faisait encore administrer ses biens dotaux. Ce sera une grande perte pour elle, qui va devoir se reposer sur ses enfants. Je suis réellement préoccupée.»

Son mari l'écoutait maintenant avec attention. «Sais-tu s'ils sont avec Adriana ? lui demanda-t-il.

– Oui, le hasard fait qu'ils se trouvent tous à Roccacolomba.

– Je voudrais les aider, ils sont désarmés ces enfants Alfallipe, je le dois à la mémoire d'Orazio. Renseigne-toi bien : si tu entends dire qu'ils ont besoin de quoi que ce soit, ou qu'ils prennent des décisions inconsidérées, dis-le moi et j'essaierai de les conseiller.

– D'accord, comme tu voudras», dit sa femme reconnaissante de son intérêt pour la famille de sa cousine, même si elle trouvait bien lourde la tâche qui venait de lui être confiée. C'était une femme timide, casanière par nature, qui n'aimait pas fréquenter les salons ; depuis que sa bru, qui vivait à l'étage au-dessous, lui avait donné deux belles petites-filles, elle trouvait toutes les excuses pour éviter de mettre le nez dehors.

Jugeant le moment opportun pour demander à son mari ce qu'elle craignait qu'il lui refuse, elle ajouta en hésitant : «À l'enterrement, demain, veux-tu que j'y aille ?»

Le président regardait au loin : il se retourna sur sa chaise et scruta sa femme en silence. Il tira sur sa cigarette avec une lenteur réfléchie. Son regard alla de nouveau au-delà de la balustrade de pierre qui donnait sur le bourg, puis revint droit dans les yeux de sa femme et il argumenta : «Elle a été une excellente domestique, elle les a servis honnêtement et pendant des décennies, mais elle tenait à rester une employée de maison et se comportait comme telle. Le fait qu'Adriana, dans sa logique incompréhensible, ait choisi de s'installer chez elle ne change rien à leur rapport. Je t'ai permis d'aller lui rendre visite là-bas parce que je ne voyais pas de raison d'interrompre des relations affectueuses entre cousines ; mais je sais que d'autres parents et amis à Roccacolomba se sont bien gardés de mettre les pieds chez l'Amandière, et bien sûr je n'approuve pas leur conduite.»

Tout en parlant à sa femme il continuait de l'observer: son élégante robe vert clair, ses petites mains délicates, son allure soignée, son maintien de vraie dame. «Mais toi, tu es ma femme, tu as une position en vue ici, et comme, normalement, je n'irais pas à l'enterrement de la domestique d'un parent ou de quelqu'un de mon rang, j'attends la même chose de toi. Tu pourras naturellement rendre visite à Adriana avant et après l'enterrement.»

Il avait l'intuition qu'au fond d'elle-même Margherita était d'accord avec ces décisions: les apparences devaient être respectées, surtout s'agissant des Alfallipe, qui n'étaient pas aimés et avaient tant fait parler d'eux à cause de leur familiarité avec l'Amandière et de leur dépendance vis-à-vis d'elle. Il sentait pourtant qu'il avait exagéré. Il eut tout à coup envie de rester seul et éloigna sa femme en lui suggérant de téléphoner à Adriana. Puis il s'approcha de la balustrade.

Le Palazzo Fatta était construit sur les hauteurs de Roccacolomba, à côté du monastère de l'Addolorata et à proximité respectueuse de l'imposant palais des princes di Brogli, désormais inhabité. Il restait de celui-ci, intacts et majestueux, les murs d'enceinte, la grandiose façade baroque aux balcons ventrus, les volets perpétuellement fermés et le grand portail de fer. L'intérieur était caché aux regards des habitants du bourg mais pas à ceux des Fatta, qui de leur terrasse apercevaient la luxuriance des plantes et arbustes sauvages des cours, les fenêtres secouées par le vent, les parterres à moitié détruits, dans un état d'abandon qui laissait présager la métamorphose prochaine et accélérée du magnifique palais en tas de ruines.

Ce panorama provoquait en toute saison chez Pietro Fatta un immense plaisir. Appuyé à la balustrade qui surplombait les murs extérieurs, il se sentait suspendu dans l'air, comme au-dessus de la source d'un fleuve tumultueux de tuiles qui jaillissait à ses pieds et s'étendait sur tout le versant sud de la montagne. Les toits de tuiles rondes, différents par la teinte, la taille, l'inclinaison et l'orientation, ressemblaient aux pièces d'une mosaïque monochrome éparpillées pêle-mêle, dans une splendide harmonie de tons et de volumes. Ici et là pointaient entre les toits les hauts clochers délicats des églises, construits comme le reste de la ville dans une pierre gris-rose, qui au crépuscule semblait refléter le ciel, tant elle absorbait les nuances rougeâtres du soleil couchant. Parmi eux se détachait celui de l'église paroissiale, ocre foncé, strié de carreaux verts et blancs. À côté de ce noyau on apercevait le Palais des postes, comme on appelait pompeusement le bâtiment rond à deux étages construit pendant le fascisme. Lui aussi, au fil des années, s'était intégré au corps de Roccacolomba comme s'il y avait toujours été. Par la grâce d'une détérioration précoce, le toit de béton, crépi, d'un rose autrefois brillant, s'harmonisait à la perfection avec les autres toits en pente qui se pressaient autour de lui.

Roccacolomba Alta finissait en bas, dans la confusion des masures de Roccacolomba Bassa, où habitaient les pauvres. On atteignait ensuite le fleuve, traversé par le pont de pierre à trois arches qui unissait le vieux bourg et Roccacolomba Nuova, une horreur sans aucune identité créée dans les trente dernières années. Depuis l'après-guerre Roccacolomba connaissait une expansion rapide, grâce entre autres à la nouvelle autoroute qui, après un long tunnel, reliait Roccacolomba aux autres centres de la province. Des dizaines de bâtiments en béton armé, peints de couleurs voyantes, avaient été construits dans l'euphorie anarchique des dernières années et Roccacolomba s'était imposé comme un gros bourg agricole où les propriétaires fonciers avaient réagi à la crise du système de métayage en investissant dans les machines et la technologie et s'étaient acquis la réputation d'être «à l'avant-garde». Là où la terre ne rendait pas assez, ou plus difficilement, la construction avait fait le reste. Le bien-être et le développement de Roccacolomba étaient désormais assurés, mais la beauté solitaire et hautaine du bourg, fondé au XVIIᵉ siècle par les princes di Brogli, avait été entamée et serait bientôt détruite, son tissu social allait disparaître en quelques années et tout serait changé. Pietro Fatta considérait les transformations imposées par le progrès comme positives, mais il avait du mal à s'y adapter. Il se désolait de cette incapacité et la ressentait comme un présage de mort.

Il regarda au-delà de l'agglomération. Les montagnes s'étendaient en un vaste demi-cercle, au cœur duquel s'intégraient dans le désordre des hauteurs plus modestes, dont celle où avait été construite Roccacolomba Alta. Plus bas apparaissaient les collines des grandes propriétés, qui se multipliaient à perte de vue. De sa «loge à l'Opéra» (c'était ainsi qu'il aimait appeler sa terrasse), le président contemplait la scène des monts qui laissaient place aux collines proprement dites, basses et au sommet aplani par la main du paysan ; derrière lui, en direction du nord, les montagnes se succédaient, ondulées et majestueuses, couvertes de bois tachetés, intercalées de pics élevés, qui allaient se jeter dans la mer. Il regarda vers le bas. Sur les pentes des collines, en face de Roccacolomba et au-delà du fleuve, les champs labourés miroitaient au soleil. Le fleuve creusé dans la vallée longeait les collines, disparaissait derrière l'une pour resurgir derrière une autre en serpentant, luisant et tranquille. C'était un paysage aimé qu'il connaissait par cœur et qui le réconfortait toujours. Il aurait voulu être peintre, mais son destin était de s'occuper de patrimoines fonciers. Il retourna à l'intérieur et alla dans son bureau.

Il n'avait pas envie de travailler. Il s'assit près de la cheminée et repensa à l'Amandière. Elle était morte trop tôt, elle aurait pu profiter d'une vieillesse sereine bien méritée, après des années de travail au service d'Orazio Alfallipe et de sa famille. Une créature indéfinissable, dévouée, se pliant aux désirs de son maître, en même temps qu'autoritaire et impérieuse dans l'accomplissement de ses tâches inusitées d'administratrice. Orazio l'appelait «mon lare familial». Sans aucun doute, elle avait mis fin au déclin économique de la famille en prenant les rênes de l'administration, et pourtant elle avait provoqué des désaccords irréductibles entre les deux frères. Pietro avait passé son enfance et son adolescence avec les frères Alfallipe, à Roccacolomba puis au collège, et cette pensée finissait toujours par l'attrister. Il prit un livre. La lecture le rasséréna.

7

Essayage de la robe de la petite-fille de Madame Fatta

Angelina Salviato mit la touche finale à la petite robe de fête de Rita, prête pour le dernier essayage. Elle l'étendit sur la table, lissa les plis de la jupe, laça le corsage brodé et fit bouffer les manches ballon; puis elle recula d'un pas et admira l'effet, satisfaite. Les femmes de chambre, Lucia et Marianna, entrèrent toutes souriantes et gaies dans la pièce où elle travaillait, suivies de Titina, la nièce de Santa, qui était venue chez les Fatta emprunter l'aspirateur pour la maison Alfallipe. Devant Angelina ravie, les jeunes filles admiraient la robe en lançant de temps à autre un mot aimable pour l'Amandière, dont Lucia avait annoncé la mort à la cuisine à l'heure du déjeuner.

«Comment? Elle est encore chez eux, morte, et ils pensent déjà à faire le ménage dans la maison des Alfallipe? Comment ils peuvent? Moi je serais tellement triste que je ne pourrais pas penser à autre chose! disait Marianna. Comme cette broderie est belle, là-devant... tu as des mains de fée, Angelina.»

Et Titina: «Madame Lilla est un vrai général, elle donne des ordres pour ci et pour ça, tout doit être fait tout de suite, elle est devenue étrangère et elle parle chic comme au cinéma; je me demande combien il aura coûté, ce satin pour la ceinture, on dirait une robe de princesse!» Elle palpait l'étoffe douce, caressait le nœud de la ceinture, c'était pour elle un luxe inaccessible. «Ma tante Santa doit faire le ménage dans toute la maison Alfallipe, il n'y a que moi et ma mère pour l'aider, et en plus les dames s'attendent à ce que nous les servions pour tout, elles ne savent pas se faire une tasse de café toutes seules, elles se croient nées pour commander. Les temps ont changé, après l'enterrement ma tante leur parlera tout net.

– Si j'étais ta tante, je ne resterais pas au service de cette famille, elle les connaît bien, elle travaillait chez eux avant la mort de maître Alfallipe.» Marianna n'avait pas la langue dans sa poche, et pour cette raison Madame Fatta l'avait affectée à la cuisine : elle ne servait pas à table ni au salon, tâche réservée à la discrète et tranquille Lucia. « Des avares et des orgueilleux, tout simplement. »

Lucia l'écoutait en regardant fixement la petite robe, elle aurait aimé apprendre à coudre comme Angelina, elle ajouta : « Le président disait que l'Amandière s'occupait de la dot de Madame Adriana ; comment elle a fait pour devenir tellement forte ? Regarde l'ourlet : des points aussi petits qu'une broderie ! Toi, Angelina, tu es vraiment une grande couturière, et tu gagnerais beaucoup d'argent si tu allais travailler à l'extérieur.

– Dis-moi, Angelina, elle n'était pas une parente de ta mère, l'Amandière ? demanda Marianna d'un air faussement innocent. Vous avez l'habileté dans le sang, chez vous », et elle regardait Angelina, dont on voyait sur les joues pâles les taches rouges de l'embarras.

« Tu sais, je ne la connaissais même pas, c'était une parente de ma mère, mais elles ne se fréquentaient pas, et moi, je ne suis pas aussi calée pour la couture, je fais ce que je peux », répondit celle-ci.

Lucia lui vint en aide et changea de conversation : « Dis-nous, Titina, on a vu le mari de Madame Carmela chez l'Amandière ?

– Et comment, ma tante m'a dit qu'il attendait qu'elle meure pour entrer, ensuite ils se sont tous enfermés dans la chambre de Madame Adriana et on les entendait crier. Bref, ils se disputaient pour l'argent, avec la pauvre morte à côté. » Titina était une mine d'informations et elle en fit étalage : « Ils ne lui ont même pas acheté une seule fleur. Les enfants de maître Alfallipe, tous les trois, sont pires l'un que l'autre, ils ne veulent même pas se mettre en deuil pour l'enterrement. Madame Lilla a dit qu'elle n'avait pas de vêtements noirs; Madame Carmela a dit que, par respect pour son mari, elle ne veut pas entendre parler de deuil; il n'y a que le professeur Gianni qui mettra une cravate noire, mais pas le brassard, il dit que ça ne se fait plus, il habite à Catane alors il sait!

– Et Madame Alfallipe?

– La pauvre pleure beaucoup, elles étaient comme des sœurs, l'Amandière lui servait de mère, et dire qu'elle était plus jeune qu'elle, ajouta Marianna.

– Certains n'appréciaient pas que ces deux-là s'aiment beaucoup, dit Lucia en roulant les yeux pour indiquer les Fatta, l'air entendu. Quelqu'un comme nous peut se tuer à travailler pour ses maîtres. Eux sont riches, ils prennent et ils dépensent, et puis ils te laissent sans un sou, mon oncle Paolino le dit toujours.»

Titina ne comprenait pas: «Qu'est-ce que tu dis? Explique-toi.»

Lucia ne se fit pas prier. «Le président a dit à sa femme qu'elle ne doit pas aller à l'enterrement, parce que l'Amandière était une "servante", et pourtant il lui disait ensuite que la même Amandière avait sauvé la fortune des Alfallipe… qu'est-ce que ça veut dire? Moi, je prends un après-midi de congé et je vais à l'enterrement. Plus tu travailles, moins on te respecte, dès que j'ai terminé mon trousseau je me marie, et je ne veux pas recommencer à servir.» Puis, d'un trait, en s'adressant à Angelina, elle demanda: «Si je pouvais apprendre à coudre comme toi, je ferais les vêtements de mes filles, regarde comme les boutonnières sont belles, bien régulières et toutes petites. Angelí, tu m'apprends à coudre comme toi? Peut-être petit à petit?

– On verra plus tard, pour le moment je dois mettre de l'ordre dans cette pièce.» Prudente et silencieuse de nature, Angelina se montrait respectueuse vis-à-vis de ses maîtres. En outre elle avait honte de sa parenté avec l'Amandière, cousine reniée par sa famille.

«C'est sûr que l'Amandière devait avoir de l'argent, reprit Titina, et Dieu seul sait comment elle l'a gagné, ou peut-être qu'il ne veut pas le savoir... elle payait ma tante de sa poche et donnait de l'argent aux enfants de l'avocat, elle devait être quelqu'un de bon, et elle n'a pas pu profiter de ses sous.»

Lucia avait des idées bien arrêtées sur la question: «Je dis que l'argent est fait pour être dépensé, quand on meurt, on ne peut pas l'emporter au cimetière!»

Titina poursuivit: «Il paraît que les Alfallipe s'attendaient même à hériter d'elle. Quand ses neveux viendront, eux qui sont de son sang, je veux voir les disputes qu'il y aura... mais par le sang, c'est à eux que l'argent revient.» Elle se tut soudain, Madame Fatta entrait avec sa belle-fille et la petite Rita, et les trois domestiques détalèrent vers la cuisine.

Angelina entreprit la tâche délicate du dernier essayage et reçut de nouveaux compliments des dames. Restée enfin seule, elle continua à ranger ses affaires et à nettoyer la pièce, pour la trouver en ordre le lendemain.

Elle exerçait le métier de couturière à domicile, ne travaillant que pour quelques familles de Roccacolomba, toutes aisées et respectées. Sa maîtresse d'école l'avait encouragée à coudre en lui faisant broder les mouchoirs pour le trousseau de sa fille au lieu de lui apprendre à lire et écrire comme il faut. Angelina et sa famille lui en étaient reconnaissantes: depuis l'âge de dix ans elle n'avait jamais cessé de coudre pour les autres.

Angelina gagnait bien sa vie et avait assumé le rôle de la fille non mariée qui entretient ses parents âgés et veille sur eux. Avantage de sa vie ordonnée et tranquille, elle passait des semaines et parfois des mois entiers chez l'une ou l'autre famille. Dans certaines maisons on lui proposait même d'écouter la radio durant les longues heures de travail solitaire, ce qui lui avait fait non seulement connaître la musique mais aussi apprendre à mieux parler l'italien. Elle nouait des amitiés avec les domestiques à l'heure du déjeuner et profitait de la nourriture abondante des nantis. Elle gardait souvent des confiseries et des biscuits, dont elle était gourmande, et avait déjà pris l'aspect replet de la femme sédentaire, premier pas vers l'état manifeste et irrévocable de vieille fille.

Après l'essayage, Madame Fatta se rendit à la cuisine sous prétexte de préparer les gourmandises pour la corbeille destinée à adoucir le deuil qu'elle voulait faire apporter à sa cousine par Titina. En supposant même que les enfants d'Adriana n'aient pas été accablés au point d'oublier de donner des ordres à Santa pour le dîner, Margherita Fatta souhaitait suivre les saines traditions du deuil en envoyant quelque chose de sucré et appétissant à la pauvre Adriana, façon tacite de partager la douleur de son amie. Elle perdit du temps à préparer la corbeille en bavardant avec Titina, dans l'espoir de recueillir des informations, conformément à la requête de son mari. Titina fut bien contente de parler et combla ses vœux en lui donnant bien entendu la version de rigueur, édulcorée, sans aucune critique vis-à-vis de la famille Alfallipe, comme il est d'usage quand on parle à ses maîtres; elle quitta le Palazzo Fatta en emportant fièrement la grosse boîte qui contenait l'aspirateur et la corbeille, remplie de douceurs et de biscuits.

Nuruzza Salviato survint, fatiguée par les escaliers qu'elle empruntait deux fois par jour pour accompagner Angelina à son travail et la ramener. Lucia lui offrait toujours quelques gâteries. Ce jour-là ce fut une tasse de lait de chèvre avec des gimblettes fraîches. Pendant qu'elle sirotait le lait bouillant et sucré, dont elle était très friande, Lucia lui raconta ce qui s'était passé : « L'Amandière est morte ce matin et les Alfallipe sont tous chez elle, Madame Alfallipe doit être effondrée, l'Amandière était une sainte avec elle, à la façon dont elle s'en occupait. » Nuruzza s'étouffa presque de colère en entendant de telles louanges à propos de sa parente détestée, elle ne parvint même pas à avaler la cuillerée de délicieuse bouillie de gimblette trempée dans le lait sucré, elle qui d'ordinaire l'engloutissait en un éclair. Lucia crut que la peine lui nouait l'estomac, et elle continua à exalter ses vertus.

Pendant ce temps Madame Fatta était retournée à la cuisine. Il lui sembla opportun de s'attarder un instant pour parler aussi avec Nuruzza, elle lui présenta ses condoléances et lui demanda : « Dites-moi Nuruzza, comment se fait-il que Mandi soit allée travailler chez les Alfallipe ? Il me semble que votre mère était au service de la famille Minacapelli.

– Ma cousine Nuruzza Inzerillo était très malade, et Madame Lilla Alfallipe, Dieu ait son âme, s'est prise d'affection pour sa fillette, alors elle est entrée chez maître Alfallipe et y est restée.

– On m'a dit que sa mère était une excellente femme

de chambre chez les Minacapelli... vous y étiez à la même époque, comment était sa mère ? insista Madame Fatta.

– Elle était travailleuse, ma cousine, mais elle est restée peu de temps parce qu'elle était pressée de se marier. » Tout en ne pouvant pas fuir la question de Madame Fatta, Nuruzza savait comment lui répondre, en laissant entendre respectueusement que celle-ci n'en saurait pas davantage.

8

Nuruzza Salviato raconte l'histoire à sa fille

Tout en marchant avec sa mère, Angelina lui posait des questions sur sa cousine : « On ne parle pas de ces choses-là en public, je t'expliquerai à la maison qui était la mère de l'Amandière, et pourquoi cette femme est entrée chez les Alfallipe », répondit sèchement Nuruzza, et elles continuèrent à descendre vers Roccacolomba Bassa, en silence, toujours bras dessus bras dessous, la mère petite et maigre, la fille corpulente et gauche.

Ce soir-là, pendant qu'elles préparaient la soupe pour le dîner, Nuruzza, fidèle à sa promesse, raconta à Angelina l'histoire de la mère de l'Amandière.

« Nous étions cousines germaines par nos mères, et toutes les deux les cadettes, aussi nous portions le même prénom que notre grand-mère Nuruzza, Dieu ait son âme. On nous a placées ensemble au service de la famille Minacapelli, pour que nous gagnions de quoi faire notre trousseau, mais ma cousine Nuruzza devait gagner assez pour faire le trousseau d'Anna, sa sœur, qui avait un pied bot : personne ne l'aurait prise chez soi avec ce pied-là. Comme nous étions jeunes et inexpérimentées nous avons été mises à la cuisine et au ménage, le pire travail. Mais elle, c'était une intrigante qui présentait bien, et elle a réussi à se faire aimer de Mademoiselle Lilla, elle est devenue sa femme de chambre de confiance, en me laissant tous les travaux pénibles.»

Nuruzza, qui était occupée à trier les lentilles, se dressa devant Angelina, les mains sur les hanches : «Je ne sais pas ce qu'elle se croyait, cette cousine, rien que parce que Mademoiselle avait une préférence pour elle. À nous, de la cuisine, elle racontait de belles histoires ; elle nous montrait les cadeaux qu'elle lui donnait, pour nous rendre jalouses : des robes comme neuves qu'elle ne portait plus, des rubans, des écharpes, de la lingerie de coton léger comme un voile, des chaussures, bref, des choses qui lui ont tourné la tête.»

Angelina imaginait les merveilleux cadeaux de Mademoiselle Minacapelli, elle qui n'avait jamais rien reçu de ses maîtresses, mais elle n'ouvrit pas la bouche ; Nuruzza se remit à trier les lentilles et continua : «Elle était gentille, mademoiselle Lilla, elle essayait même de lui apprendre à lire, mais on ne sait pas si Nuruzza a vraiment appris. Elle s'en vantait devant tout le monde, elle faisait semblant de lire les pages des vieux journaux qui finissaient à la cuisine pour envelopper les fruits à conserver l'hiver dans la resserre, essuyer la graisse de friture, protéger la table quand on transvase l'huile, quand on nettoie les légumes, mais sûrement pas pour être lus par des gens comme nous.

– Pourquoi ? Quel mal il y a à lire le journal ?» demanda

Angelina qui lisait tous les titres du quotidien quand il lui tombait sous la main.

« La cuisinière, qui savait vraiment lire et qui avait un petit livre plein de recettes du chef, avait raison de dire que les journaux écrivent des saletés, et que nous qui étions demoiselles, nous ne devions pas savoir ces choses-là. Mais ma cousine semblait acharnée à les connaître », dit Nuruzza en pensant que sa fille, la plus jeune des quatre, était encore à quarante ans aussi innocente qu'un enfant.

« C'est comme ça qu'avec les cadeaux de Mademoiselle Lilla elle a fait son trousseau avant nous autres ; au lieu de le donner à Anna, comme c'était son devoir, elle a voulu épouser Luigi Inzerillo, un mineur ; elle lui faisait les yeux doux, parce que les mineurs gagnaient bien. Elle n'aurait pas dû se marier, ce n'était pas encore son tour, mais elle n'a rien voulu savoir et elle a mêlé Mademoiselle Lilla à l'affaire. Mademoiselle, qui s'était fiancée entretemps avec maître Ciccio Alfallipe et allait faire un grand mariage, a persuadé sa mère, Madame Carmela, de faire venir le père de Nuruzza pour le convaincre de consentir au mariage, en lui promettant de prendre Anna à son service, boîteuse comme elle était, pour la remplacer. Ma tante a eu les sangs tournés mais elle a dû satisfaire ses maîtres, quant à Nuruzza, elle et son mari ne lui ont jamais pardonné, et les relations n'étaient pas bonnes entre eux et les Inzerillo.

– Et après son mariage tu es restée amie avec ta cousine ? demanda Angelina fascinée par l'histoire de sa tante.

– Elle venait me voir quand elle en avait besoin, mais amie, non, il y a des choses qu'on ne pardonne pas. Sa pauvre sœur Anna avait du mal à travailler dans une grande maison comme celle des Minacapelli, et elle est restée fille de cuisine jusqu'à son mariage», répondit sa mère, puis elle ajouta : «Je vais te raconter ce que ma cousine a fait quand son mari est mort, pour que tu comprennes que le Seigneur punit ceux qui ne font pas leur devoir. Elle a eu beaucoup de malheurs et de maladies, Nuruzza, mais elle n'a jamais rien perdu de son orgueil. Quand elle est restée veuve, le frère de son mari, Giovanni Inzerillo, lui a proposé de la prendre chez lui avec ses deux filles, selon l'obligation d'un beau-frère, certainement pas par plaisir. Et sa femme n'était pas contente, parce que trois bouches à nourrir c'est beaucoup, et en plus elle et Addoloratina étaient malades. Elles ne sont restées que quelques jours chez le beau-frère : au lieu de lui être reconnaissante, Nuruzza ne voulait pas entendre parler d'habiter là, elle lui a même dit des vilains mots, c'était le frère aîné de son mari, et elle lui a manqué de respect devant tout le monde. Giovanni Inzerillo l'a rossée de belle façon et il a bien fait : Nuruzza n'avait même pas de respect pour le chef de famille. À partir de ce moment-là, même la famille de son mari ne l'a plus fréquentée. Elle était orgueilleuse, Nuruzza, et elle n'a jamais reçu d'aide des Inzerillo, elle n'en a jamais demandé.

– Mais pourquoi ne voulait-elle pas habiter chez son beau-frère ?» Angelina écoutait fascinée, la vie de sa tante ressemblait à un feuilleton télévisé.

«Parce qu'elle faisait la dégoûtée. Elle est restée seule avec ses filles et a fini par devenir blanchisseuse chez les Alfallipe, mais sans cesser d'être orgueilleuse : elle disait que ses filles feraient un beau mariage et que leurs enfants deviendraient employés, peut-être même qu'ils auraient une profession libérale comme les maîtres, et tu vas voir comment ça s'est terminé», dit Nuruzza avec satisfaction: «Elle est venue me demander de l'aide à moi, quand elle a été vraiment aux abois. Elle m'a fait appeler; elle était si malade qu'elle ne pouvait pas marcher, et je me suis précipitée chez elle, à cause de notre parenté. Elle voulait me dire qu'elle allait bientôt mourir et me proposait de prendre ses filles chez moi, parce qu'elles me donneraient une belle vieillesse et ne me laisseraient manquer de rien, ni de pain ni du reste J'avais déjà deux filles belles et gentilles. Je me suis dit: j'ai déjà quatre enfants, dont deux garçons par-dessus le marché, et voilà qu'elle me dit de prendre les enfants des autres pour compter sur eux quand je serai vieille! Comment osait-elle mépriser mes enfants et affirmer que ses filles feraient ma richesse? Mais par amour pour Dieu et la Sainte Vierge, et parce que nos mères étaient sœurs, je ne lui ai pas répondu comme elle le méritait et lui ai seulement dit que j'en parlerais à mon mari, même si je n'en espérais pas trop. Le lendemain je suis retournée lui dire que nous ne pouvions pas prendre ses deux filles; je lui ai apporté du pain, des fruits et un morceau de fromage. Elle m'a répondu qu'elle n'avait pas besoin de notre aide: Madame Alfallipe allait mettre Addoloratina dans un collège et la faire soigner, la plus petite deviendrait sa femme de chambre personnelle, et comme ça elle s'était assurée que ses filles auraient une vie digne.,

– Et ensuite, qu'est-ce qui s'est passé?

– Il s'est passé ce qui s'est passé! Addoloratina s'est mariée et elle est morte jeune, l'autre est restée au service des Alfallipe, et elle est devenue pire que sa mère, méprisante et autoritaire, et maintenant elle est morte elle aussi. Le Seigneur punit les mauvaises actions des païens et des chrétiens. Tu sais bien ce qu'elle a fait à ton père… et maintenant, va dehors verser l'eau aux poules, ensuite tu mettras la casserole sur le feu. »

9

Nuruzza Salviato et son mari maudissent l'Amandière

Après avoir dîné Nuruzza et Vanni Salviato restèrent seuls, pendant qu'Angelina faisait la vaisselle derrière le rideau suspendu à un fil de fer. Angelina avait embelli la modeste habitation, et ce rideau de tissu à fleurs isolait la cuisine de la partie où la famille vivait et dormait.

«Je ne te l'ai pas dit avant pour ne pas te faire avaler la soupe de travers, dit Nuruzza à son mari, l'Amandière est morte aujourd'hui. »

Vanni Salviato cracha par terre et dit: «Il me semble que l'air que je respire est frais et pur maintenant qu'elle ne l'empuantit plus avec son haleine. » Ils restèrent silencieux, puis Vanni ajouta: «J'y ai perdu la santé et l'envie de travailler, tellement cette mauvaise femme a été sournoise avec moi, et en plus c'était ta cousine.

– Je n'y suis pour rien, je n'ai pas été la première, peut-être, à dire à nos enfants que pour moi elle était morte et que s'ils la rencontraient dans la rue aucun des Salviato ne devait lui dire bonjour? Qu'ils devaient même tourner la tête de l'autre côté pour ne pas la voir? »

Nuruzza n'acceptait pas facilement les critiques, surtout venant de son mari. «Ça n'est pas qu'on la rencontrait souvent, elle ne venait pas à Roccacolomba Bassa, elle se considérait comme une des maîtresses, alors qu'elle était née servante et qu'elle l'est restée jusqu'à sa mort. Mais je marche la tête haute, et j'ai une famille respectée et honnête. Sa mère, si elle était vivante, s'arracherait les cheveux à cause de cette traîtresse dévergondée.

– Dévergondée, ça, elle l'était. Je ne veux pas savoir les saletés qu'elle faisait chez les Alfallipe, il me suffit de me rappeler comment elle s'est conduite avec moi», dit Vanni.

– Lucia Indelicato, aujourd'hui, chez les Fatta, l'a traitée de sainte. Je ne lui ai pas répondu, parce que ça m'a tordu les tripes et que je ne me serais pas contrôlée si j'avais parlé. À peine arrivée à la maison, j'ai raconté à Angelina les mauvaises actions de sa mère pour que notre fille, qui, elle, est une vraie sainte, apprenne à connaître le monde.» À la pensée d'Angelina, Vanni se radoucit et l'appela. Angelina les rejoignit, obéissante comme toujours : son père lui fit signe de s'asseoir près de lui.

«Angelina, rappelle-toi bien ce que cette parente de ta mère nous a fait à tous, parce que lorsque je serai mort tu devras le raconter à tous les Salviato, déjà nés et à naître, et ils devront le raconter mot pour mot à tous ceux qui disent du bien de cette malapprise. J'aimais mon travail de marchand ambulant de fruits et légumes, je montais tous les escaliers jusqu'à Roccacolomba Alta, quelquefois je devais moi-même pousser l'âne, chargé de paniers, mais les gens m'achetaient et me respectaient. Je m'arrêtais au pied du Palazzo Alfallipe et j'annonçais ma marchandise.

«Un jour, j'avais de beaux abricots, mûrs et sucrés. Celle-là s'est mise à la fenêtre, nous nous sommes accordés sur le prix et elle a fait descendre son panier du balcon avec la somme exacte, j'ai pris l'argent et j'ai rempli le panier d'abricots. Elle a remonté le panier et nous nous sommes dit au revoir. Je suis resté là et j'ai servi les clients, les abricots étaient bons et se vendaient bien. Cette dévergondée est ressortie sur le balcon et a commencé à me crier dessus, elle m'accusait de lui avoir donné des abricots pourris, maître Alfallipe n'en voulait pas et elle m'a traité de malhonnête et d'escroc. En braillant comme une forcenée elle a jeté les abricots dans le panier et l'a fait descendre, elle a exigé que je les reprenne. Elle a voulu que je lui rende l'argent et ne s'est pas calmée avant de l'avoir compté, elle ne me faisait pas confiance. Les gens se penchaient aux fenêtres, les passants s'arrêtaient tellement elle criait fort. Les calomnies lui sortaient de la bouche comme des serpents qui glissaient entre ces dents en avant qu'elle avait. Elle était devenue laide comme une prune véreuse. Je ne m'étais jamais fait traiter de cette façon, et que ce soit une femme, la fille de la cousine de ma femme, en plus, qui me traite comme ça, c'était un terrible affront.»

Vanni poursuivit à voix basse, le regard sombre : «Je ne sais pas comment j'ai réussi à vendre, ce jour-là et les jours suivants. Les abricots étaient bons, ils n'étaient pas abîmés, et même s'ils l'avaient été, en quoi c'était ma faute? J'avais dû les payer au prix des bons, je devais les vendre tous, et mieux valait les vendre aux riches qui peuvent en jeter la moitié sans souffrir de la faim. J'avais plus de cinquante ans et j'étais malade, j'avais besoin de travailler pour faire vivre ma famille, autrement je ne serais plus retourné à Roccacolomba Alta. Quand je passais sous les fenêtres des Alfallipe, je sentais mes jambes trembler, même l'âne ne voulait pas monter les marches qui menaient chez eux.»

Il regarda Angelina et lui caressa le menton avec tendresse, puis il dit à voix haute: «Toi, ma douce, tu es bonne et sage, rappelle-toi: aucun de mes enfants et de mes petits-enfants ne doit oublier que cette mauvaise parente de ta mère a été la servante et la pute de maître Alfallipe.»

Angelina et sa mère écarquillèrent les yeux; consternées, elles se turent. Vanni, étonné de sa propre audace et satisfait de leur réaction, prit appui sur ses bras et chercha à se lever seul, refusant la canne que Nuruzza lui tendait. Il y parvint et alla vers la porte, il marchait gaillardement sur ses jambes tordues comme s'il avait enfin retrouvé l'agilité de ses mouvements et la dignité que l'Amandière lui avait fait perdre vingt ans plus tôt. Il resta debout sur le seuil et leva lentement les yeux: Roccacolomba Alta se dessinait dans sa majesté. L'éclairage des maisons sur la hauteur créait l'illusion d'une crèche illuminée aux pieds de laquelle s'écrasaient les masures de Roccacolomba Bassa. Vanni se tourna vers sa femme qui l'avait suivi, et dit: «Nuruzza, là, au-dessus, c'est la maison de la putain qui est la fille de ta cousine. Rappelle-toi que moi, Salviato Vanni, je la maudis même morte!»

Mardi 24 septembre 1963

10

Le géomètre Bommarito n'a pas droit à son café du matin

Ce mardi-là, 24 septembre 1963, le géomètre Bommarito remontait vers la place en pensant au café brûlant qui l'attendait chez lui. Il était huit heures du matin et il avait déjà rempli une des obligations de sa journée : la traditionnelle visite chez le barbier après les vacances. L'air matinal piquait ses joues fraîchement rasées et le géomètre était content de lui, à juste titre. Le barbier l'avait trouvé en forme et lui avait fait des compliments. Il l'avait bien amusé ce matin-là, don Biagio, en lui racontant les nouvelles locales, de celles que l'on n'apprend que chez le barbier : la belle étrangère logée au bordel près du cimetière, qui était vraiment affamée (on sait de quoi) et il en fallait beaucoup pour la satisfaire ; les aventures de Totò Riesi, qui allait finir par se casser le cou s'il continuait à visiter nuitamment la chambre de la femme du pharmacien en se promenant sur les toits, pendant que le mari gagnait son pain en restant de garde.

Il ralentit le pas au carrefour avec la via Morta, un nom approprié, pensa-t-il tout content de son humour, où les avis de décès étaient affichés sur les murs lisses du Palazzo Aruto. Il remarqua qu'il y en avait deux nouveaux :

Voyons qui est mort, se dit-il. «L'institutrice Matilde Cacopardo, 81 ans», disait le premier: il lut les phrases habituelles de circonstance et retint l'heure de l'enterrement pour dire à sa femme d'y aller. L'autre avis mentionnait une certaine Maria Rosalia Inzerillo, de 55 ans. Inconnue, pensa-t-il, la pauvre, elle avait mon âge, et il poursuivit son chemin.

Il sonna. Contrairement à son attente la porte ne s'ouvrit pas tout de suite. Il sonna de nouveau, en vain. Il tira la clef de sa poche, contrarié que sa femme et la bonne n'aient pas couru lui ouvrir, une faute à son égard de la part des femmes de la maison. Il ne les vit pas non plus dans l'entrée et, encore de bonne humeur, avança vers la cuisine, dégustant son café d'avance. Il les trouva à la fenêtre. Penchée sur le rebord, Antonia, la bonne, semblait sur le point de tomber, ses pieds touchaient à peine le sol, sa robe relevée sur le derrière découvrait ses jambes robustes. L'arrière-train de l'étrangère du bordel aurait offert un tout autre spectacle, se dit-il, heureux d'avoir conservé la sensation de bien-être qui l'accompagnait depuis le matin.

Il annonça: «Je suis de retour.»

La bonne ne se dérangea pas, tant elle était occupée à écouter ce que criaient les femmes de l'étage au-dessous. Sa femme se retourna et dit: «Ah, Menico, tu es rentré, tu as appris que l'Amandière était morte?»

Cette fois le géomètre Bommarito fut vraiment irrité, sa femme ne lui servait pas le café, et il répondit: «Ma petite Mimì, et qui devait me le dire, le barbier?

– Tu n'as pas lu l'avis au coin de la via Morta? Les Alfallipe l'ont collé sur tous les murs», répondit sa femme tout excitée, et finalement elle lui servit son café.

En dégustant la boisson chaude, et plus du tout contrarié, appréciant même la belle allure de son épouse, tout juste sortie de chez le coiffeur elle aussi, et maquillée pour se rendre à l'école, le géomètre Bommarito parvint enfin à comprendre l'excitation des femmes. «C'est la première fois qu'une notice nécrologique vient des maîtres d'une domestique ou, comme on dit maintenant, de ses employeurs. L'Amandière a deux neveux, les enfants de sa sœur. C'est rien moins que toute la famille Alfallipe qui annonce sa mort. Il faut que tu voies ce qu'ils ont écrit, tu vas le lire pour moi, Madame Cutrano était en train de me le répéter quand tu es arrivé. Elle dit que c'est du verbiage, et nous savons tous que c'était une mégère. J'allais à l'école avec Carmela et je le sais bien», racontait Mimì Bommarito, et elle se frappait la poitrine de la main droite dans un geste théâtral en répétant: «Moi je le sais, je le sais, moi, moi», pour donner plus de poids à ses paroles. Son peignoir s'ouvrit et révéla ses seins généreux. Les pensées de son mari retournèrent vers l'étrangère, mais cette fois il paria que la pute n'avait pas une poitrine aussi admirable que celle de sa jeune et provocante épouse.

C'est ainsi que le géomètre Bommarito n'eut pas la force de résister aux douces insistances de sa Mimì et qu'il dut retourner en hâte au coin de la via Morta, où une foule s'était formée entre-temps pour lire l'avis de décès de Mademoiselle Inzerillo, afin de le répéter à sa femme, par le menu:

Hier s'est éteinte brutalement
Maria Rosalia Inzerillo
à l'âge de 55 ans
employée de maison de la famille Alfallipe.

71

Vous font part de la triste nouvelle
madame Adriana Mangiaracina, veuve de maître Orazio
Alfallipe, son fils Gianni et son épouse Anna Chiovaro,
sa fille Lilla et son époux le docteur Gian Maria Bolla,
sa fille Carmela et son époux Massimo Leone.
Depuis l'âge de 13 ans elle vivait dans la maison Alfallipe
et a servi avec affection la famille affligée qui la pleure.
Les funérailles auront lieu aujourd'hui à 15 heures
en l'église de l'Addolorata; la dépouille sera accompagnée
au cimetière de Roccacolomba pour être inhumée
dans le caveau de famille.

La voisine d'en face et deux autres l'attendaient chez lui. Elles ne lui laissèrent pas le temps de répéter l'avis en entier. Elles l'interrompaient toutes ensemble : « Affligée, vraiment… Carmela la détestait, et Lilla n'est plus venue en vacances à Roccacolomba à cause d'elle ! »

« De l'affection, dans cette maison, il n'y en a même pas pour un chat. »

« Les domestiques vont aussi dans le caveau de famille maintenant, nous sommes tous frères et sœurs ! »

« Si maître Alfallipe vivait encore, il ne permettrait pas une chose pareille ! »

« Et ces beaux neveux dont elle se vantait tant, pourquoi ce ne sont pas eux qui font part de la mort de leur tante ? »

Finalement, et avec difficulté, le géomètre réussit à se désembourber et partit travailler, laissant les femmes cancaner. Dans la rue il remarqua que plusieurs habitants s'arrêtaient pour lire les avis de décès et restaient devant à chuchoter entre eux. Celui de l'Amandière était affiché dans tous les endroits autorisés par la mairie : elle avait dû rapporter beaucoup d'argent à la très avare famille

Alfallipe, cette Amandière, pour mériter une telle dépense. Si crier sur les toits qu'une domestique est morte représentait encore une innovation des temps modernes, et pour ainsi dire démocratiques, lui, en tout cas, ne dépenserait jamais une lire pour ça, jamais; il en parlerait même le soir avec sa femme, avant qu'elle ne commence à faire des promesses à leur Antonia et à lui mettre des lubies en tête. Il repensa ensuite aux plaisantes histoires de don Biagio à propos de l'étrangère, qui valait la peine que l'on dépense pour elle, plutôt qu'à cette pauvre Amandière, qui n'avait jamais été belle et n'avait jamais goûté aux plaisirs charnels.

Dès qu'il arriva à son bureau il s'aperçut qu'il avait oublié d'informer sa femme de la mort de Madame Cacopardo qui, elle, oui, était importante: c'était la belle-mère du proviseur de l'école secondaire où Mimì était suppléante en quête d'un poste fixe. Et il maudit l'Amandière.

11

Maricchia Pitarresi apprend à la mercerie Moderne
la nouvelle de la mort de l'Amandière et la maudit

Maricchia Pitarresi était sortie tôt le matin pour acheter du coton à broder à la mercerie Moderne. Elle la trouva pleine de monde: les demoiselles Aruta, les propriétaires, ne servaient pas au comptoir mais parlaient en italien avec des dames, laissant la vendeuse s'occuper des clients. Maricchia resta à l'écart, consciente de sa position sociale, pendant que les autres femmes se pressaient au comptoir, s'attardaient dans leurs achats, apparemment occupées à choisir les articles, mais en réalité tendant l'oreille pour écouter la conversation animée des propriétaires. Maricchia aussi essayait de saisir l'objet de la discussion et, quoique avec difficulté, elle finit par y arriver : l'Amandière était morte. Elle se fit plus attentive, mais juste à ce moment-là la vendeuse lui demanda ce qu'elle désirait.

Sur le chemin du retour elle décida de passer par la loge de don Vito Militello pour connaître les détails sur cette mort soudaine. Elle n'eut pas le temps de poser des questions, car, dès qu'elle fut entrée, donna Enza la mit à l'aise, lui offrit une chaise et dit avec un clin d'œil rieur : « Maricchia, il ne manquait que toi, dis-nous comment était l'Amandière quand vous travailliez ensemble chez les Alfallipe, tu dois en savoir des choses ! » Maricchia n'aimait pas se rappeler cette brève période malheureuse ; elle était disposée à raconter quelque chose en échange d'informations, mais elle voulut temporiser : « Vous devez d'abord me donner un verre d'eau, je suis épuisée. » Elle se passa la main sur le front en s'appuyant contre le dossier et en simulant une grande fatigue. Pendant ce temps elle écoutait la conversation.

Don Paolino Annunziata, les pieds sur le barreau de la chaise où il s'était juché, les genoux ouverts, avait les mains sur le pommeau de la canne plantée entre ses jambes, et racontait avec verve : « J'y étais, le jour où l'Amandière est entrée au service de Madame Lilla. On voyait qu'elle était habituée à la campagne, c'était une vraie sauvage. Elle est venue dans la cuisine à l'heure du déjeuner. Elle n'a pas voulu s'asseoir à table avec les

74

autres, elle s'est mise devant la fenêtre pour regarder la cour, comme un petit oiseau en cage.

– C'est ça, un petit oiseau, tu es devenu poète, c'était une louve, c'est moi qui te le dis, l'interrompit don Vito.

– Non, elle ressemblait à un petit oiseau, menue et effrayée, un petit animal sauvage emprisonné, précisait don Paolino, je la revois telle qu'elle était, elle n'a pas voulu s'asseoir avec nous pour manger, et pourtant elle devait avoir très faim, elle était maigre comme un clou. Pina Vassallo, la cuisinière, lui a préparé une assiette de pâtes et la lui a apportée à la fenêtre. Elle s'est empiffrée, avec les mains, avec la fourchette, tellement elle avait faim, elle s'est toute tachée de sauce, elle ne savait pas manger comme les humains. Ensuite Pina lui a donné une côtelette, elle l'a attrapée à pleines mains et l'a dévorée en la déchirant avec les dents, presque sans mâcher. Elle n'a pas dit un merci à Pina, elle ne lui a même pas fait un sourire, et nous sommes restés ébahis. À partir de là elle a continué à manger seule, loin de nous, et si elle était obligée de s'asseoir à table dans la cuisine, elle engloutissait sans parler et se levait tout de suite pour se remettre au travail. C'était une sauvage et elle l'est restée : si on lui posait une question elle tressaillait, elle répondait en grognant, elle lançait des regards de chien prêt à se défendre, elle avait des yeux noirs comme du charbon qui voulaient brûler ceux qui lui adressaient la parole. »

Don Vito ajouta : « Elle n'a jamais changé. Elle était mauvaise, je me rappelle un matin où je descendais faire les courses de la baronne et où je l'ai croisée sur les escaliers, elle retournait chez les Alfallipe chargée de ses provisions car elle allait au marché tôt le matin pour choisir la meilleure marchandise. Je l'ai vue trébucher : elle est tombée, ses paniers lui ont échappé des mains et tous les beaux fruits, les légumes et même des plats en terre, qui se sont cassés, étaient éparpillés sur les marches. J'ai couru l'aider. Elle s'est mise à hurler comme si je voulais l'importuner : "Allez-vous en, allez-vous en, je n'ai besoin de personne !" Elle a tout ramassé en un éclair, fruits, débris de plats, papier, elle l'a fourré dans ses paniers et elle a continué à monter, sans même me dire au revoir. Les quelques personnes qui s'en étaient rendu compte étaient restées plantées à nous regarder. Dieu seul sait ce qu'elles ont dû penser. Je ne me suis jamais senti aussi humilié : depuis j'ai continué à la saluer, parce que c'est une chose qui ne se refuse à personne, mais je ne lui ai plus adressé la parole.

– L'enterrement est quand ? demanda Maricchia qui souhaitait s'en aller vite après avoir obtenu quelques détails.

– Tu n'as pas vu l'avis dans les rues ? Les Alfallipe l'ont fait afficher partout, comme pour l'avocat, Dieu ait son âme », lui dit donna Enza. Et elle ajouta : « Maricchia, ne t'en va pas, dis-nous comment c'était, l'Amandière avec maître Alfallipe, tu dois le savoir. »

Maricchia fut contrainte de parler : « Comment il était, je ne sais pas, mais je sais comment elle était, elle. Quand je suis entrée au service des Alfallipe elle s'y trouvait depuis à peu près cinq ans, elle était devenue la femme de chambre personnelle de Madame Lilla. Mais quand son fils Orazio venait de Catane pour les vacances, elle était toute prête à le servir, elle avait jeté son dévolu sur lui, cette dévergondée, mais lui ne la regardait même pas. » Maricchia fit une pause pour vérifier la réaction de l'auditoire et reprendre son souffle. Don Paolino se tourna vers la porte qui donnait sur la loge du portier et fit une grimace, les coins de sa bouche affaissés et les sourcils levés. Maricchia reprit son récit: «Elle aurait dû marcher les yeux baissés, après ce qu'elle avait fait quand elle ramassait les amandes, mais ces filles-là n'ont pas de pudeur. Madame Lilla l'aimait beaucoup et croyait les méchancetés qu'elle lui racontait, heureusement que j'ai cessé de travailler pour me marier.» Maricchia en avait assez dit, et avant de devoir répondre à d'autres questions elle se leva pour rentrer chez elle.

En chemin elle vit défiler devant ses yeux cette funeste période chez les Alfallipe. Elle était fiancée à un cousin dont elle était amoureuse et qui voulait se marier rapidement: elle avait décidé de devenir domestique pour vite constituer son trousseau. Orazio, encore étudiant, la remarqua. Maricchia se savait attirante, elle avait des cheveux ondulés et elle était bien faite, mais c'était aussi une jeune fille honnête qui voulait rester pure pour son cousin. Orazio ne la laissait pas tranquille: il l'appelait pour qu'elle lui apporte un verre d'eau, lui demandait de menus services dans sa chambre, et elle devait obéir tout en sachant qu'il la déshabillait des yeux; elle tremblait lorsqu'elle se trouvait seule avec lui, mais elle lui fit comprendre avec tact qu'il n'y avait rien à faire.

L'Amandière s'était aperçue des attentions d'Orazio. Elle confiait à Maricchia les travaux les plus désagréables, les plus pénibles, en cuisine et dans les réserves, loin des yeux et des visées du jeune monsieur, non pour la protéger, mais parce qu'elle était jalouse; bien qu'à peu près du même âge, elle ne lui témoignait jamais d'amitié ni de politesse. Un jour Madame Alfallipe fit appeler Maricchia pour lui dire qu'il manquait des mouchoirs brodés, que celle-ci avait remis dans ses tiroirs. «Je n'ai rien volé, si vous ne les trouvez pas, c'est que quelqu'un d'autre les a pris», lui répondit Maricchia, offensée par cette insinuation. Dès lors elle se sentit observée par l'Amandière et sa maîtresse.

Quelques jours plus tard, Madame Alfallipe lui demanda si elle savait où se trouvaient de belles couvertures de laine qu'elle avait lavées récemment. Maricchia saisit l'allusion, et elle supplia sa mère de la retirer de cette maison. Ce qui fut fait. Alors qu'elle était sur le point de quitter le Palazzo Alfallipe, l'Amandière, qui ne lui adressait la parole que pour lui donner des ordres, s'approcha d'elle et lui donna une enveloppe. «Madame Lilla m'a chargée de te dire qu'elle veut que tu n'en parles à personne ni même que tu la remercies, c'est un cadeau pour ton trousseau.» Il y avait de l'argent à l'intérieur, la valeur de deux mois de gages, une somme énorme qui lui était bien utile, et Maricchia n'avait pas eu le courage de la refuser.

«C'est dur d'être pauvre», dit Maricchia à voix haute, certaine que cet argent lui avait été donné par l'Amandière pour se faire pardonner sa perfidie. L'Amandière n'avait jamais obtenu les attentions de maître Orazio, elle avait dû en revanche servir toute sa famille, et même vivre avec sa veuve, preuve que le Bon Dieu punit les méchants. «Pour toute récompense, les Alfallipe lui paient maintenant son enterrement», pensa Maricchia en riant intérieurement.

Ni Maricchia Pitarresi ni sa famille ne se rendirent à l'enterrement de l'Amandière.

12

Don Giovannino Pinzimonio au Cercle de la Conversation

Zú Peppino Coniglio avait perdu du temps chez le boulanger. Il haletait à cause de l'escalier raide qui conduisait au centre, il était en retard au Cercle de la Conversation et craignait qu'un autre membre ait déjà raflé *La Sicilia*, le privant du plaisir de lire le journal le premier. La conversation, aussi animée qu'insolite, où étaient engagés ses compagnons habituels, lui causa une telle surprise qu'il ne lui vint pas à l'idée d'attraper le journal. Il resta debout pour écouter, serrant dans ses bras son panier d'où s'échappait une bonne odeur de pain chaud. Il avait oublié ses rhumatismes dans les jambes.

Ce matin-là, don Giovannino Pinzimonio, quatre-vingt-huit ans, tenait sa cour. Les autres membres étaient assis autour de lui et intervenaient de temps à autre, ajoutaient des détails à l'histoire que celui-ci racontait avec animation : ils ricanaient comme des gamins. Au début, zú Peppino ne comprit pas de qui ils parlaient.

« Elle montait dans les arbres comme un singe, un pied ici, une main là, elle s'asseyait à califourchon sur les branches, sautait de l'une à l'autre, s'agrippait à celles qui étaient chargées d'olives et les secouait en sautillant sur la branche de dessous comme si elle dansait. » Don Giovannino se leva et se mit à mimer les mouvements, jambes écartées, genoux pliés. « Elle grimpait sans chaussures, elle ne sentait pas l'écorce rude des arbres sous ses pieds nus, elle l'effleurait à peine tellement elle était agile et légère, en soixante ans de travail je n'en ai jamais vu de pareille. Les olives tombaient comme la grêle et les garçons en bas la regardaient bouche ouverte, ils cherchaient à s'approcher sous l'arbre, mais la vieille surveillante les tenait loin d'elle.

– Ils voulaient regarder ses cuisses, pas ramasser les olives!» s'exclama Mario Lo Garbo, les yeux brillants au souvenir de plaisirs lointains. Les autres riaient. Chacun ajoutait son grain de sel.

«Quelles jambes!
– Une belle fille!
– Petite, mais avec un corps de femme!
– Qu'est-ce que tu en sais, tu l'as touchée?»

Zú Peppino demandait: «Qui?» mais les membres ne faisaient pas attention à lui, absorbés et ravis par ce souvenir piquant, amusés par les boutades de ceux qui ne s'en croyaient plus capables.

Don Giovannino lui adressa finalement la parole: «Tu t'en souviens, toi, de l'Amandière quand elle était petite et qu'elle travaillait sur les terres du baron Putresca?

– Oui, dit zú Peppino, déçu parce qu'il croyait être tombé au beau milieu de ragots récents sur une personne plus intéressante que la domestique des Alfallipe, mais pourquoi vous parlez d'elle?»

Mario Lo Garbo, les yeux encore mouillés d'avoir ri, lui dit: «Tu n'as pas lu l'avis dans la rue? Elle est morte hier.

– C'est du joli de parler des morts qui sont encore chauds et d'en rire, j'espère que vous ne ferez pas pareil avec moi quand je m'en irai dans l'autre monde», répondit zú Peppino, fâché d'avoir manqué l'occasion de rigoler un peu avec les autres, et décidé à gâcher leur gaieté, en vieux rabat-joie qu'il était.

«Tu ne sais parler que de malheurs!» lui répliqua

Mario Lo Garbo, et les autres rirent, zú Peppino méritait cette réponse brusque.

Don Giovannino, lui, se trouva blâmé avec raison, mais, encore sous l'emprise de ses réminiscences, il voulait continuer : «Peppino, c'est vrai que l'Amandière est morte hier, paix à son âme, mais ici on ne dit pas de mal d'elle, au contraire on vante ses beautés.»

Gaspare Ponte ajouta : «Je dis que si elle savait que nous l'admirons encore, elle serait contente. Quand elle était petite elle savait qu'elle était belle, et comment, et elle aimait qu'on la regarde!»

Les membres du Cercle se remirent à parler de l'Amandière, sur un ton plus retenu que précédemment, mais ils retombèrent bientôt dans la plaisanterie. Gaspare Ponte disait en gloussant : «Elle donnait des coups à ceux qui tendaient la main pour l'aider, et de vrais coups!

– Ah bon ? Toi aussi tu as essayé ? demanda don Giovannino.

– Non, qui en aurait eu le courage ? Les vilains mots qui sortaient de sa bouche quand elle était fâchée… elle en connaissait !

– Et comme elle criait !

– Elle avait la voix la plus forte de toutes, quand il fallait appeler quelqu'un de loin, la surveillante s'adressait à elle, elle ressemblait à une chanteuse.

– Peut-être qu'elle aurait dû être chanteuse, j'aimais beaucoup quand les filles et les garçons improvisaient, elle avait une voix mélodieuse, elle faisait aussi les gestes, les poings sur les hanches, et ondulait de haut en bas!» ajouta Mario Lo Garbo en se levant; il imita les gestes de l'Amandière en mettant les poings sur les hanches et en roulant gauchement le bassin sur ses jambes maigres et tordues.

Ils rirent encore, de plaisir. Zú Peppino avait capitulé, il riait à présent avec eux et voulut contribuer à l'égrènement des souvenirs. «Quand on pesait les sacs de la récolte de la journée, elle les jetait sur la balance comme s'ils étaient pleins de plumes, elle était bâtie en fer.

– Elle était faite de fer et de feu», dit don Giovannino très sérieux. Il n'avait pas pardonné à zú Peppino sa réprimande, quand bien même elle aurait été justifiée. «Et puis ce feu s'est éteint, la pauvre», ajouta-t-il. Il tenait à ce que l'autre se sente coupable d'avoir partagé leurs rires.

Les membres du Cercle se calmèrent peu à peu, mais ils ne se turent pas. Le sang rajeuni par les souvenirs de l'Amandière continuait à courir dans les veines fatiguées des vieux. Envahis par les réminiscences du passé, ils continuèrent de parler avec nostalgie de la vie à la campagne; pour une fois les membres du Cercle de la Conversation firent honneur à leur nom, et le journal continua de languir sur la chaise, intact.

Vers midi les membres se préparèrent à rentrer chez eux pour le déjeuner. Les moins âgés allaient se retrouver au même endroit l'après-midi. Don Giovannino suggéra: «Elle nous a fait tellement rire qu'il me semble de notre devoir d'aller à son enterrement, qu'est-ce que vous en dites?» Ainsi, renonçant à leur sieste en signe de gratitude pour les éclats de rire, et quelque peu honteux de leur manque de respect pour la défunte, les membres du Cercle de la Conversation assistèrent en nombreuse délégation à l'enterrement de l'Amandière, provoquant chez les autres assistants pas mal de surprise et de curiosité.

13

Gaspare Risico, employé des Postes mais aussi secrétaire
de la section de Roccacolomba du Parti communiste italien,
et sa femme Elvira

Ce matin du 24 septembre la libraire Pecorilla avait fermé une demi-heure plus tôt pour permettre à la propriétaire, Rosalia Mangiaracina Pecorilla, de préparer le déjeuner et d'aller à l'enterrement de l'Amandière. Elvira Risico, la vendeuse, profita de l'occasion pour acheter chez le poissonnier des sardines fraîches pour son mari, qui adorait le poisson, et pas seulement le vendredi.

Elvira était à la cuisine en train de frire les sardines, ouvertes et débarrassées des arêtes, bien passées à la farine, quand son mari entra furtivement et la prit tendrement par la taille. Ils étaient mariés depuis huit mois et tout le monde disait avec raison qu'ils étaient fous l'un de l'autre. En embrassant son cou devenu moite à la chaleur de l'huile bouillante, Gaspare lui demanda pourquoi elle était revenue tellement en avance.

«Ne me distrais pas, Gasparú, tu ne vois pas que je fais une friture? Elles ramollissent si je ne les fris pas tout de suite», lui dit Elvira sans conviction, car les caresses de son mari devenaient plus appuyées, il lui pétrissait le sein, les cuisses et en dessous, elle se sentait tout humide et salivait doucement. «La domestique de la famille Alfallipe est morte, ce sont des parents de Madame Pecorilla, qui a fermé la librairie plus tôt pour aller à l'enterrement.»

L'étreinte se relâcha un instant, puis reprit. Son mari lui enserra les hanches, se pressa contre elle et dit: «Ce doit être Inzerillo, je l'ai aperçue à la poste la semaine dernière, elle avait l'air fatigué.» Après une pause il ajouta: «C'était une femme méchante, une de celles dont il faut se garder.» Elvira avait chaque jour de nouvelles raisons d'admirer ce mari intellectuel qui savait tout et sur tout le monde, il réfléchissait avant de porter un jugement et avait des pensées profondes et sages, elle répondit: «Et dire que Madame Pecorilla me racontait au contraire que c'était une brave femme, elle a aimé la famille Alfallipe comme si c'était la sienne et l'a servie toute sa vie...» Elle s'interrompit, elle s'en voulait d'avoir employé le terme bourgeois de «servie», honteuse de son ignorance. Gaspare continua de lui mordiller le lobe de l'oreille.

À table ils bavardèrent gaiement en dévorant les sardines chaudes et croustillantes. «Mais pourquoi c'est la famille Alfallipe qui a affiché l'avis dans les rues et qui organise l'enterrement, ça n'est pas à la famille de la défunte de le faire?» demanda Elvira, originaire de la région de Syracuse et donc désireuse de s'intégrer dans le milieu de son mari, où elle allait vivre toute sa vie, à moins que la carrière politique de son Gaspare ne les conduise dans une grande ville.

«Cette racaille doit apprendre à traiter les travailleurs et les subordonnés avec respect de leur vivant, et pas quand ils sont morts. Cette Inzerillo est l'exemple immonde de la prolétaire qui se fait dominer par les capitalistes et traite les autres de façon répugnante, je le sais parce qu'au bureau de poste j'ai dû la remettre plusieurs fois à sa place. Elle prenait des airs de baronne. Baronne de mes fesses!» Il n'en dit pas davantage, il n'aurait pas aimé raconter qu'en réalité c'était l'Amandière qui l'avait engueulé plus d'une fois parce qu'il n'était pas là pendant ses heures de travail pour recevoir les réclamations:

il avait filé au siège du Parti pour lire *L'Unità*, comme il le faisait tous les jours, ce qui d'ailleurs était toléré par le directeur, beau-frère de sa tante, grâce à laquelle il avait obtenu son emploi. L'Amandière l'avait apostrophé comme un écolier, elle qui savait à peine écrire, elle lui avait fait comprendre qu'elle était au courant de ses absences régulières et qu'il devait donner le bon exemple s'il voulait se faire respecter par les travailleurs.

L'effet de l'invective de Gaspare, très brève en comparaison des sermons qu'il faisait d'habitude à sa femme pour former sa conscience politique, fut surprenant et inattendu. Elvira, toute souriante et amoureuse, lui mit une main sur l'épaule, lui caressa le cou et lui dit: «Aujourd'hui j'ai une surprise pour toi», tandis que de l'autre main elle déboutonnait lentement son peignoir et faisait apparaître ses seins gonflés: elle était complètement nue.

Ils ne finirent pas les quatre sardines qui restaient, et Elvira dut remercier l'engagement politique de son mari qui lui avait interdit de prendre une domestique, même pour quelques heures, car ainsi, ce mardi-là, 24 septembre, Gaspare Risico aima sa femme sur la table du déjeuner, avec toute la vaisselle qui sautait allégrement sous ses coups de reins. Outre la pensée marxiste, il enseignait à sa femme de merveilleuses transgressions. Après la première étreinte Gaspare s'était levé et éloigné de la table où était couchée Elvira, rassasiée et très belle, pour mieux la regarder; comme il avait un verre de vin à portée de la main, il en but une gorgée. Il eut la bonne idée de verser le reste dans le nombril d'Elvira, tout petit et parfait, et de là le vin se mit à couler sur son ventre tendre et palpitant jusqu'à pénétrer dans ses parties intimes et à goutter sur ses cuisses ouvertes. Elvira connut ainsi les joies du cunnilingus.

Gaspare Risico oublia cet après-midi-là d'avertir ses camarades de s'abstenir d'aller à l'enterrement de Mademoiselle Inzerillo, «traître à la classe ouvrière». Ce n'était pas nécessaire, car il ne vint à l'idée d'aucun des membres du Parti communiste de Roccacolomba d'aller à un enterrement à trois heures de l'après-midi; ce qui n'empêcha pas Risico de se vanter les jours suivants d'avoir évité, grâce à son sens avisé de l'opportunité, que le Parti ne soit discrédité auprès de la population.

14

L'enterrement

Le docteur Mendicò, avec à son bras sa sœur, Madame Concetta Di Prima, se dirigeait vers l'église de l'Addolorata pour assister à l'enterrement de l'Amandière. Il était silencieux, plongé dans ses pensées. Comme il avait coutume de le faire depuis qu'il avait vieilli, il dit soudain à haute voix : «Cette mort me paraît louche, l'Amandière aurait dû tenir au moins jusqu'à Noël! Elle était pressée de partir et cette fois encore elle a réussi.»

Madame Di Prima essaya de l'apaiser : «Voyons, Mimmo, calme-toi.» À ce moment-là des connaissances s'approchèrent, qui se rendaient également à l'enterrement, et ils entrèrent tous ensemble dans l'église.

Le docteur Mendicò et sa sœur s'assirent dans les premiers rangs. Le docteur aimait admirer l'autel baroque de marbres polychromes, la statue de l'Addolorata au regard mélodramatique, dans le style maniériste de la province, le décor d'angelots, de couronnes de fleurs et de fruits qui ornait l'abside, riche don du prince di Brogli, sans doute pour soulager sa conscience : il avait en effet contraint sa fille aînée à entrer dans les ordres pour des raisons de succession, et elle était devenue abbesse du couvent. Le médecin posa les yeux sur le cercueil et remarqua que l'Amandière avait inconsciemment choisi pour son enterrement l'église la plus indiquée : elles étaient l'une et l'autre des femmes sacrifiées par leur famille, l'une pour des raisons de prestige et l'autre, de survie. « La noblesse et les indigents ont beaucoup de choses en commun, mais ils ne le savent pas », chuchota le docteur Mendicò à sa sœur. Madame Di Prima fit un vague signe d'acquiescement, en se disant qu'avec la vieillesse les réflexions de son frère devenaient de plus en plus extravagantes.

Le père Arena, assisté du jeune curé dans la sacristie de l'église dont il avait été lui-même le curé, était en train de s'habiller pour célébrer la cérémonie funèbre. Depuis qu'il était retraité, il avait presque oublié la prêtrise et vivait paisiblement dans la petite maison de campagne de son filleul, où il vaquait aux soins du potager et du petit jardin devant la maison. Il exécutait un travail de paysan, lui, le fils d'un métayer du prince di Brogli, choisi et destiné par ses parents – avec l'aide du prince – à une vie différente et meilleure que celle des champs.

Au mois de mai précédent, l'Amandière avait repris contact avec lui et ils s'étaient rencontrés à plusieurs reprises, ils avaient renoué leur belle amitié. Sans trahir la moindre émotion, elle lui avait annoncé qu'elle allait mourir avant l'hiver; elle lui avait demandé de l'aider à écrire quelques lettres, comme autrefois, et avait exprimé le désir que ce soit lui qui officie à son enterrement. On ne pouvait pas dire non à l'Amandière.

Le père Arena avait revêtu les ornements violets et or de l'office des morts, la dentelle du surplis de lin blanc du nouveau curé lui arrivait à peine sous le genou. Il songeait aux belles tuniques longues, cousues par les religieuses du couvent exprès pour lui, qui était de haute stature, chose inhabituelle chez les paysans et les gens pauvres qui alimentaient le clergé. Le père Arena, en effet, était très grand, mince et de santé délicate, et s'était souvent demandé si la bienveillance du prince di Brogli n'avait pas quelque rapport avec sa mère, dont on disait qu'elle avait été très belle dans sa jeunesse; il se distinguait de ses frères, petits et trapus, et avait été envoyé au séminaire à un âge tendre, non pour avoir manifesté une vocation précoce, qu'il n'avait jamais ressentie, mais afin de ne pas créer de gêne par sa présence. Comme l'Amandière, il s'était contenté de ce qu'on lui offrait, il avait mené une vie simple et, dans l'ensemble, satisfaisante.

Célébrer la messe l'avait toujours terrifié, à cause de son bégaiement, qu'il était parvenu à contrôler grâce à un stratagème auquel il devait sa popularité: il avait appris à réciter les prières, et même à prêcher, à toute vitesse, ses messes s'achevaient en un quart d'heure, un véritable record. Les familles riches du lieu, en partie à cause de la protection princière qui lui était accordée, en partie à cause de sa rapidité et de son bon caractère, se le disputaient pour les mariages, les baptêmes, les premières communions et les enterrements, mais aussi pour les messes familiales à domicile ou dans les chapelles campagnardes. Il avait eu ainsi l'occasion de fréquenter des personnes haut placées et surtout de s'asseoir à leur table : il avait appris à apprécier la bonne cuisine et se montrait ouvertement gourmand, mais sans culpabilité, puisqu'il ne devait tous ces bienfaits qu'à sa tâche de prêtre.

Le père Arena avait longtemps pensé à l'oraison funèbre de l'Amandière. Il s'était même écrit une petite page de notes qu'il n'arrivait plus à retrouver. « Bon, ça ira comme ça pourra », dit-il en rajustant sa tenue, et il se présenta dans l'église à trois heures sonnantes, suivi du curé.

Il fut surpris de voir tant de monde. Au premier rang se tenaient les Alfallipe, seule Madame Adriana portait des vêtements de deuil. Sur le banc derrière eux se pressaient Santa et d'autres femmes habillées de noir et la tête couverte. Il y avait aussi quelques amies de Madame Alfallipe, ce qui le rassura, elles la soutiendraient et la réconforteraient pendant les jours suivants, puis de vieux employés de maison des Alfallipe, et beaucoup d'habitants du bourg, de gens pauvres, vendeurs de fruits, portiers des grandes maisons de Roccacolomba Alta, petits commerçants, connaissances de l'Amandière. Le père Arena regardait le reste de la congrégation, il ne s'attendait pas à cette foule : il y avait divers notables, le notaire Vazzano, le docteur Mendicò et sa sœur, l'agronome Masculo et sa femme, la mère supérieure du couvent, des instituteurs, et même un groupe de vieux membres du Cercle de la Conversation. Et ce n'était pas tout, il y avait aussi des paysans des propriétés qui avaient appartenu autrefois aux Alfallipe, ils étaient en nombre et occupaient quatre ou cinq rangs, au fond, en groupe compact, la casquette à la main et le regard contrit comme des écoliers, et encore d'autres hommes, d'âge moyen, qui paraissaient étrangers, peut-être des élagueurs ou des hommes de la campagne. Perplexe et confus, il se tourna vers le cercueil. Pauvre Amandière, qui aurait imaginé que ce serait lui, tellement plus vieux qu'elle, qui célébrerait ses obsèques, et devant tout ce monde... d'où sortait-il donc?

Il commença la messe, très vite comme toujours. Au moment de l'oraison funèbre il s'approcha du pupitre et s'exprima sans frein, sans mal: «Il est toujours difficile de parler des morts. Tantôt je cherche à dire les mots que le disparu aurait appréciés, tantôt ceux que la famille voudrait entendre... je me suis rarement décidé à dire ce que je voulais. Pour Maria Rosalia Inzerillo je dirai ce que j'ai envie de dire, parce que je la connaissais depuis qu'elle avait douze ans et que je l'aimais comme ma fille. En grandissant elle est devenue une véritable amie, je la connaissais bien, moi, "l'Amandière", comme l'appelaient les paysans pour l'insulter, "Mandi" pour la famille Alfallipe. Elle a travaillé toute sa vie comme une bête. Créature inquiète dans son corps et dans son âme, elle ne connaissait pas le repos et cherchait toujours à faire davantage et mieux. Elle était d'un caractère difficile et revêche, elle riait rarement, mais elle avait un sens de l'humour bien à elle. Elle a consacré sa vie aux Alfallipe et a fait pour eux ce qu'elle considérait comme juste. Elle avait peu d'amis, et pourtant je vois ici beaucoup de personnes, elle en avait sans doute plus que je ne pensais. Elle avait aussi des ennemis: elle ne pardonnait pas facilement, elle était têtue comme personne. Dieu lui pardonnera ces défauts, parce qu'elle a beaucoup souffert depuis son enfance où elle ramassait les amandes dans les champs…»

À cet instant le père Arena se sentit transpercé par deux rayons pénétrants et terribles qui le conduisaient inexorablement vers don Vincenzo Ancona. Il fixa son regard sur la silhouette inimitable, au fond de l'église, devant une colonne du portail, jambes écartées et bras croisés; le manteau posé sur ses épaules solides et lourdes semblait celui du Pouvoir, il créait une auréole autour de son corps.

Le père Arena se tut subitement et demeura immobile comme une statue. Il se ressaisit avec un énorme effort. Abandonnant tout ce qu'il aurait voulu dire, il conclut précipitamment: «Elle a même souffert en mourant encore jeune. Je vous dis que c'était une femme admirable, qu'on apprendra aussi à aimer avec le temps, car elle a toujours tenu parole et a été une domestique et une amie loyale. Je présente mes condoléances à ses neveux et à son beau-frère, qui malheureusement ne sont pas présents, et à la famille Alfallipe.»

Alors seulement le père Arena parvint à détacher son regard de celui de don Vincenzo, et le porta sur Madame Alfallipe. Il se sentait défaillir et s'appuya au pupitre. Il leva les yeux pour chercher encore ceux de don Vincenzo, comme un agneau de lait qui a encore besoin de l'approbation de sa mère. Mais don Vincenzo Ancona n'était plus là. Il s'était volatilisé telle une apparition, pas un bruit de pas, pas un grincement des gonds: il avait disparu avec ses hommes.

15

Don Paolino Annunziata fait sur lui pour la deuxième fois de sa vie, et toujours à cause de l'Amandière

Don Paolino n'était pas religieux. Il n'allait à l'église que pour les enterrements, les baptêmes et les mariages, et donna Mimma en était très peinée, bien qu'il y eût une bonne raison au manque d'assiduité de son mari : il souffrait d'arthrite. Au début et à la fin d'un service, c'était pour lui toute une affaire de se glisser entre les bancs de bois, ces engins infernaux avec un repose-pieds où il se prenait les chevilles, des agenouilloirs rabattables qui lui cognaient les genoux, des tablettes en saillie à ranger le missel qui l'empêchaient de bouger. Une fois, au mariage d'une nièce, des hommes s'étaient mis à trois pour l'extraire du banc où il s'était encastré en tombant. Dans l'église de l'Addolorata il avait préféré laisser sa femme et sa nièce Lucia se mettre en vue sur les premiers bancs, dans la nef centrale, et il avait heureusement trouvé près de la porte d'entrée une chaise où il s'était installé, pour être parmi les premiers à sortir après l'office.

Il observait avec bienveillance le père Arena, qu'il avait tant de fois accompagné en voiture à la maison de campagne de l'avocat, du temps de Madame Lilla, quand elle faisait encore célébrer la messe dans la chapelle. Un brave homme, ce père Arena, il avait de la sympathie pour lui. Finalement il n'était pas si «prêtre» que ça, il avait mis enceinte sa servante, donna Maricchia, veuve et plus âgée que lui, qui lui avait donné un beau garçon, ils se ressemblaient comme deux gouttes d'eau. Le père Arena ne cachait pas la chose, comme tant d'autres prêtres, et pendant les trajets en voiture les deux hommes parlaient souvent de leurs enfants respectifs.

Écouter la messe célébrée par lui était un plaisir en raison de sa brièveté assurée. Don Paolino la comparait à un voyage en voiture : il démarrait en haletant et en trébuchant sur son balbutiement, prenait de la vitesse en mangeant ses mots et en sautant des phrases, pour atteindre en un éclair l'*ite missa est*. Une véritable Alfa Romeo. L'oraison funèbre serait sûrement courte elle aussi, don Paolino écoutait les paroles du prêtre avec attention. Bravo, père Arena, se dit-il en remarquant qu'il parlait avec clarté et sans bégayer, on voit qu'il s'est amélioré en vieillissant, et il le regardait avec affection.

Mais soudain, après les premières phrases, le père Arena s'était interrompu. Il sembla à don Paolino qu'il avait les yeux fixés sur lui, mais il n'en était rien, le regard du prêtre glissait au-delà de sa personne. J'ai eu tort de croire qu'il n'est plus bègue, le voilà qui recommence, il ne veut pas s'emmêler les pédales et il ne sait pas comment avancer, pensa don Paolino, calme et certain que le père Arena allait bientôt recommencer à parler. Mais le prêtre restait immobile et muet, il paraissait pétrifié par une mystérieuse terreur, son regard planté au-dessus de l'épaule droite de don Paolino, comme celui d'un lièvre devant la torche des chasseurs nocturnes, victime impuissante attendant d'être criblée de balles. Don Paolino commença à éprouver un étrange malaise, comme s'il était impliqué, comme s'il surgissait de derrière son dos un faisceau de lumière diabolique qui foudroyait et paralysait le père Arena.

Au prix de contorsions douloureuses, don Paolino, qui n'avait pas perdu sa curiosité proverbiale, réussit à se retourner et à regarder derrière lui: appuyé contre la porte se tenait don Vincenzo Ancona, les yeux fixés sur le père Arena; le vieux visage rouge à la peau tendue, brillante et presque sans rides, rayonnait d'énergie et de puissance. Il y avait avec lui quatre hommes vêtus de noir qui scrutaient l'église d'un bout à l'autre. Don Paolino fut aussitôt repéré et frappé par une expression de mise en garde qui lui transmettait le message connu: «Occupe-toi de tes affaires et rappelle-toi que tu n'as rien vu.» À une vitesse prodigieuse et sans la moindre douleur dans ses os, don Paolino reprit sa position initiale et baissa la tête comme s'il était en pénitence. Il voyait trouble et tremblait de peur. Il sentit une chaleur en lui qui descendait lentement entre ses cuisses, se répandait sur ses jambes et remontait à ses fesses: don Paolino Annunziata pissait dans son pantalon.

La messe était finie et les fidèles se préparaient lentement à sortir de l'église. Don Paolino resta collé sur sa chaise, embarrassé à l'idée que les autres s'aperçoivent que son pantalon était mouillé. Il dit à sa femme qu'il attendait pour saluer le père Arena. Sa vue redevenait nette et il commençait à se sentir mieux, mais il était tout empastouillé, et l'urine, en refroidissant, lui causait une sensation odieuse. Il se leva avec précaution et se dirigea vers la sacristie en veillant à raser les murs, dans la pénombre.

Le père Arena était seul. Il avait ôté ses ornements et se tenait debout devant le portrait de la bienheureuse Carmela di Brogli, première abbesse du couvent, au regard sombre et dur, comme s'il l'implorait d'intercéder auprès du Seigneur. Don Paolino s'approcha: il comprit que le prêtre demandait du courage à cette religieuse, peut-être son aïeule, et il attendit un moment. Puis il effleura sa soutane pour attirer son attention. Le prêtre sursauta : « Ah, c'est toi Paolino, tu m'as fait peur.

– Je l'ai vu moi aussi, mon père, et j'ai pissé dans mon pantalon. »

Le père Arena lui répondit avec un demi-sourire : « Tu ne dois pas t'inquiéter, ni pour toi, ni pour moi. Tiens, sers-toi de ça. » Il lui tendit un linge de lin et l'aida maladroitement à s'essuyer.

Peu après, les deux vieux, l'un grand et droit, solennel dans sa soutane noire flottante, l'autre petit, les jambes plus chancelantes qu'à l'accoutumée, plié sur sa canne, apparurent ensemble sur le parvis où la foule s'attardait et bavardait en attendant le père Arena. « Donne de tes nouvelles », dit-il à don Paolino, et il rejoignit promptement le cortège funèbre. Il se plaça en tête, à côté de Gianni Alfallipe, et le corbillard s'ébranla.

Don Paolino resta devant l'église, dans l'espoir que la brise le sécherait. Pour se donner une contenance, il suivait respectueusement des yeux le cortège qui, tel un lent ver de terre, se déroulait dans la rue tortueuse qui descendait vers le cimetière. Quand l'ondoyante file bavarde disparut, il retourna chez lui tout penaud. Il expliqua à donna Mimma que les sardines farcies du déjeuner lui avaient causé de l'acidité et se mit au lit, espérant que son pantalon sécherait sans conserver de trace de sa honte.

Cet après-midi-là, il dormit comme une souche. À son réveil, c'était déjà le soir, avec dans l'air l'odeur sucrée des oignons frits du dîner, et il se sentit à l'abri. « L'Amandière n'aurait pas dû me faire ça, se dit-il en se moquant de lui-même, deux fois c'est trop ; quinze ans ont dû passer depuis la première, et elle y est encore mêlée. »

95

C'était un soir obscur de décembre, où la nuit tombe à quatre heures de l'après-midi, et ils revenaient ensemble de la campagne en voiture. L'Amandière était assise à côté de lui, comme elle en avait l'habitude quand ils voyageaient seuls, elle ne jouait pas à la patronne. Elle avait pris depuis peu les rênes de l'administration chez les Alfallipe et c'était une période de conflit entre elle et les métayers, réticents à accepter son autorité. C'était l'époque du bandit Salvatore Giuliano, des revendications des ouvriers agricoles, de la lutte entre l'ordre ancien et une mafia en pleine transformation, de plus en plus agressive et consciente du rôle qu'elle s'apprêtait à tenir dans le conflit politique et de classes de l'Italie démocrate-chrétienne. Chaque visite sur les terres était une aventure et un nouvel affrontement. Pour don Paolino, amoureux de la vie paisible, le meilleur moment était celui où ils quittaient la ferme, chargés de vivres et de produits du potager.

Ce jour-là la voiture sentait les légumes fraîchement ramassés et le parfum des premières oranges de la saison. Don Paolino conduisait avec précaution, dégustant par avance les légumes bouillis qu'il allait manger pour le dîner, avec un filet d'huile d'olive nouvelle et un jus de citron. Il avançait lentement et en faisant très attention sur la petite route pleine de nids de poule et de cailloux traîtres. Il avait pris avec prudence le long virage qui suivait la corniche, à pic au-dessus d'un ravin plein de ronces et de pierres.

À ce moment précis, après le virage, ce fut l'arrêt. Trois hommes barraient la route: ils les attendaient, le fusil pointé sur eux; on ne voyait que leurs yeux, entre la casquette et l'écharpe qui leur couvrait le visage. La réaction de l'Amandière fut immédiate. Elle lui posa la main sur la cuisse, sans aucune gêne, et lui dit : « Quand je vous dirai d'y aller, passez la première et démarrez vite, compris ? Maintenant arrêtez-vous et faites ce qu'ils disent. » L'homme au milieu de la route hurla : « Éteignez vos phares ! » Dans sa confusion don Paolino alluma les feux de croisement et s'arrêta. « Je t'ai dit d'éteindre les phares, crétin ! » hurla encore l'autre. Don Paolino obéit et ils restèrent dans l'obscurité. Pendant ce temps l'Amandière avait baissé sa vitre ; sans attendre que celui qui était de son côté s'approche, elle sortit la tête et dit d'une voix forte et assurée : « Qu'est-ce que vous voulez ? » L'homme s'avança lentement, le fusil toujours pointé, il la regarda bien en face et demanda : « C'est la voiture de maître Alfallipe ? » Son compagnon, lui, examinait l'intérieur de la voiture par les fenêtres pour s'assurer qu'il n'y avait pas d'autres passagers.

L'Amandière répondit : « Vous savez très bien que cette voiture appartient à maître Alfallipe, que je suis l'Amandière, Maria Rosalia Inzerillo, et que cet homme au volant est don Paolino Annunziata, chauffeur de l'avocat. Je dois retourner travailler chez les Alfallipe, alors dépêchez-vous et dites ce que vous avez à dire. » Elle rentra la tête et s'assit bien droit sur son siège, le cou toujours tourné pour pouvoir regarder dans les yeux l'homme menaçant tout proche. Celui-ci fit glisser son fusil sur le côté et posa lentement le bras gauche sur la fenêtre ouverte ; puis, en prenant tout son temps, il parla : « Mademoiselle, c'est un avertissement pour vous : la campagne ne vous fait pas de bien, l'air du bourg est beaucoup plus sain et il vaut mieux que vous soyez domestique dans la maison de maître Alfallipe sans vous occuper de ce qui ne vous regarde pas.»

La tension était extrême. Don Paolino regardait devant lui : pointée sur lui, il y avait la gueule du fusil de l'homme inquiétant qui était au beau milieu de la route, les jambes écartées, tel un géant de pierre. Il crut deviner un tremblement hésitant dans la main de l'Amandière encore insistante sur sa cuisse ; il sentait la pression de ses ongles sur le drap de son pantalon. Elle avait peur elle aussi, et il se vit perdu.

Sa voix tonnante le fit sursauter. Elle braillait en postillonnant, mais ses mots étaient clairs et simples : «Personne ne me parle de cette manière, mais je comprends que ça n'est pas votre faute, ni des messieurs qui sont avec vous aujourd'hui, on ne vous a pas bien expliqué la situation, et ce n'est pas à moi de le faire maintenant. Ayez l'amabilité d'aller dire à don Vincenzo Ancona que l'Amandière lui envoie ses salutations et que je l'appellerai bientôt, qu'il ne se donne pas la peine de prendre contact avec moi, je lui enverrai un mot quand je serai prête à lui parler, qu'il ne s'inquiète pas, je suis et je reste une "femme de silence". Surtout, transmettez-lui tout de suite ce message, et dites-lui aussi que je ne suis pas offensée par cette rencontre avec vous tous, je ne la prends pas mal, il n'y en aura d'ailleurs pas d'autres, et vous ne m'avez pas trop retardée. Je dois m'en aller maintenant, parce que don Vincenzo sait bien que je suis bonne à tout faire de la famille Alfallipe. Il le sait parce que c'est comme ça, il sait tout, et il sait aussi que je dois surveiller maintenant les propriétés de l'avocat. Je dois venir à la campagne ; et l'air de la campagne me fait beaucoup de bien. Quand j'aurai besoin d'aide, je n'aurai pas honte de l'appeler, il sait que je le respecte. En attendant, bonnes fêtes et joyeux Noël à tous, et maintenant écartez-vous parce que je suis en retard.»

Elle gesticulait en parlant et avait retiré sa main de la cuisse de don Paolino, mais à ce moment-là elle la laissa retomber lourdement. D'une voix forte et ferme l'Amandière donna l'ordre «Don Paolino, allons-y», et elle se tourna pour regarder la route devant elle sans plus accorder un regard à l'individu qu'elle avait apostrophé. Elle les avait congédiés. Don Paolino mit la voiture en marche et avança lentement, l'homme devant lui restait immobile, le fusil braqué sur lui. La main de l'Amandière lui ordonna de continuer. Don Paolino pensa que son heure était peut-être arrivée, soit il était tué à coups de fusil, soit il se fracassait dans le ravin; seule cette main, lourde comme une pierre, qui appuyait sur sa cuisse, lui donnait la force de conduire comme un automate. Lentement, en gardant son attitude arrogante, l'homme commençait à se déplacer du côté de la montagne, laissant la voie libre à la voiture, le fusil toujours braqué sur don Paolino. La voiture avançait au pas.

L'Amandière se pencha à la fenêtre et dit: «Nos salutations, allez répéter ce que je vous ai dit à don Vincenzo Ancona, je ne voudrais pas vous faire avoir des ennuis, vous ne le méritez pas pour si peu.» Elle serra la cuisse de don Paolino comme dans un étau. Il alluma les feux de croisement et appuya sur l'accélérateur, la voiture partit dans un nuage de poussière. Il s'aperçut alors qu'il était assis dans une flaque de liquide froid, il s'était pissé dessus.

Ils firent le voyage de retour en silence. Quand ils arrivèrent à la résidence Alfallipe, l'Amandière lui dit:

«Montez à la cuisine, je vous donnerai un pantalon de l'avocat et je laverai le vôtre, dites à votre femme qu'il s'est taché d'huile, pas un mot à quiconque, je vous le demande.» Don Paolino ne parla pas de ce qui était arrivé, et depuis ce jour, à la campagne, tout se passa très bien pour l'Amandière.

16

Après l'enterrement le docteur Mendicò présente à Santa
les condoléances qui s'imposent et a une conversation
avec le notaire Angelo Vazzano

Après l'enterrement le docteur Mendicò renouvela ses condoléances aux Alfallipe. Il jugea opportun de les présenter aussi à Santa. Il essaya de la distinguer dans la foule ; il la trouva près de l'église, entourée d'un groupe de femmes bruyantes qui faisaient assaut d'apitoiements et d'oraisons funèbres pompeuses. Le docteur attendit patiemment une pause avant de les aborder et de faire remarquer sa présence à Santa ; entre-temps, il les avait écoutées.

Santa vivait son moment de gloire, elle vantait les qualités culinaires et domestiques de l'Amandière, sans manquer de souligner la haute estime en laquelle celle-ci l'avait toujours tenue, et ses propres vertus. Les femmes étaient suspendues à ses lèvres.

«Elle m'a beaucoup appris en cuisine, même si je savais cuisiner, et bien : desserts, biscuits, glaces, pâtés à la viande, croquettes de riz, et même les meringues et les profiteroles… Elle laissait tout impeccable dans la cuisine, elle n'a jamais voulu que je lave pour elle les cocottes et les plats à rôtir. Jamais elle ne m'a laissé manger seule. Elle préparait la table pour Madame Adriana et la servait elle-même, et dire qu'elle était chez elle, dans ses murs, elle la traitait comme si elle était la maîtresse, absolument pour tout.»

Les bruyantes exclamations d'admiration et de surprise des auditrices couvrirent les paroles de Santa, qui reprirent le dessus quand elle se mit à conter les derniers hauts faits de son héroïne: «La semaine qui a précédé sa mort, elle a voulu faire des biscuits aux amandes et aussi du massepain. Elle avait la farine d'amandes, mais ça ne lui plaisait pas, elle disait qu'il fallait aussi des amandes amères, elle savait tout. Elle a demandé à Madame Carmela de lui en acheter, ensuite elle est allée dans la cuisine préparer les biscuits. Elle s'est levée de son lit pour les pétrir. C'était visible qu'elle avait des douleurs et qu'elle allait mal.» Santa se remit à pleurer, submergée par le chœur de louanges des femmes: «Elle était courageuse!» «Quelle sainte femme!» «Qu'est-ce que vous allez faire sans elle?» Enhardie, Santa poursuivit: «Pour vous montrer à quel point elle me respectait, je ne vous dirai qu'une chose. Elle a fait deux fournées de biscuits, l'une était brûlée, l'autre était réussie et croquante. Elle m'a dit: "Gare à toi si tu manges les biscuits brûlés, ils sont devenus amers et toi et Madame Adriana devez prendre les bien dorés, qui sont sucrés." Elle a emporté les biscuits tout brûlés dans sa chambre et les a mangés seule, parce qu'elle avait horreur du gaspillage.»

Un passage s'était ouvert dans le cercle et Santa aperçut le docteur. Elle lui sauta au cou et ne le lâcha pas pendant un moment, fière de montrer aux commères que le médecin traitant de l'Amandière la considérait comme un membre de la famille digne de recevoir ses condoléances en public, sceau final de l'importance qu'elle avait acquise ce jour-là. Le docteur finit par se libérer de cette étreinte et s'en alla.

Dans la rue le notaire Vazzano s'était approché du docteur Mendicò et ils firent un bout de chemin ensemble. «C'était un personnage unique, en affaires elle avait un flair que je lui enviais... songe qu'elle a réussi à limiter les dégâts du démembrement des terres des Alfallipe et à céder aux indigents des terrains de pierres et de broussailles, elle connaissait leurs propriétés mieux qu'un régisseur, je peux te le dire en tant que professionnel. Malgré son mauvais caractère, c'était une femme bien, et dévouée à la famille Alfallipe», conclut le notaire. Le docteur en convint.

«Ôte-moi d'un doute, Mimmo, toi qui étais son médecin... il y a un testament?

– Je ne sais pas.

– Je te le demande parce qu'il y a longtemps elle m'a fait établir la donation de son appartement à Madame Alfallipe, et je pensais qu'elle allait faire aussi un testament, mais non, et j'ai été étonné, je pensais qu'elle avait confiance en moi. Elle aurait pu faire un testament olographe, elle écrivait avec difficulté, nous le savons tous, et pourtant elle devait avoir de l'argent. Elle ne déclarait pas de revenus, personne ne veut payer des impôts, mais quand elle avait besoin d'argent, l'Amandière en trouvait, et je me suis toujours demandé d'où elle le sortait.»

Le docteur Mendicò n'avait jamais beaucoup aimé Angelo Vazzano, et cette question l'agaça. «Tu devrais le savoir mieux que moi, je ne suis que médecin. Quant à l'argent, je ne lui en ai jamais demandé.

– Elle n'a peut-être pas eu le temps, après tout, elle avait l'air d'aller bien il y a quelques semaines, il me semble qu'elle est partie en vacances en août, elle ne pensait pas qu'elle mourrait si tôt... Qu'en penses-tu?» demanda le notaire en espérant une réponse plus concluante. Il n'obtint que des monosyllabes: «Elle si, moi, non.» Le notaire comprit que Mimmo Mendicò n'en dirait pas davantage et il prit congé.

Resté seul, le docteur Mendicò méditait sur les paroles de Santa et sur les commentaires du notaire. L'Amandière était certainement morte avant l'heure. Il avait diagnostiqué sa tumeur en mai, lui avait conseillé de faire des analyses et de demander l'avis d'un spécialiste; mais elle avait dit non. Il l'avait prévenue que ce sot refus allait probablement abréger sa vie, et pour toute réponse l'Amandière lui avait demandé si elle réussirait à vivre jusqu'à l'automne. Il avait répondu que c'était possible, et l'Amandière avait conclu: «Ça me convient de mourir à la fin de septembre.»

Pourtant l'aggravation soudaine de la semaine précédente l'avait pris de court; malgré ses fortes douleurs à l'estomac, l'Amandière avait refusé encore une fois d'être hospitalisée pour des examens; et à la fin de septembre elle était morte, comme elle l'avait décidé. Le docteur Mendicò secoua la tête et se dit avec une tristesse infinie: «Il est temps que j'arrête, je ne suis plus un bon médecin, je dois l'admettre.»

17

*Don Giovannino Pinzimonio contemple la promenade
et songe à l'Amandière*

Après l'enterrement don Giovannino Pinzimonio se
sentit très fatigué. Il s'arrêta au Cercle pour une brève
pause avant de reprendre la montée vers chez lui. Les
chaises étaient disposées sur le trottoir, alignées contre le
mur. Don Giovannino se laissa tomber sur la première
venue, au lieu d'essayer de retrouver sa préférée. Elles
étaient apparemment toutes pareilles, ces chaises de
paille du Cercle de la Conversation, mais chacun des
membres en avait choisi une, gare à qui la lui prenait, il y
avait eu de grandes querelles à ce sujet dans le passé.

Le soleil tapait encore sur les pierres. La lumière était
aveuglante, don Giovannino avait du mal à garder les
yeux ouverts et il s'assoupit. Il fut réveillé par le caquetage
des passants qui avançaient sur la place : la promenade
avait commencé. Plutôt que de rentrer chez lui comme à
son habitude, il demanda un café au garçon pour rester
éveillé et regarda autour de lui.

Le bâtiment du Cercle de la Conversation était en très
mauvais état ; il se composait d'une grande salle du XVIIIe
au rez-de-chaussée, meublée de chaises et de guéridons, et
de quatre pièces au premier étage, à présent désertes et
pleines de vieux meubles inutilisables entassés, des pièces
dont on disait qu'elles avaient servi autrefois à des conversations intimes et coupables avec des femmes introduites
là clandestinement. Un vieux serviteur veillait au nécessaire : homme à tout faire, quelquefois même secrétaire et

104

administrateur. La riche bourgeoisie montante du village avait fréquenté le Cercle jusqu'en 1860, où elle s'était déplacée au nouveau Cercle de l'unité italienne. Alors avait commencé le déclin du Cercle de la Conversation. Ses membres appartenaient à la très petite bourgeoisie, beaucoup étaient retraités, et l'édifice était dans un état de dégradation avancé. Malgré cela, don Giovannino et les autres membres en étaient fiers et se vantaient de disposer du siège le mieux placé de la province. Il était en effet situé dans la partie la plus large de la place, c'est-à-dire dans la rue principale de Roccacolomba, près de l'église paroissiale et des magasins les plus élégants, en face du café le mieux fréquenté, et c'était indiscutablement l'endroit le plus confortable pour observer la promenade.

Quand la journée fraîchissait, les habitants envahissaient la place pour la promenade, tous les soirs et pour les fêtes d'obligation. Une activité sociale agréable, salutaire et extrêmement importante, que don Giovannino avait pratiquée dans sa jeunesse pour chercher une épouse, pour obtenir des missions et entretenir ses relations sociales, pour montrer ses belles et bonnes filles en âge de se marier, et pour passer le temps. Don Giovannino constatait qu'en dépit des changements des dernières années et de l'avènement de la télévision, beaucoup d'habitants de Roccacolomba se promenaient sur la place, riches ou pauvres, mais tous habillés avec soin. Le dimanche les domestiques des familles riches faisaient elles aussi la promenade, mais jamais on n'avait vu l'Amandière parmi elles. Les jeunes filles représentaient la majorité des promeneurs. Il remarqua trois ou quatre jeunettes qui passaient et repassaient devant lui bras dessus, bras dessous. Elles parlaient toutes en même temps, gloussaient et regardaient autour d'elles. Devant le café, territoire des hommes, elles ralentissaient. Les hommes sérieux se promenaient peu, généralement en compagnie de leurs épouses, reposées et pomponnées après la sieste. Les autres préféraient se réunir dans les cafés, leur terrain, pour regarder la promenade des femmes et des coureurs de jupons qui leur emboîtaient le pas. Orazio Alfallipe était l'un d'eux, il faisait la promenade tout seul, dans le sillage des postérieurs ondulants des femmes.

Le même petit groupe repassa devant don Giovannino. Une des filles, petite et assez vilaine, lança un regard de feu à un garçon appuyé nonchalamment au comptoir. Leurs regards se croisaient fugitivement chaque fois que les filles passaient devant lui, puis elle tournait la tête de l'autre côté et continuait sa promenade en accentuant son balancement de hanches.

Toutes les chaises alignées contre le mur étaient désormais occupées par les membres du Cercle, silencieux, prêts à surprendre le tremblement d'un sein, l'ondulation d'une belle paire de fesses, à déshabiller les rares femmes plantureuses qui osaient porter des robes moulantes, au bras de leur mari, de leur père ou de leur frère. Les pensées de don Giovannino se portèrent vers le jeune corps aigrelet de l'Amandière. Il avait du mal à garder les yeux ouverts, ses paupières abîmées et ridées tombaient et sa vue s'obscurcit. Les images du passé surgirent devant lui comme s'il était au cinéma.

18

Don Giovannino se souvient

Don Giovannino était un expert agricole honnête et apprécié. Son travail l'amenait à circuler à cheval sur les terres et il pouvait se vanter de bien connaître tous les terrains de la province. Il partait à l'aube pour revenir au coucher du soleil. Il revoyait sur la route la petite fille de quatre ou cinq ans qui marchait droite et fière à côté de son père, dans la lumière pâle de l'aube. Luigi Inzerillo était un pauvre malheureux qui, après avoir perdu son travail de mineur pour cause de maladie, et tout en sachant qu'il avait les poumons troués, avait dû se résigner à devenir ouvrier agricole pour faire vivre sa famille. Il emmenait sa fille cadette parce que sa femme était malade elle aussi.

Pendant que son père travaillait, elle ramassait des escargots, des câpres, des fruits sauvages, du bois, tout ce qu'elle pouvait trouver pour manger et allumer le feu. En rentrant au bourg, Luigi traînait les pieds, éreinté, tandis que la petite marchait près de lui avec ardeur malgré la lourde besace chargée de ses trouvailles, elle portait même parfois la pioche de son père. Don Giovannino se retenait de lui proposer de monter sur sa jument parce qu'il avait peur que, sans elle, Luigi ne s'écroule sur la route.

À six ans la petite avait commencé à travailler dans les équipes de ramasseuses. Elle était parmi les plus jeunes, mais aucune n'était aussi active qu'elle : elle se démenait avec concentration et acharnement, prête à aider les autres et à apprendre. Ses petits doigts ne perdaient pas une amande, pas une olive, pas une pistache, on aurait dit qu'ils avaient des yeux. Elle dénichait tout entre les mottes de terre dure, parmi les pierres, dans les broussailles. Là où passaient ces petits doigts fins il ne restait ni baie ni fruit à ramasser, ni par terre ni sur les branches, elle grimpait sans peur sur les grands arbres pour détacher les amandes les plus récalcitrantes, celles qui ne voulaient pas tomber sous les coups de gaule.

Après la mort de son père, quand elle avait huit ans, ce fut elle qui fit vivre sa mère et sa sœur. Elle acceptait tous les travaux, n'importe où et pour n'importe quelle rémunération, à condition de pouvoir retourner le soir chez elle. Ses doigts ressemblaient à des pattes d'araignée tant ils étaient maigres et affairés à ramasser les amandes, comme s'ils tissaient une toile sur le sol. C'est alors qu'on l'affubla du surnom «l'Amandière», qui lui resta.

Elle travaillait presque avec joie. Don Giovannino se souvenait d'elle agenouillée, absorbée, mais attentive à tout : elle sentait de loin sa jument s'approcher et était la première à lui dire bonjour avec un strident : « Soyez béni, don Giovannino.» Il la vit grandir et devenir une jeune fille bien proportionnée au corps amaigri par la faim, mais harmonieux, le visage ovale, des yeux très vifs aux longs cils, et un beau sourire qui s'ouvrait sur des dents irrégulières et saillantes. Elle chantait avec une voix charmante : quand les filles répondaient aux couplets improvisés des garçons, elle y mettait tout son sentiment et sa passion. Elle plaisantait avec les garçons, les hommes ne l'intimidaient pas. Elle avait appris leur langage fort et vulgaire, qu'elle utilisait comme une bête sauvage si l'un de son rang lui faisait du tort ou si elle se croyait victime d'une injustice. Elle savait comment se comporter avec ses supérieurs et quand le messier ou la surveillante étaient injustes avec elle, elle se taisait, le visage farouche.

Depuis son enfance elle avait un grand sens de sa dignité, incompatible avec sa condition sociale et économique : elle regardait droit dans les yeux, posait des questions sans malice ni impertinence et attendait des réponses, qu'elle recevait en effet. Elle n'allait pas à l'école : elle connaissait son devoir, qui était d'entretenir sa famille. Pendant la pause du déjeuner elle se mettait à l'écart avec sa ration et en mettait une bonne partie de côté pour l'emporter chez elle. Elle avait dans sa poche des croûtes de pain dur, des fruits secs, des morceaux de fromage qu'elle ramassait ici et là, et elle les mangeait quand elle avait faim, en gardant la meilleure part pour les malades qui l'attendaient à la maison. Quand sa journée de travail était finie et si elle avait le temps, elle retournait seule dans les champs et cueillait des fruits, des légumes laissés par les paysans après la récolte. Elle les mettait dans sa besace et rentrait au bourg. Elle n'avait peur ni des dangers de la route ni de la longue marche.

Quand elle eut treize ans on ne la vit plus dans les champs. On disait qu'elle avait eu une histoire d'amour qui s'était mal terminée. On n'en parla pas, car le garçon appartenait à une famille qu'on doit respecter. Don Giovannino, qui de par son métier voyait beaucoup de choses et parlait peu, ne posa pas de questions. Moins on en sait, mieux ça vaut. Il apprit par la suite qu'elle était entrée au service des Alfallipe.

Il la revit vingt ans plus tard. Il avait entendu dire dans ses déplacements que depuis la mort de la mère de l'avocat c'était elle qui commandait sur les terres. Elle l'avait fait appeler pour avoir une estimation de la récolte d'amandes.

Ils se rencontrèrent à la ferme, où elle se comportait en maîtresse. Elle n'était plus attirante, elle paraissait réservée et distante. Don Giovannino était parti à cheval dans l'amandaie. Absorbé comme il l'était toujours lorsqu'il travaillait, il ne s'était pas aperçu qu'elle le suivait à pied; une fois qu'elle l'eut rejoint, elle ne le lâcha pas une seconde. Elle s'arrêtait quand il s'arrêtait pour examiner la floraison d'un arbre, la taille des branches, elle ne quittait pas son visage des yeux, sans dire un mot. Don Giovannino se sentait mal à l'aise.

De retour à la ferme, l'Amandière se retira dans le bureau de l'administration et le fit attendre un bon moment. Elle ressortit un cahier à la main. Avec les circonlocutions d'usage dans son métier, don Giovannino avait commencé à parler de la saison, des pluies, des terrassements faits et à faire, pour arriver au moment fatidique et attendu de l'estimation. L'Amandière l'écoutait, debout devant lui, muette. Don Giovannino était gêné par son silence, il avait des sueurs froides, il ne comprenait pas le comportement de cette servante qui maintenant commandait: elle voulait peut-être se donner une contenance, ou lui faire remarquer que les rôles étaient renversés, ou quelque autre bizarrerie lui passait par la tête. Il était sûr d'une chose: il lui tardait de prendre congé et de retourner chez lui. Il chercha à conclure en hâte.

Il allait prononcer son verdict, donner le chiffre de l'estimation, quand elle l'arrêta d'un geste de la main et dit: «Avant de parler, don Giovannino, lisez ici l'estimation que j'ai faite, si elle vous paraît juste», et elle lui tendit le petit cahier.

Don Giovannino frissonnait encore au souvenir de ce moment. Le chiffre inscrit là était exactement celui qu'il avait calculé. Stupéfait, il voulut savoir comment elle y était arrivée, peut-être avait-elle lu dans ses pensées ? Elle lui expliqua avec simplicité les observations qui l'avaient amenée aux mêmes conclusions que lui.

« Comment tu as fait pour apprendre tant de choses ? » lui demanda-t-il admiratif.

– J'aimais beaucoup travailler à la campagne, vous vous rappelez ? » fut sa réponse laconique.

Don Giovannino aurait juré avoir vu les yeux sombres de l'Amandière devenir humides. Depuis lors ses services ne furent plus requis, et on ne revit plus d'experts sur les propriétés des Alfallipe.

Elle était si différente de tous les autres, à qui ressemblait-elle ? D'où tenait-elle cet esprit et cette présence ? Certainement pas de son père, qui n'était pas très intelligent et n'aimait pas particulièrement travailler... se disait don Giovannino, alors de qui d'autre ? Tout à coup il lui sembla avoir aperçu à l'église une silhouette qui lui rappelait don Vincenzo Ancona. Il tressaillit à la pensée qui lui traversait l'esprit. Troublé, il se dit : « Il y a des choses qu'il ne faut même pas penser. » Il ouvrit les yeux, s'installa plus commodément sur sa chaise et reprit sa contemplation de la promenade.

19

À Roccacolomba le soir de l'enterrement

Avant l'enterrement, on avait jasé sur la décision des Alfallipe d'organiser les obsèques de leur domestique. On avait aussi parlé de la défunte, comme il se doit, mais il y avait peu à dire en dehors de ce qui était connu de tous. Les commentaires sur sa vie privée étaient du reste très limités dans la mesure où, ayant toujours travaillé au service de la même famille, elle n'avait pas donné de motif à des allusions grivoises ; certes, dans les familles qui fréquentaient les Alfallipe on ne manqua pas d'évoquer les aventures galantes d'Orazio, et on supposait en ricanant, sans trop y croire, que la servante comptait aussi parmi ses conquêtes. L'éventualité était aussitôt écartée, car on connaissait la préférence d'Orazio pour les femmes mariées, plutôt belles et cultivées.

Ces rares habitants aisés de Roccacolomba qui avaient pris la peine d'aller à l'enterrement de l'Amandière à trois heures de l'après-midi le mardi 24 septembre, non par chagrin et encore moins par respect pour les Alfallipe, mais poussés par la curiosité face à un événement aussi inhabituel, n'avaient pas été déçus. Ils avaient vu de leurs propres yeux le chagrin modéré causé chez les enfants Alfallipe par la mort de la domestique qui les avait élevés, visible dans la couronne de fleurs maigrichonne et la modestie de l'enterrement, sans orphelines ni musique ; ils avaient essayé de deviner le prix de la couronne grandiose envoyée par les neveux de l'Amandière et s'étaient étonnés d'autant plus de leur absence aux funérailles de leur unique tante maternelle. Avaient-ils été expressément exclus par les Alfallipe ?

Ceux qui étaient présents eurent ainsi l'occasion d'observer les autres participants et de raconter ensuite, chez eux, au Cercle, dans les salons, leur version de l'événement, non sans broder dessus avec gravité. Quelle assistance à l'Addolorata ! À part les communistes, absents en bloc, toutes les catégories et toutes les opinions étaient représentées, on disait que don Vincenzo lui-même avait honoré la cérémonie de sa présence. Malheureusement ils ne l'avaient pas vu en chair et en os. Seuls quelques-uns l'avaient aperçu, mais le bruit courut partout; en outre, les gamins qui jouaient au ballon sur le parvis racontèrent qu'ils avaient vu une Giulietta noire et rutilante arriver sur la petite place, quand la messe était déjà commencée, et s'arrêter juste devant la porte principale: quatre hommes en étaient descendus avec un vieillard grand et gros, et ils s'étaient glissés dans l'église pour en ressortir aussitôt après, pendant que le prêtre disait encore la messe, puis ils étaient remontés dans la voiture qui était repartie à toute vitesse et avait disparu en un éclair.

À partir de ce mardi après-midi on parla de l'Amandière avec précaution, et un certain respect, même si sa vie fut épluchée dans les moindres détails, attendu qu'il y avait peu à dire sur elle. La peur qu'inspirait le nom d'Ancona était telle qu'à Roccacolomba on l'évoquait en baissant la voix et jamais en public, ni dans les boutiques ni dans les rues, car on sait que même les murs des maisons et les pierres du chemin ont des yeux et des oreilles et informent qui de droit: il est bon que cela ne se produise pas.

On s'étonnait encore de la carrière extraordinaire de l'Amandière, qui de servante était devenue femme d'affaires et avait administré les biens des Alfallipe en les sauvant de la banqueroute et en permettant à la famille tout entière de continuer à vivre comme des seigneurs, pendant qu'elle se contentait de rester bonne à tout faire. Certes, ils avaient dû accepter qu'elle commande et intervienne dans leurs affaires, et probablement qu'elle mette de l'argent de côté, mais après tout elle était dévouée à la famille et avait pris en charge chez elle la veuve de l'avocat, évitant aux enfants jusqu'à ce dernier souci. L'opinion générale était qu'il s'agissait d'une femme ignorante mais intelligente, capable, désagréable et autoritaire, dont la vie avait été consacrée au service des Alfallipe. Les riches désapprouvaient ces derniers de lui avoir permis d'intervenir dans les décisions de famille d'une façon indécente et intolérable pour les gens normaux, mais les Alfallipe étaient différents des autres sur un point aussi : pour avoir leurs aises et ne se soucier de rien, ils auraient vendu leur âme au diable. Les pauvres critiquaient l'Amandière parce qu'elle avait pris le parti des maîtres au détriment de ses pairs, y compris de ses neveux, pour ne recevoir pour toute compensation qu'un modeste enterrement. La marque de respect de don Vincenzo Ancona demeurait en tout cas inexplicable, mais le menu peuple et la classe moyenne eurent la sagesse de préférer passer là-dessus.

Le salon de la baronne Ceffalia fut le seul lieu où, en présence de quelques intimes, on osa en parler plus librement, pour montrer le mépris que les classes supérieures réservaient à la mafia. Il y avait là des personnes de Catane, invitées par les Vazzano pour le mariage imminent de leur fille, et on parla encore une fois des infidélités conjugales d'Orazio, de la vulgarité de Massimo Leone, de la vanité de Lilla et de la timidité de Gianni.

On parla aussi de la situation financière des Alfallipe, qui avaient permis à leur domestique de faire fonction d'administratrice, eux qui au siècle précédent s'étaient enrichis en gérant les terres du prince di Brogli. Ils avaient eu de la chance, car l'Amandière ne les avait pas imités dans leur avidité : avec leur argent elle ne s'était acheté qu'un modeste appartement. On avait vu beaucoup de cas similaires d'administrateurs qui se font une fortune sur le dos de nobles patrons incapables; d'une certaine façon, et vu la décadence de telles familles, il était presque juste, en tout cas pas inhabituel, que ceux-ci connaissent ce sort-là. Mais jamais ce n'était arrivé avec une femme, et une domestique de surcroît.

L'histoire des Alfallipe était extraordinaire à cause du lien de dépendance entre maîtres et servante, et incroyable parce que, même si la nouvelle génération semblait s'être rebellée contre le maintien de telles relations malsaines, en réalité elle les avait perpétuées, en prouvant qu'elle considérait l'Amandière comme faisant partie de la famille: ils avaient carrément rendu le fait public en affichant l'avis de décès et en organisant ses obsèques comme si elle avait été une parente proche.

Par ailleurs il y avait là-dessous quelque chose que l'on ne s'expliquait pas, ainsi que le prouvait la présence à la cérémonie de don Vincenzo Ancona, chef reconnu de la mafia de la province et en outre père d'un personnage important qui vivait à l'extérieur, homme d'honneur moderne qui soutenait le gouvernement. C'était là un événement ahurissant et inquiétant, digne de considération. Après des discussions enflammées, deux théories restèrent en lice, toutes deux hardies et peu plausibles: qu'il était le véritable père de l'Amandière, à laquelle il avait transmis son astuce, ou tout bonnement l'amant secret de sa jeunesse. C'est ainsi que don Vincenzo Ancona, homme d'honneur qui pour l'honorable société avait tué sans pitié et sans hésitation, qui avait même condamné à mort un beau-frère qui avait «trop parlé», père de quatre enfants, catholique pratiquant, en vint à être décrit comme un homme à la sexualité débridée, voire comme une victime romantique de ses émotions.

Chez le portier du Palazzo Ceffalia on ne discuta, évidemment, que de l'enterrement. Personne n'eut la crédulité et la perversité des maîtres pour oser penser que Nuruzza Inzerillo ou sa fille aient pu être les maîtresses de don Vincenzo Ancona. Avec une sagesse populaire, on retint deux hypothèses concrètes : que l'Amandière appartenait à la mafia, chose exceptionnelle pour une femme, et pauvre, ou qu'elle avait rendu à don Vincenzo un service tel qu'elle méritait sa reconnaissance à titre posthume. En tout cas, le respect pour l'Amandière grandit dans l'assistance, bien que don Vito Militello ait voulu faire remarquer qu'elle restait une disparue désagréable, qui n'avait jamais accordé sa confiance à personne, et qu'elle était passée du côté des maîtres en dégommant et en piétinant les gens comme elle.

Mercredi 25 septembre 1963

20

Contrairement aux prévisions on parle encore de l'Amandière
et Gaspare Risico se venge de ses violences
en rudoyant Carmela Leone

Dans la matinée du mercredi 25 septembre les potins
sur l'enterrement de l'Amandière furent répétés aux
rares habitants qui n'étaient pas encore au courant,
amplifiés et embellis après une bonne nuit de sommeil,
mais toujours avec prudence. Les Roccacolombais des
étages nobles, aussi bien que ceux des loges de portiers,
considéraient qu'il n'y avait plus rien à discuter, critiquer,
démêler ou rappeler à propos de l'Amandière et des
Alfallipe, et ils étaient tous fatigués d'en parler: le sujet
était épuisé et dès le lendemain il serait oublié. Le
mariage imminent de la fille du riche notaire Vazzano
allait occuper la place qui l'attendait dans les ragots. Or il
n'eut pas lieu comme il était prévu.

Le cœur tout serré, Carmela Leone avait accepté la
décision de sa famille, c'était elle qui devait se présenter à
la poste pour retirer la correspondance adressée à
l'Amandière, étant la seule Alfallipe restée sur place et
donc quelqu'un de connu et respecté.

Elle avait discuté avec son mari des plus petits détails
de l'expédition, jusque tard dans la nuit: «Comment je

117

m'habille? Et si on m'accuse de commettre un délit, parce que c'est un délit de prendre les lettres adressées à une autre personne, morte de surcroît, qu'est-ce que je fais? J'emmène une amie?» Elle devait se rendre à la poste en fin de matinée, sur son trente et un, expliquer qu'elle venait tout à coup de penser à retirer le courrier de sa mère, Madame Alfallipe, qui, par commodité, le faisait adresser à sa domestique de confiance.

Carmela était très inquiète et dans la rue elle se sentait observée. Ses jambes tremblaient, mais pas à cause de ses talons hauts, et elle avançait sur les pavés d'un pas chancelant, elle était tout en sueur et se sentait désespérée. Elle ne parvint à se contrôler qu'en affichant l'air supérieur caractéristique de sa famille, et atteignit finalement le bureau de poste.

Ils avaient tous escompté que le guichetier serait au courant de la mort de l'Amandière. Or il y avait une nouvelle employée. Carmela oublia le petit discours presque appris par cœur et fit tout le contraire. Elle demanda en traînant les mots s'il y avait du courrier pour Mademoiselle Maria Rosalia Inzerillo. Une dame élégante et couverte de bijoux comme elle, visiblement mariée, ne pouvait pas être «Mademoiselle» Inzerillo. L'employée s'en rendit compte aussitôt et demanda sans la moindre malice si elle voulait retirer le courrier de quelqu'un d'autre. Cette question n'annonçait pas un refus, car il était habituel que des parents se présentent à la poste pour retirer les lettres adressées à un conjoint, un parent, oncle, enfant, sans procuration écrite, rien qu'en le demandant.

Mais Carmela s'était embrouillée et n'arriva pas à répondre à cette question toute simple. Elle reprit instinctivement l'attitude hautaine ancestrale et fit une scène qui sembla dégénérer en querelle, tant elle criait et menaçait la pauvre employée, qui se sentait responsable de la réaction de la cliente. Carmela l'accusait d'être impertinente, de ne pas savoir qui elle était, elle, la fille de maître Orazio Alfallipe. Elle lui intima donc l'ordre de lui remettre tout le courrier au nom d'Inzerillo sans perdre de temps, elle avait autre chose à faire que d'attendre devant le guichet. D'ailleurs il y avait à présent une longue file d'attente.

Quand l'employée lui demanda si elle était une parente de Mademoiselle Inzerillo, Carmela répondit qu'il s'agissait d'une employée de maison de la famille Alfallipe, et qu'elle avait le droit de demander s'il y avait du courrier normal et aussi en poste restante, et de le retirer, car toute la correspondance Inzerillo appartenait aux Alfallipe, et elle aurait dû être au courant. Dans le cas où elle ne voudrait pas la lui remettre, elle, Carmela Alfallipe épouse Leone, allait faire une réclamation au directeur, qu'elle connaissait personnellement.

Face au refus catégorique de l'employée, Carmela décida de dire la vérité. Elle était venue à la demande de sa famille. Sa mère, Madame Adriana Alfallipe, habitait avec Mademoiselle Inzerillo, sa domestique, dans l'appartement de la susdite, morte deux jours plus tôt d'un cancer. Madame Alfallipe était profondément affligée et ne pouvait sûrement pas aller elle-même retirer son courrier, qui arrivait adressé au nom d'Inzerillo, mais appartenait en réalité aux Alfallipe. C'était une explication simple, et elle devait aller chez sa mère dans la matinée, avec son courrier.

Carmela n'obtint pas l'effet désiré: son histoire, vraie dans les grandes lignes, parut invraisemblable à l'employée, qui devint soupçonneuse et durcit sa position initiale: elle refusa même de l'informer sur le courrier de la défunte demoiselle Inzerillo. Carmela insistait, répétait sans cesse la même chose, et haussait de plus en plus le ton, elle finit par demander d'une voix hystérique que l'employée lui dise au moins s'il y avait quelque chose poste restante, et ajouta qu'elle ne bougerait pas du guichet tant qu'elle n'aurait pas obtenu ce renseignement. L'employée lui demanda de s'en aller, il y avait une foule qui attendait. Alors Carmela se mit à la menacer, affirmant que peu importait si la demoiselle Inzerillo était malade ou en bonne santé, vivante ou morte, qu'il y avait des questions de famille à résoudre tout de suite et qu'elle devait lui dire s'il y avait du courrier, sinon tout le monde aurait des ennuis. L'employée, qui faisait ses premières armes, ne savait que faire. Elle appela une collègue à l'aide. Carmela devint cramoisie et presque apoplectique, elle n'avait pas l'intention de s'en aller et restait accrochée au comptoir devant le guichet. Employés et clients l'écoutaient abasourdis, mécontents de la suspension temporaire du service, mais aussi amusés. Ceux d'entre eux qui connaissaient Carmela Alfallipe se bornaient à se réjouir de la scène et écoutaient avidement.

Les employés convinrent que la seule solution était de conduire la cliente à leur collègue qui avait choisi de traiter les réclamations du public, Monsieur Risico, béni soit-il, et c'est ce qu'ils firent. Il fallut deux employées pour convaincre Carmela de s'éloigner du guichet; elles l'accompagnèrent dans les bureaux en la tenant par les bras, toujours radotante.

Avec un fort aimable «Que puis-je faire pour vous, Madame?» Gaspare Risico invita Carmela Leone à s'asseoir sur la chaise devant sa table. Les deux collègues s'étaient éloignées avec des clins d'œil et en ricanant : elles appréciaient la façon de faire de Risico, collègue efficace et solidaire, mais aussi bel homme. Entre-temps, Gaspare s'était muni d'un papier et d'un crayon et avait écrit la date avec soin. Carmela, assise en face de lui, le dos collé au dossier, les jambes repliées nerveusement, était prête à bondir. Enfin muette. Risico, d'une voix exquise, demanda l'identité de Madame Leone, se préparant à rédiger le compte rendu de l'entretien. Ce comportement alarma Carmela, qui lui ordonna d'un ton hautain de ne rien écrire du tout, il devait l'écouter et rester calme et poli comme elle, la fille de maître Alfallipe. Elle désirait seulement retirer le courrier de sa domestique, ajoutant qu'elle connaissait personnellement le directeur et s'attendait à ce que la question soit vite réglée, dans l'intérêt de tous, y compris de Monsieur Risico.

En entendant le nom d'Alfallipe, Gaspare Risico n'en crut pas sa chance. Quelques minutes plus tôt il lisait *La Sicilia* et avait été contrarié que ses collègues lui amènent cette folle. Mais à présent il n'éprouvait plus que le désir de donner une leçon à l'une des Alfallipe, désormais à sa merci.

Risico avait le don inné de mettre ses interlocuteurs tout à fait à l'aise, de les faire parler librement pour ensuite les attaquer au moment où ils se sentaient le plus en sécurité, jusqu'à les amener à lui donner raison, reconnaissants de sa courtoisie, bien que battus. Très rares étaient les réclamations qu'il ne savait pas gérer, et en outre les plaignants gardaient l'impression que c'était quelqu'un qui les prenait au sérieux et appréciait leur contribution au bon fonctionnement de la poste nationale. Le fait d'être un homme plein de charme ne lui nuisait pas.

Il décida de prétendre ne pas connaître les malheurs des Alfallipe. Il se fit raconter par Carmela tout ce qui lui était arrivé au guichet, et reconnut que les usagers d'un service public méritent le respect. En lui posant des questions faciles et encourageantes, en se servant de la dialectique des gestes, paumes ouvertes vers elle, immobiles sur la table, lèvres à peine entrouvertes dans un demi-sourire, Gaspare Risico réussit à amener Carmela Leone là où il voulait. La malheureuse lui révélait peu à peu et confusément le véritable motif de sa demande. Risico la regardait droit dans les yeux, pour baisser ensuite les paupières, désolé par les accusations portées contre sa collègue, il hochait la tête pour acquiescer, l'encourageait respectueusement à parler. Finalement la pauvre Carmela admit qu'ils attendaient des lettres importantes adressées à l'Amandière, qui contenaient probablement de l'argent, et qu'elle était prête à imiter sa signature afin de les retirer immédiatement. Elle ajouta que si Risico l'aidait elle en tiendrait compte, et qu'en outre elle dirait un mot en sa faveur au directeur.

Le silence engageant de Gaspare Risico l'aurait encouragée à dire encore autre chose, mais elle avait assez parlé. Il exulta intérieurement. «C'est là que je t'attendais!» et il se redressa sur son siège. En brandissant son crayon comme une lance pointée sur Carmela, il l'apostropha durement et l'accusa de vol, usurpation d'identité, falsification de signature, escroquerie, fausses déclarations à un fonctionnaire, menaces et tentative de corruption en vue d'acte contraire à l'exercice de ses fonctions. En outre elle avait osé réclamer et se plaindre des employées du guichet, qui n'avaient rien soupçonné de ses manœuvres, pour monter une escroquerie aux dépens des héritiers légitimes de la défunte. Il s'était levé avec une orgueilleuse dignité et lui annonçait solennellement qu'il allait rédiger le procès-verbal et confier l'affaire au directeur, pour deux raisons qu'il allait lui expliquer en détail. Il marqua alors une pause pour observer la réaction de Carmela, qui ne disait plus un mot. De grosses larmes ruisselaient sur son visage gonflé.

Gaspare Risico se rassit pour lui exposer les deux raisons. En agitant l'index droit pointé contre elle il dit: «La première est que je suis payé par l'État pour servir le public: vous êtes venue me voir mécontente de notre service pour faire une réclamation, si on peut l'appeler ainsi, et vous avez le droit d'exiger qu'elle soit examinée sérieusement. La seconde est que vous m'avez dit avoir des relations amicales avec notre directeur. Vous deviez avoir un motif pour le dire. Ce n'est certainement pas pour accuser notre directeur de corruption ou d'incompétence, car il est honnête et estimé. Peut-être alors pour me menacer, et dans ce cas il est de mon devoir de me tourner vers le directeur pour qu'il tranche en dernier ressort: soit vous avez raison et nous refusons de vous communiquer des renseignements et de vous remettre un courrier que vous avez en effet le droit de retirer, soit vous êtes une voleuse et un escroc qui cherche à obtenir ce qui appartient à la défunte Maria Rosalia Inzerillo. En ce qui me concerne, vous n'avez aucun droit à retirer le courrier d'un concitoyen sans procuration ou délégation légale et conforme au règlement postal, encore moins d'avoir des renseignements sur les affaires d'une personne décédée.»

Le beau visage de Carmela avait subi une métamorphose grotesque : sa frange s'était dégonflée, ses cheveux étaient collés en paquets disgracieux sur son front moite de sueur, son fard à paupières coulait sur ses joues et le rouge sur ses lèvres, qu'elle s'était mordues sans cesse pour ne pas éclater en sanglots, avait bavé en laissant une auréole autour de sa bouche. Au moment du suprême danger, Carmela Alfallipe se raccrocha à son orgueil et à sa vanité : elle retint ses pleurs et se mit à implorer Risico de la laisser partir, elle avait dû mal s'expliquer, ce n'était pas ce qu'il croyait, elle parlait beaucoup parce qu'elle était affligée par la mort de l'Amandière. «Faites comme si nous ne nous connaissions pas, même si je vous trouve infiniment délicat et que ce serait un plaisir de vous revoir dans d'autres circonstances...» Ses lèvres tuméfiées et décolorées tentèrent de lui faire un sourire charmant.

Gaspare Risico lui répondit sévèrement, comme il le raconta le soir même à sa femme avec complaisance : «Madame, vous représentez le peuple italien soumis aux abus de pouvoir des organes de l'État, qui n'existent que dans le but de servir les citoyens. Vous avez réclamé en faisant valoir vos droits de citoyenne. Justice sera faite et j'entends bien faire mon devoir.»

Ayant dit cela, il ramassa ses notes et avec un «Excusez-moi» des plus polis il sortit en laissant Carmela sans voix. Mais pas pour longtemps.

21

Massimo Leone punit sa femme pour sa naïveté

On raconte à la poste de Roccacolomba que ce mercredi-là on dut même requérir l'employée qui avait obtenu son certificat de secouriste pour qu'elle calme Carmela Leone, en proie à une véritable crise d'hystérie, et qu'elle n'y parvint pas. Le sous-directeur de la poste, qui fut mêlé à l'histoire, dut convoquer son mari, Massimo Leone, pour qu'il le débarrasse d'elle. Celui-ci semblait attendre d'être appelé ; il arriva en voiture, se gara devant l'entrée principale du bâtiment et entra aussitôt dans les bureaux, derrière les employés qui l'attendaient avec impatience. Dès qu'il vit Carmela, il l'attrapa par les bras et les lui noua derrière le dos, puis il la força à se lever de la chaise dont elle refusait de se décoller.

À coup de poussées violentes Massimo fit avancer sa femme dans les couloirs de la poste en lui tenant toujours les bras serrés derrière, si fort que sa peau rougissait à vue d'œil ; il la poussa avec les genoux, toute tremblante et en larmes, jusqu'à ce qu'ils atteignent le hall d'entrée et la sortie. Aux dires de la foule des employés et des passants qui s'était pressée autour d'eux, les seuls mots que Massimo adressa à Carmela furent «Marche !» et «Avance !», comme à un âne. Sous les yeux de tous, il la flanqua dans sa belle voiture de sport ; dès qu'elle fut assise, Carmela se plia en avant et un flot de vomissure jaune sortit de sa bouche.

Massimo avait à peine ouvert la porte de leur appartement que le téléphone sonna. Il tenait Carmela par un bras, sous l'aisselle ; il serra plus fort et décrocha. C'était Lilla, impatiente d'entendre le compte rendu de la matinée à la poste. Massimo répondit qu'il n'y avait pas de courrier, Carmela avait la migraine et était sur le point de se coucher. Il fit signe à Mimma, la bonne, accourue pour répondre au téléphone, de s'en aller, fit entrer Carmela dans la chambre et poussa la porte. En silence il la bourra de coups de pied et de coups de poing dans les cuisses, les hanches, le ventre, l'aine, la poitrine, le dos, personne ne verrait les bleus, il savait faire les choses en règle. Ce n'était pas nécessaire de verrouiller la porte de la chambre, Mimma ne pouvait pas entendre de hurlements ou de pleurs, rien que les halètements de Massimo et les coups rythmés qui tombaient sur Carmela, évanouie sur le tapis.

Massimo se lava les mains et se peigna ; puis il se mit à table, servi par Mimma, employée de maison chez les Leone, qui sûrement ne dirait rien à personne. Après le déjeuner il sortit sans être retourné dans la chambre. Il ne voulut pas prendre sa voiture, il avait besoin de se défouler en marchant. La conduite de sa femme le dégoûtait, non seulement elle lui avait sali l'intérieur de sa voiture neuve, mais en plus elle avait fait une scène qui allait provoquer un scandale dans le bourg, et Dieu sait quels autres ennuis encore. Il regrettait furieusement de l'avoir épousée, il l'avait fait pour le plaisir de vaincre l'opposition de sa famille, fomentée par l'Amandière, et non dans l'espoir d'une dot consistante comme on l'assurait partout. Il était maintenant obligé de se coltiner cette femme bonne à rien. Il continua de marcher à grands pas dans les rues désertes puis en pleine campagne, il voulait être seul. Il maintint un bon pas en transpirant sous le soleil d'automne encore éblouissant.

Il s'était retrouvé sans s'en rendre compte sur la route du cimetière, celle qu'il avait parcourue la veille à pas lents derrière le cercueil de l'Amandière. Il lui vint une envie irrésistible d'entrer et de fracasser le caveau de famille que celle-ci s'était fait construire juste en face de la chapelle nobiliaire des Alfallipe. La grille du cimetière était fermée. Il resta les mains serrées sur les barreaux de fer forgé, en plein soleil. Sa colère se mêlait à la chaleur brûlante, il se sentait mal et décida de rentrer. Sur le chemin du retour, il remarqua que les volets du bordel étaient ouverts. Il entra et resta jusqu'au soir. Il en sortit épuisé, mais sans la sensation habituelle de bien-être. Madame lui demanda s'il avait trouvé l'étrangère à son goût; après avoir reçu l'argent, elle esquissa de timides condoléances pour la mort de l'Amandière. Massimo jura et ajouta: «Elle baisait même avec les hommes de la mafia, la honte l'a écrasée une fois morte.»

22

Le père Arena fait comme il se doit sa visite de condoléances
à Madame Alfallipe et réprimande Lilla Alfallipe
pour lui avoir fait des propositions malhonnêtes

Le père Arena avait de l'affection pour Madame Alfallipe. Elle avait supporté dans un silence digne les trahisons de maître Orazio qui avait hérité les instincts charnels de son père, mais qui au lieu de se divertir avec les putes préférait induire en tentation et en péché mortel les femmes de bonne famille du bourg et de la province.

127

Elle avait été pour lui une femme fidèle et résignée, à la différence de sa belle-mère qui méprisait ouvertement son mari, et elle avait canalisé ses faibles forces dans les distractions permises à une dame de son milieu, visites entre amies l'après-midi et jeux de cartes, contente de laisser les soins du ménage à l'Amandière, qui l'avait servie avec abnégation comme elle l'avait fait pour sa belle-mère. Elle ne faisait de mal à personne, mais pas de bien non plus.

On disait seulement qu'elle dépensait trop en toilettes : pour le père Arena c'était un péché véniel, de plus, dans sa jeunesse, sa beauté avait charmé beaucoup d'hommes, lui y compris, sans pour autant les pousser au péché. Bref, c'était une femme honnête comme beaucoup, qui s'était révélée étonnamment anticonformiste une seule fois, avec éclat, lorsqu'à la mort de son mari elle avait abandonné la résidence de famille pour s'installer dans l'appartement de l'Amandière.

De bonne heure, comme il convient à un prêtre pour les visites de condoléances, il sonna au portail de la maison des Alfallipe. Récemment encore, jusqu'à la mort d'Orazio, il y avait toujours quelqu'un dans la loge du portier. Le père Arena eut de tristes pressentiments sur l'avenir de Madame Adriana dans cette sorte de deuxième veuvage ; il espérait qu'il ne lui serait pas trop pénible et qu'elle arriverait à vivre seule dans cette grande maison triste, que ses enfants ne l'abandonneraient pas et qu'ils prendraient soin d'elle.

Lilla lui avait ouvert en s'excusant de l'avoir fait attendre et elle monta avec lui au premier étage. C'était un escalier de pierre rouge qui menait à un palier éclairé par un grand vitrail donnant sur la cour intérieure. Une seconde volée de marches menait au premier, où s'ouvraient deux portes en noyer massif: l'une était l'entrée principale des appartements de la famille, l'autre desservait le bureau de l'avocat, trois grandes pièces imposantes et luxueusement meublées, ainsi qu'il convenait à l'administrateur des princes di Brogli.

Lilla précédait le prêtre dans l'escalier; elle s'arrêta devant le vitrail pour l'attendre. Les rayons du soleil filtraient au travers et illuminaient ses cheveux clairs: elle ressemblait beaucoup à sa mère jeune, et le père Arena se rasséréna au souvenir de la gracieuse et gentille Adriana, telle qu'il se la rappelait jeune mariée.

«Mon père, je voudrais vous parler un moment seule à seul, dit Lilla, je sais que vous avez souvent vu Mandi ces derniers mois. Comme vous le savez, Papa lui avait accordé beaucoup de libertés et à la fin elle tenait entièrement l'administration de notre patrimoine. À sa mort, tout n'a pas été distribué entre nous, ses enfants, et par respect pour notre mère, qui a toujours eu un faible pour Mandi, nous l'avons toléré.» Le père Arena continuait à la regarder. À ce ton dur et décidé, il se rendait compte qu'elle ne ressemblait à sa mère qu'en apparence. Il cherchait en même temps à comprendre ce qu'elle attendait de lui, un pauvre prêtre.

«Je vais devoir bientôt retourner à Rome, il faut donc essayer de vérifier sans délai ce qu'elle a fait de la fortune qui nous revient et où elle l'a dissimulée. Je pense que vous avez des informations, autrefois vous écriviez ses lettres et surtout vous êtes resté son père spirituel», ajouta Lilla en révélant finalement ses intentions.

Le père Arena la dévisagea, indigné par cette requête inattendue. Voyant sa gêne, Lilla comprit qu'elle s'y était mal prise et corrigea: «Qu'il soit bien entendu que si vous voulez nous aider nous vous serons tous reconnaissants et que nous aurons pour vous des attentions particulières quand la question sera réglée, je vous en donne personnellement l'assurance.» Puis, perplexe devant le silence prolongé du prêtre, elle ajouta: «Il s'agit de grosses sommes, qui pourraient vous être utiles, maintenant que vous êtes à la retraite.»

Le père Arena répondit avec fougue, en bégayant dans un italien raffiné: «Vous vivez loin d'ici depuis longtemps et peut-être avez-vous oublié beaucoup de choses, mais on ne saurait oublier que dans tout le monde catholique un prêtre ne trahit pas les secrets de la confession. L'Amandière m'a honoré de son amitié et chacun sait que je lui écrivais ses lettres. Je lui ai préparé le brouillon de celle qu'elle vous a laissée et j'ai informé ses neveux de son décès, je vous donnerai leur adresse si vous le souhaitez. Je n'ai rien à ajouter. Quant à votre offre d'argent, si je vous comprends bien, je vous en remercie, mais je ne suis pas indigent au point de vendre mon intégrité. Quant à vous, vous devriez avoir honte de votre attitude qui n'est pas digne d'une Alfallipe, Madame Lilla.» Il détourna les yeux et reprit l'ascension en ajoutant: «Maintenant montons, je suis venu rendre visite à votre mère.»

Madame Alfallipe reçut le père Arena avec son affabilité coutumière et le remercia d'avoir été auprès de l'Amandière les derniers jours. Tous deux se laissèrent aller à se remémorer le passé: «Elle était têtue, mon père, vous vous rappelez combien de fois vous l'avez encouragée à apprendre à écrire… mais elle n'a jamais voulu essayer. Pourtant ma belle-mère me répétait que vous lui aviez appris vous-même à lire», dit-elle. Se tournant vers

Lilla elle ajouta : « Tu ne le savais peut-être pas, mais c'est ta grand-mère qui l'a voulu. Elle me racontait qu'après la mort de sa mère Mandi avait beaucoup souffert et qu'elle ne parlait presque plus. Alors, dans l'espoir qu'elle trouve un soutien dans la lecture des prières, elle a voulu que le père Arena lui apprenne à lire et à écrire.

« J'étais un jeune prêtre, dit le père Arena emporté par le souvenir, et Madame Lilla m'avait pris en sympathie. Je venais célébrer la messe le vendredi et confesser la maisonnée. Je restais pour déjeuner et l'après-midi je donnais des leçons à l'Amandière. Elle apprenait vite et lisait bien, mais elle ne connaissait pas l'italien. Je lui ai offert un dictionnaire italien-sicilien qui lui a ouvert le monde de la littérature. Je ne crois pas quelle ait jamais lu de livres religieux, mais elle en lisait beaucoup d'autres. Maître Orazio lui avait permis d'utiliser sa bibliothèque et parfois, avec l'autorisation de l'avocat, elle me prêtait des livres de littérature moderne. Ainsi j'ai été amplement récompensé pour les quelques leçons d'autrefois. »

À ces mots, et dans un élan de générosité, Adriana Alfallipe lui fit une proposition qui fut bien accueillie.

« Mon père, permettez-moi de vous offrir quelques livres, il y en a tant et personne ne les lit. Choisissez-les. J'aurais voulu vous les donner après la mort d'Orazio, mais je craignais de contrarier Mandi ; elle s'enfermait des heures tous les jours dans cette bibliothèque, et elle était très jalouse de toutes les babioles qu'Orazio collectionnait, comme vous le savez. »

« Mon père, dit Lilla en s'apercevant de la gêne du prêtre, si vous vous fiez à mon choix, je vais aller en prendre quelques-uns qui puissent vous intéresser.

– Merci madame, dit-il, ils sont rangés par ordre alphabétique d'auteurs, Mandi les a reclassés après la mort de votre père.»

Lilla s'éclipsa en laissant les deux vieux en agréable conversation. Elle revint peu après avec un sac plein. Le père Arena se retint de l'ouvrir, mais au fond de lui il exultait: il dévorait tellement de livres qu'il en était réduit à les acheter d'occasion. Sur la promesse d'une autre visite il laissa Madame Alfallipe ragaillardie et souriante.

«Un brave homme, ce père Arena, constata la mère lorsque Lilla la rejoignit au salon après avoir raccompagné le prêtre.

– Je ne sais pas comment tu peux l'affirmer, dit Lilla pleine de ressentiment, tu sais bien que c'est lui qui l'a aidée à écrire la lettre et à informer ses neveux de sa mort.

– Où est le mal, il n'aurait pas dû? Quels livres lui as-tu donnés?

– Les premiers que j'ai vus, tout D'Annunzio, que Mandi avait d'ailleurs classé à la lettre A, ce qui montre comment le père Arena lui a appris l'alphabet!» répondit Lilla avec aigreur.

La réaction de Madame Alfallipe fut surprenante.

«C'est un désastre, ton père destinait ces livres à Pietro Fatta, je me proposais précisément de les lui donner aujourd'hui! C'était son souhait, il m'en a parlé plusieurs fois avant de mourir, mais Mandi s'y est opposée et m'a dit qu'elle les lui remettrait elle-même, plus tard. Elle a dû oublier, et la semaine dernière elle m'a recommandé de les faire parvenir à Pietro. Je ne comprends pas comment tu as eu l'idée de donner D'Annunzio à un prêtre, ces livres sont à l'Index.» Madame Alfallipe pleurnichait comme une enfant et continuait à répéter en se tordant les mains: «Que faire maintenant? Quelle catastrophe!»

Alors Lilla perdit son sang-froid. Elle se rebella contre sa mère en hurlant qu'elle en avait assez de tout et de tout le monde et qu'elle n'avait qu'une envie, retourner à Rome. Madame Alfallipe se répandit en pleurs désespérés. Mais c'était l'heure des visites et mère et fille durent se ressaisir pour les accueillir.

Ainsi les femmes de la famille Lodato Ceffalia purent constater qu'Adriana Alfallipe était noyée dans un océan de larmes dès leur arrivée, et que même pour la mort de son mari elle n'avait pas paru aussi accablée. Après leur visite, la baronne Ceffalia et ses deux filles s'empressèrent de livrer leurs commentaires sur les Alfallipe : Adriana était au bord de la crise de nerfs, profondément affligée ; Lilla ne lui était d'aucun secours et évitait de regarder sa mère, comme si elle lui en voulait, elle cachait mal son désir de partir et parlait de la morte sans aucune affection, elle voulait manifestement que tout le monde sache qu'elle cherchait des informations sur la situation financière de l'Amandière et qu'elle ne restait que dans ce but.

23

L'après-midi du mercredi 25 septembre, Pietro Fatta a des entrevues désagréables

La sieste de Pietro Fatta avait été perturbée par les visites de Girolamo Meli et de Lilla Alfallipe.

Le directeur du bureau de poste, originaire de Raguse, lui avait téléphoné avant le déjeuner en lui demandant une entrevue urgente. Ils se connaissaient à peine et

Pietro avait été quelque peu surpris ; il décida de le recevoir de façon officielle dans son bureau.

Meli, blanc comme un cierge, parlait vite en se levant sans cesse de son fauteuil. Il allait et venait dans la pièce en évitant de s'approcher de la fenêtre ouverte du balcon comme s'il avait peur d'être suivi. Il lui parla du rapport de son employé Risico, un jeune homme capable mais malheureusement communiste, un de ces idéalistes honnêtes, qui suggérait de mêler la police à ce qu'il soupçonnait d'être une affaire louche. À son avis, le délit était constitué. Obligé de décider en dernière instance, Monsieur Meli avait engagé des recherches discrètes sur le courrier de Mademoiselle Inzerillo. Celle-ci recevait poste restante des paquets et des lettres recommandées, outre une abondante correspondance, apparemment des revues et des livres d'Italie et de l'étranger. On pensait que ces derniers étaient adressés à son nom pour le compte d'Orazio Alfallipe, il en arrivait encore quelques-uns, sans doute des abonnements en cours ou des offres promotionnelles. Après la mort de l'avocat, elle recevait ces dernières années du courrier d'une banque lombarde, succursale ou correspondante de banques de Zurich, de celles qui ont un certain type de clientèle. Le directeur était sûr qu'il contenait de l'argent. Ces lettres arrivaient ponctuellement le 25 de chaque mois, à l'exception du mois de septembre courant, comme si la femme avait eu le pressentiment de sa mort et avait prévenu...

Il y avait autre chose. Le directeur aurait juré que personne ne s'était rendu compte de son enquête, mais il se trompait. Un employé placé là par la mafia, un intouchable, s'était présenté dans son bureau pour lui conseiller de ne pas s'inquiéter du courrier Inzerillo, il

134

n'en arriverait plus. C'était le premier avertissement que le directeur recevait depuis qu'il travaillait à Roccacolomba, et il avait peur.

Il voulut discuter aussi d'une autre question délicate. Il se révélait que Massimo Leone était couvert de dettes et avait affaire à la pègre. En outre il était violent et avait été mêlé à des rixes. Les employées de la poste étaient inquiètes pour la sécurité de Carmela Leone et craignaient que son mari ne s'en prenne à elle, dans un accès de colère qu'il avait contrôlé ce matin-là, mais non dissimulé. Il considérait de son devoir d'en informer Pietro Fatta et de lui demander conseil, en tant qu'ami des Alfallipe et membre de la famille par son mariage, et en tant que personnage de grande intégrité, respecté pour sa sagesse dans tout Roccacolomba.

Le président Fatta ne le déçut pas, il suggéra de ne rien faire et d'attendre. Il lui confirma son entière confiance dans ses démarches et le remercia vivement de s'être adressé à lui. Ils prirent congé sur la promesse de se tenir mutuellement informés des futurs développements. À moins que ce pauvre homme ne fasse une demande de transfert, il est visiblement en train de chier de trouille, pensa le président.

Il était retourné dans son bureau en espérant pouvoir enfin se reposer, quand sa femme entra, le visage altéré, pour lui annoncer que Lilla Alfallipe était dans son petit salon et avait quelque chose d'urgent à lui dire. Il ne l'avait pas vue depuis près d'un an, c'était la meilleure des trois enfants, intelligente, décidée et élégante. Lilla lui résuma les dispositions funèbres de l'Amandière, mais il était clair que ce n'était pas l'objet de sa visite. Pietro Fatta lui demanda aussitôt d'en venir au fait. Réservée comme toujours, Lilla lui exposa les faits, en omettant les détails qu'elle jugeait embarrassants. «Après la mort de Papa, Mandi aurait voulu continuer à administrer notre patrimoine. Nous avons refusé. Je pense qu'elle a décidé alors, pour nous contrarier, d'abandonner son rôle et de contraindre Maman à accepter cette cohabitation déplacée avec elle, dans son appartement. Il est évident qu'elle avait conservé le contrôle sur d'autres biens qui ne faisaient pas partie de la succession, peut-être pour éviter de payer des impôts. Je crois qu'il y avait des investissements en liquide ou en actions. Elle n'a pas voulu nous mettre au courant des comptes bancaires ni des personnes qui géraient ces investissements. Elle nous payait les intérêts échus en liquide, le 25 de chaque mois, ponctuellement. Ils arrivaient par la poste.

«Nous nous attendions à obtenir des renseignements par l'intermédiaire du notaire Vazzano, comme pour la succession de notre père, ou d'un autre membre de la profession, ou encore d'une personne ayant la confiance de Mandi, pour rentrer en possession des fonds, mais personne ne sait rien. Carmela a cherché à y comprendre quelque chose et elle est allée à la poste, mais il paraît que les employés ont refusé de lui remettre le courrier adressé à Mandi. Je sais qu'après la mort de Papa elle s'adressait à toi pour que tu la conseilles. Tu es au courant de quelque chose qui pourrait nous être utile? Je sais aussi que le père Arena l'a aidée à écrire des lettres, mais il m'en a dit très peu, il parlerait sans doute plus librement avec toi. Qu'est-ce que tu nous suggères?»

Pietro Fatta fut soulagé. Il avait redouté que Lilla ne lui parle de la violence de Massimo Leone envers Carmela. Ce bavard de Meli avait exagéré. Il lui conseilla de s'adresser à d'autres notaires de la province, qu'il estimait et avec qui l'Amandière avait eu des relations d'affaires, et il ajouta : « Tu m'étonnes avec cette histoire d'argent des Alfallipe sous le contrôle de l'Amandière... quant à moi je vous avais mis au courant de tout. Elle était très méticuleuse et honnête. Si j'étais vous, j'appliquerais scrupuleusement ses dispositions. »

Avec un profond soupir, ses yeux clairs tout assombris, Lilla dit : « Nous allons encore devoir obéir à ses ordres ? » et elle se leva pour retourner chez elle.

« Un moment, où est Carmela ? »

À cette question Lilla s'arrêta et fournit la réponse qu'elle avait préparée d'avance : « Massimo m'a appris qu'elle a la migraine et qu'elle est restée chez elle.

– Alors permets-moi de te donner un autre conseil : va voir comment elle va et demande-lui exactement ce qu'on lui a raconté à la poste », dit Pietro Fatta sur un ton d'autorité.

Lilla comprit et revint s'asseoir. Elle parla de la violence de Massimo et des problèmes économiques du couple. Depuis janvier l'Amandière payait directement les fournisseurs de Carmela, elle connaissait visiblement elle aussi leur situation financière. Lilla ne savait pas quoi faire pour protéger sa sœur. « Gianni n'aurait pas le courage de parler à une mouche, qui va parler à Massimo ? » Pietro Fatta lui donna le même conseil qu'au directeur de la poste : attendre et garder les yeux ouverts.

24

Le président Fatta médite

Les époux Fatta passèrent ce qui restait de l'après-midi dans le petit salon de Madame, un événement qui surprit Lucia lorsqu'elle y entra.

Margherita avait été ébranlée par les révélations de Lilla, elle craignait pour la sécurité de Carmela et continuait à broder en soupirant. Pietro, assis dans son fauteuil auprès d'elle, réfléchissait, ils échangeaient de temps en temps des mots qui ne sont lourds de sens qu'entre ceux qui ont passé leur vie ensemble : « Enfin », « C'est comme ça », « Quelle vie », « Tu as raison, quelle vie », « Un autre monde », « Des histoires de fous ».

Leur mariage était tranquille et affectueux, pourtant Pietro n'avait jamais été amoureux de sa bonne épouse. Il lui était resté fidèle par peur de perdre sa réputation d'homme probe, à laquelle il tenait autant qu'à l'harmonie secrète de son foyer. Ils se respectaient et avaient élevé ensemble une belle famille, ce dont il lui était profondément reconnaissant. Margherita pleurait en silence. Pietro la consola en lui promettant que tout s'arrangerait pour le mieux, les filles d'Orazio étaient toujours théâtrales. Sa femme se reprit et lui caressa le visage avant de le laisser pour aller rendre visite à Adriana. Pietro lui prit la main et y posa un long baiser, certain qu'à sa mort les choses se passeraient autrement.

Enfin seul, il se ressaisit, prit un café, le dernier de la journée, et se réfugia dans son bureau. Il gardait là une collection bienfaisante et secrète de livres érotiques et pornographiques, anciens et modernes, qu'il cachait dans le double-fond des rayonnages, dont Orazio et lui avaient eu l'idée. Ces livres lui apportaient un soulagement intime et silencieux, il avait eu bien peu d'aventures réelles quand il était jeune, et aucune depuis son mariage. Son très cher ami Orazio, presque un frère, n'avait pas connu ce genre de problèmes. Contraint par ses parents à embrasser la profession d'avocat, il l'exerçait épisodiquement et en s'y intéressant si peu que, lorsqu'il décida de cesser son activité, rares furent ceux qui s'en rendirent compte. Il avait accepté de prendre pour épouse Adriana Mangiaracina pour faire plaisir à ses parents, comme l'avait d'ailleurs fait Pietro en épousant sa cousine, mais il n'avait ni perdu ni modéré l'intérêt actif qu'il portait aux femmes, ce qu'il appelait ses occupations de vénerie. Il avait un sens de l'humour marqué et soutenait que son énergie se concentrait sur l'accroissement démographique des cocus et l'assainissement génétique des Roccacolombais, chez qui prédominaient les mariages consanguins. Orazio savait comment se comporter dans de telles situations. Non seulement c'était un amant discret et pondéré, mais il savait en outre conserver des relations d'affectueuse connivence avec la plupart des femmes mariées avec lesquelles il avait eu des aventures galantes.

Ils n'avaient pas de secrets l'un pour l'autre. Orazio parlait à Pietro de ses femmes et ils en ourdissaient ensemble la conquête, depuis la cour jusqu'à la séduction. Pietro y contribuait par une vaste érudition raffinée ; c'était comme s'il vivait lui aussi les histoires d'Orazio, tant étaient grandes leur symbiose et l'abondance de détails et de sensations dont son ami l'abreuvait.

Orazio était aussi un homme de culture aux intérêts variés. Gâté par sa mère, il était habitué à satisfaire tous ses caprices et à monopoliser l'attention. Grâce à leurs relations avec les princes di Brogli, les Alfallipe fréquentaient en été la noblesse qui allait en villégiature à la montagne: on recherchait et appréciait Orazio pour sa conversation brillante et sa culture éclectique. Par ailleurs il aimait la musique, surtout l'opéra, et avait une nature de collectionneur. Il se consacrait pendant de brèves périodes intenses à collectionner ce qui l'enthousiasmait, puis il passait à une nouvelle marotte, comme il le faisait pour les femmes, et dilapidait son patrimoine. Il ne s'intéressait ni à ses biens ni à sa famille: sans l'administration avisée de sa mère, puis de l'Amandière, ils se seraient tous retrouvés sur la paille, comme beaucoup d'autres.

Depuis la mort de l'Amandière la famille semblait se désintégrer et mettre définitivement en évidence la sottise de ses membres. Pietro Fatta prit un livre et oublia Roccacolomba et le monde entier.

25

*Massimo Leone se réconcilie avec sa femme,
reçoit un avertissement, et la famille Alfallipe
prend des décisions importantes*

Au début de l'après-midi du 25 septembre 1963 Carmela Leone était couchée dans son lit, endolorie mais réconfortée par la visite inattendue de sa sœur. Très curieuse d'entendre le récit de sa scène à la poste, Lilla avait couru chez les Leone tout de suite après le déjeuner, pendant que sa mère se reposait. Elle y avait trouvé

Carmela par terre, encore à moitié évanouie. Elle avait immédiatement appelé le docteur Mendicò, qui avait relevé sur elle des fractures probables des côtes et diverses ecchymoses. Il prescrivit du repos pendant une semaine au moins. Après son départ, les sœurs pleurèrent ensemble et parlèrent longuement. Aussi pénible qu'il eût été, cet entretien sembla les rapprocher. Depuis le mariage de Lilla, leurs rapports étaient devenus rares et formels, leurs maris respectifs étaient trop différents l'un de l'autre et Lilla avait honte des manières villageoises que Carmela avait acquises, ou simplement conservées. Pour la première fois Carmela avait parlé ouvertement avec Lilla de la situation financière désastreuse de Massimo et de son agressivité, ajoutant cependant que malgré tout elle l'aimait et avait besoin de lui. Elle souhaitait rester avec lui et voulait que personne ne soit mis au courant de ce qui s'était passé, pas même Gianni.

Puis elle s'était endormie, à bout. Elle fut réveillée par son mari. Informé par la bonne des visites de l'après-midi, il entra en hésitant. Carmela lui fit signe de s'asseoir au bord du lit et s'excusa de n'être pas arrivée à cacher à Lilla ce qui était arrivé. «Elle est venue sans prévenir», murmura-t-elle en pleurant. Massimo se prit la tête entre les bras, les coudes levés, le menton sur la poitrine, les mains cramponnées à la nuque, et pleura lui aussi.

Puis il rompit le silence et demanda: «Qu'est-ce qui va se passer?»

Dans son demi-sommeil Carmela avait élaboré un plan. Si sa mère posait des questions, elle dirait qu'ils s'étaient disputés mais que tout était arrangé, ce n'était rien du tout. Son air défait était à mettre sur le compte de la contrariété causée par la mort de l'Amandière. Ils ne parlèrent pas des événements de la poste et décidèrent de dîner à la maison des Alfallipe pour ne pas éveiller de soupçons. Massimo aida très tendrement Carmela à se laver et à s'habiller. Quand ils furent prêts, il alla chercher la voiture, garée à sa place habituelle. De loin elle lui parut plus basse que d'ordinaire, il pensa que lui aussi était fatigué et que sa vue commençait à faiblir. Il s'approcha encore. Il l'avait garée l'après-midi dans le chemin derrière la maison, contre le mur, après l'avoir emmenée au lavage en parfaite condition : il trouva les pneus à plat, lacérés de longues entailles profondes. Il fit le tour de la voiture en silence, il eut peur. Un vieil homme qui habitait sous l'escalier de la ruelle en face l'observait, assis devant sa porte, le visage parcheminé, sans expression, immobile. Il n'était pas question de l'interroger. Massimo ouvrit la portière et prit la feuille posée sur le siège. «Parlez peu et occupez-vous de vos affaires», était-il écrit en caractères d'imprimerie.

Chose surprenante, Carmela ne fut pas troublée par la nouvelle. Elle se borna à dire : «On nous surveille», et ils partirent tout de suite chez sa mère dans leur break.

Ils dînèrent tous ensemble, dans la grande salle à manger. Massimo avait rarement mangé chez ses beaux-parents, pour éviter de rencontrer l'Amandière. Les dessertes massives et sinistres adossées aux murs ressemblaient à des personnages gigantesques et menaçants, tout ouïe, les services d'assiettes et de verres tintaient dans les vitrines dès qu'on s'en approchait, la lumière chiche des ampoules trop faibles créait une atmosphère pesante pleine d'ombres indécises. L'odeur rance des pièces inhabitées entrait dans les narines comme si la maison avait l'âme offensée et voulait les punir, leur donner un avertissement. Ils mangèrent peu et à contrecœur. Pendant le dîner ils discutèrent de la situation. Gianni était effaré et sans initiative. Sa mère se concentrait sur ses ennuis de santé : les visites de l'après-midi l'avaient fatiguée et elle ne s'aperçut même pas que Carmela marchait avec difficulté. Lilla se sentait découragée, mais il fallait bien prendre une décision. Aux dires de tous, l'avertissement donné à Massimo découlait de la visite de Carmela au bureau de poste, dont on escamota les détails d'un commun accord. À l'évidence, Mandi avait des relations avec la mafia, il était probable qu'elle avait pris des dispositions pour les humilier par la suite. Parce qu'ils ne lui avaient pas permis de continuer à administrer leur patrimoine après la mort de leur père, elle se vengeait. Les trois enfants en étaient convaincus, mais aucun, dans sa vanité, n'osait suggérer ce qui allait de soi : obéir à ses ordres et réécrire l'avis de décès.

Massimo prit la parole : «Peu m'importe qu'on se moque de nous, je ne veux pas que vos voitures aient les pneus crevés, ou pire. Il ne nous reste plus qu'à corriger les affiches et mettre le texte qu'elle avait préparé, tel qu'elle l'a écrit, et tout de suite.» Ils tombèrent tous d'accord.

26

Chez les Risico on analyse la situation

Après le dîner, Elvira Risico prit la tasse de café vide des mains de son mari et demanda: «Qu'est-ce qu'il pourrait y avoir de si important à la poste pour une domestique?» Elle voulait connaître les faits.

«Massimo Leone est un sale type, fainéant et coureur», commença Gaspare, et il ajouta qu'on parlait même d'un acte de luxure commis dans sa jeunesse aux dépens d'une blanchisseuse. Seul fils d'un petit commerçant de bois, il avait mené en quelques années l'affaire familiale au bord de la faillite. L'activité avait été reprise par son beau-frère, qui lui avait donné un emploi fictif. Son mariage avec Carmela Alfallipe avait été un gros coup de chance; on racontait partout qu'Inzerillo le jugeait indigne de Carmela et n'avait jamais voulu le connaître: ils s'étaient mariés en été, pendant qu'elle était en vacances chez ses neveux. Massimo trompait régulièrement Carmela, et de plus il la brutalisait.

«On ne brutalise pas une femme, dit-il en abandonnant le ton didactique sur lequel il s'adressait d'ordinaire à Elvira. Il paraît que son père le rouait de coups, mais frapper sa femme, c'est autre chose...» Et il se tut, désarmé, comme s'il n'arrivait pas à comprendre.

Elvira, de son côté, avait des nouvelles fracassantes: dans l'après-midi, Mademoiselle Aruta était entrée dans la librairie pour raconter à Madame Pecorilla qu'une cliente lui avait dit qu'on avait crevé les pneus de la voiture neuve de Leone. En plus, ce matin-là, Madame Pecorilla avait parlé avec circonspection au père Arena de quelqu'un d'important apparu à l'enterrement, elle n'osait pas dire son nom, et le prêtre avait baissé les yeux en signe d'assentiment. Elvira hasarda une hypothèse : « Il y aurait de la mafia là-dedans ? »

Gaspare ne voulait entendre parler ni de prêtres ni de mafia. « Analysons la situation logiquement, dit-il en reprenant son ton habituel. Comme je te l'ai expliqué, jusqu'à la mort d'Inzerillo il n'y avait rien de suspect dans le comportement des Alfallipe et de Leone, aussi bizarre qu'ait été la situation. Les événements d'aujourd'hui ont quelque chose de louche que je ne comprends pas. Inzerillo recevait des plis, des revues et des lettres poste restante. Ça s'expliquerait par ses fonctions et la paresse des Alfallipe qui ne se donnaient même pas la peine de retirer leur correspondance. Mais le courrier continuait d'arriver après la mort de maître Alfallipe, et ça je ne me l'explique pas. C'était du matériel très cher, pornographie, art et archéologie. Qui pouvait bien le lire ? Inzerillo c'est exclu, à moitié analphabète ; il est très improbable que ç'ait été Madame Alfallipe, bourgeoise prétentieuse et d'une intelligence limitée, d'après ceux qui la connaissent, qui ne s'intéresse sûrement pas aux antiquités... alors, qui le lisait ? Que les abonnements aient continué par négligence et que le courrier soit resté dans les enveloppes, j'en doute, étant donné l'avarice des Alfallipe.

– Et si les deux femmes les lisaient ensemble, ces livres, à haute voix, comme nous faisons ? Après tout elles vivaient ensemble, les soirées sont longues en hiver, suggéra Elvira en se pelotonnant sous le bras de son mari.

– Des relations lesbiennes... murmura Gaspare en lui caressant les cheveux.

– Mais qu'est-ce que tu dis ? Ces deux vieilles ? » protesta-t-elle.

À présent Gaspare lui tortillait subrepticement une mèche de cheveux. «L'histoire prend un tour nouveau et compliqué avec la visite à la poste de Carmela Leone, dit-il. Inzerillo recevait du courrier recommandé le 25 de chaque mois. Je me rappelle qu'une fois elle avait fait une réclamation pour un retard d'un jour à peine, j'avais noté l'expéditeur, une banque, j'attends la vérification d'un collègue. Mais aujourd'hui la lettre n'est pas arrivée. Quelqu'un l'attend et en a besoin. C'est pour ça que Carmela Leone a menacé et qu'elle a très peur. Qu'est-ce qu'il y a dans ces lettres? De qui Alfallipe a-t-elle peur? Et pourquoi?»

Elvira se redressa en libérant sa tête de la main de son mari et haussa les épaules en signe d'ignorance.

«Et l'élément mafieux? Comment s'insère-t-il? Je n'y comprends plus rien. Elvira, couchons-nous et nous verrons ce qui se passera demain, lui dit Gaspare.

– La lettre arrivera peut-être avec du retard», murmura-t-elle pendant qu'il éteignait la lumière.

27

Les époux Fatta ont une conversation

On savait chez les Fatta que le président n'aimait pas être dérangé quand il s'enfermait dans son bureau. C'était une sorte de règle qui en réalité était souvent enfreinte par sa petite-fille Rita, à laquelle son grand-père permettait tout. Margherita Fatta se conformait scrupuleusement aux habitudes rigides de son mari, mais ce soir-là, en revenant de sa visite de condoléances à Adriana Alfallipe, elle se dirigea avec assurance vers son bureau, frappa sans hésitation et alla s'asseoir près de la cheminée, dans un fauteuil face à celui où il lisait en écoutant de la musique classique.

«Que s'est-il passé, Margherita?» demanda Pietro en levant les yeux et en refermant lentement son livre. C'était un roman érotique, le dernier que lui avait remis l'Amandière, innocente destinataire des publications d'une maison d'édition spécialisée, qui les lui apportait, fidèle et dévouée aux ordres d'Orazio même après sa mort.

«Je voudrais te rapporter une requête d'Adriana et de ma visite chez elle, comme tu me l'avais demandé, dit sa femme intimidée. Il y avait beaucoup de monde, venu surtout par curiosité pour jaser ensuite, mais Adriana a besoin de compagnie, elle est si seule... Carmela n'était pas là, et Lilla est dure avec sa mère. Adriana ne se sent pas bien chez elle, elle regrette l'appartement de Mandi, elle s'y était habituée et y avait tout le confort. Elle m'a emmenée dans sa chambre pour me parler en privé. Tu ne vas pas le croire, mais tout ce qu'elle avait à me raconter c'est que ce matin le père Arena était venu en visite de condoléances, et que Lilla lui avait donné des livres qui appartenaient à Orazio.»

Pietro leva les sourcils, comme il le faisait quand il était piqué par la curiosité : il était question de livres. Sa femme poursuivait : «Adriana m'a dit que Lilla était allée dans le bureau d'Orazio, avait pris tous les livres de D'Annunzio et les lui avait donnés. Pauvre Adriana, elle pleurait, elle semblait perdre la tête. En tout cas, il paraît qu'Orazio lui avait recommandé de te donner tous les livres après sa mort, et que Mandi ne l'avait pas permis, elle voulait garder la bibliothèque intacte. Comme toujours, Adriana lui a obéi. C'était la dernière volonté d'Orazio paraît-il, tu le savais?

– Non, non, répondit Pietro perplexe, je ne m'attendais pas à un cadeau de lui, il était déjà suffisamment généreux avec moi de son vivant.

– Adriana m'a fait promettre de te dire qu'elle désire que tu demandes au père Arena de te les donner, et qu'elle lui permettra d'en prendre d'autres de son choix, mais que ceux-là te sont destinés.

– Je dois penser à en parler au père Arena quand je le verrai, dit son mari.

– Non, Adriana a bien insisté: elle souhaite que tu lui parles au plus vite, le père Arena vit à la campagne et on le voit peu ici... s'il te plaît, fais ce qu'elle te demande, la pauvre, elle a déjà tant de soucis.»

Pietro Fatta voulut changer de sujet, sa femme l'agaçait, il demanda: «Que dit-on d'autre?

– Il paraît que don Vincenzo Ancona était à l'enterrement, peu de gens l'ont vu, mais c'est un bruit qui court.»

La nouvelle que le vieux et puissant chef mafieux était présent aux obsèques d'une domestique était un potin qui n'intéressait pas du tout Pietro Fatta. «L'Amandière avait peut-être eu affaire à lui, mais en effet je ne comprends pas pourquoi il s'est dérangé pour son enterrement, sans doute en signe de respect pour les Alfallipe, dit-il.

– Mais il n'est pas allé à l'enterrement d'Orazio», lui fit remarquer Margherita.

Son mari ne répondit pas, encore plus irrité par son insistance. Consciente de la mission qui lui avait été

148

confiée, elle continua de donner les informations qu'elle avait glanées: «À la Mercerie Moderne les demoiselles Aruta ont parlé de Carmela et Massimo. Tout le monde sait ce qui s'est passé, les gens sont bavards. On dit aussi que les pneus de la voiture de Massimo ont été crevés par des inconnus, ce garçon a vraiment de mauvaises fréquentations. Maria José Sillitto, qui en vraie fille de la baronne Ceffalia cancane toujours, m'a raconté que cet après-midi-là, après avoir torturé la pauvre Carmela, il était allé, eh bien, dans un mauvais lieu.» Pietro sourit, sa femme était toute rouge d'embarras, elle n'était pas capable de prononcer des mots tels que *bordel.* «Et elle a dit à tout le monde que l'Amandière était une de celles-là.» Pietro sourit de nouveau, dans son innocence Margherita ne connaissait peut-être pas le terme *pute.* «Et elle fréquentait sans doute la mafia. Je n'en ai pas demandé davantage, ç'aurait été mal, mais dis-moi, Pietro, qui pourrait avoir donné ces renseignements à Maria José?

– Je ne sais pas» répondit-il, patient et résigné devant l'ingénuité de sa femme, qui frisait la stupidité: les habitudes de Salvatore Sillitto, mari infidèle et peu discret, étaient en effet connues de tous. «Je te remercie vraiment, je sais que tu aurais préféré rester à la maison pour jouer avec les petites, plutôt que de sortir pour aller écouter ces ragots, mais c'était nécessaire; à présent je dois finir de lire, nous nous verrons pour dîner.»

Pietro Fatta reprit le livre qui reposait sur ses genoux, tandis que Margherita se levait de son fauteuil: il avait enfin réussi à la mettre dehors.

28

Rita Parrino Scotti songe au passé

Rita Parrino Scotti, fille unique du notaire Parrino, restée veuve encore jeune de l'illustre professeur Scotti, titulaire de la chaire de littérature italienne à l'université de Palerme, était revenue vivre chez ses parents à Roccacolomba. Femme charmante et provocante, elle avait fait le libre choix de ne pas se remarier et se consacrait aux arts, particulièrement à la musique. Elle avait eu plusieurs liaisons, entretenues avec discrétion, toutes avec des hommes mariés, parmi lesquels Orazio Alfallipe. Elle n'essayait jamais d'arracher un mari à sa femme et était convaincue de contribuer au bonheur conjugal de ses amants. Ce qui semblait lui être confirmé par l'amitié durable que lui témoignaient les épouses trahies, qui, presque reconnaissantes, fréquentaient assidûment ses après-midi musicaux.

Rita méprisait Adriana Alfallipe et l'Amandière, qu'elle considérait comme responsables de la fin prématurée de ses amours avec Orazio, sans aucun doute les plus ardentes et les plus satisfaisantes de ses années de maturité.

Il leur avait été facile de jouir de leur mutuelle compagnie sans devoir recourir aux subterfuges ordinaires pour ne pas faire scandale : ils se retrouvaient fréquemment à la maison de campagne de Rita, sous prétexte qu'Orazio portait un intérêt très vif à la botanique et profitait volontiers du beau jardin des Parrino. Amant imaginatif et généreux, il parlait peu de sa famille. Du reste, Adriana semblait accepter presque avec soulagement les fréquentes infidélités de son mari.

Le personnage de servante maîtresse de l'Amandière intriguait Rita ; elle avait tout d'abord soupçonné qu'elle était secrètement amoureuse de lui et que c'était la raison de son dévouement. Sous la conduite d'Orazio elle identifiait des fragments, reconstituait des céramiques réduites en miettes et l'aidait à cataloguer des pièces. Orazio avait ri de cette hypothèse : il lui expliqua qu'il connaissait l'Amandière depuis son entrée au service de la famille Alfallipe à treize ans, qu'elle n'avait jamais été jalouse et n'avait jamais aspiré à ce qu'elle savait inaccessible, c'était une employée de maison et en tant que telle elle lui était dévouée comme à l'ensemble de la famille, elle faisait son devoir, un point c'est tout.

Rita en eut la confirmation quand elle put constater que l'Amandière endossait des responsabilités qui revenaient à Orazio, pour qu'il puisse lui consacrer à elle-même plus de temps ; elle imaginait même pour Orazio des motifs plausibles de voyages d'affaires en Italie qui étaient en réalité leurs délicieuses vacances, et c'était elle qui lui laissait de sa part des messages et des cadeaux à la loge pour ne pas éveiller de soupçons. Pour Rita, l'Amandière était une femme assoiffée de pouvoir, phagocytante et oppressive dans son dévouement à l'égard des Alfallipe, au point d'avoir persuadé Orazio et Adriana de s'associer à son obstruction au mariage de Carmela avec Massimo Leone, individu de peu de valeur et, sans doute pour cette raison, assorti à leur fille. Dans cette famille on ne prenait aucune décision sans l'approbation de l'Amandière.

Au retour d'un voyage particulièrement heureux, entrepris sous le prétexte de participer à une réunion musicale, Orazio voulut inviter chez lui Rita et ses parents pour lui montrer un vase laconien, soustrait durant les fouilles de Bosco Littorio, à Gela. C'était un événement inhabituel chez les Alfallipe : l'Amandière ne permettait pas de recevoir le soir, alléguant qu'elle était trop fatiguée pour préparer des repas, alors qu'elle organisait des goûters de campagne en été, et les réceptions d'après-midi pour les amies d'Adriana.

Orazio n'avait jamais invité Rita à visiter son bureau, qu'il avait restauré à grands frais et dont il était très fier, et il ne lui avait pas encore montré ses collections. L'invitation représentait donc une occasion solennelle. La conversation à table se déroula agréablement, le repas était exquis et l'Amandière servait avec correction en silence. Quand ils eurent terminé, Orazio invita Rita à visiter son bureau après avoir pris le café, pendant qu'Adriana accompagnerait ses parents au salon.

C'est alors que cette servante maîtresse, revenue dans la salle à manger avec le plateau d'argent du café, le jeta sur la table près d'Adriana, avec une telle rage que toutes les tasses tremblèrent dans leurs soucoupes de porcelaine. «Je ne sers pas cette putain», déclara-t-elle, et elle sortit en fermant la porte derrière elle. Ils restèrent tous bouche bée. Adriana fit preuve d'une présence d'esprit insoupçonnée : «Veuillez m'excuser, je ne sais pas ce qui la prend, elle ne m'a jamais manqué de respect et je ne comprends pas pourquoi elle juge bon de m'offenser, surtout devant des invités.» Orazio se taisait. Ils essayèrent tous de faire comme si de rien n'était, mais peu après les Parrino prirent congé et la visite du bureau d'Orazio n'eut pas lieu.

Rita était certaine que les paroles de l'Amandière lui étaient destinées. Elle en eut la preuve le lendemain quand Orazio lui fit remettre une lettre de rupture : « *Ma bien-aimée Rita, je me rends compte que mon bonheur domestique, pour moi source de réconfort et de joie, est mis en péril par notre précieux amour, et je suis contraint à un choix pénible. Ma muse, adieu. Avec mon éternelle gratitude, ton Orazio.* »

Elle le revit quelques jours plus tard à un concert au chef-lieu, accompagné d'Adriana. C'est cette dernière qui s'approcha d'elle pour s'excuser encore de l'attitude de sa domestique : « Elle est très brave et très fidèle, mais parfois elle exagère... elle a eu des problèmes et s'en est prise à moi, je suis réellement mortifiée, toutes mes excuses. » Orazio restait à côté de sa femme, impassible. Rita éprouva de la haine pour Adriana : fausse et frigide, elle n'était pas l'épouse insignifiante que cet imbécile d'Orazio lui avait décrite, mais bien une harpie qui jouissait d'une réputation imméritée de sainteté. Quant à l'Amandière, sur son compte aussi elle s'était trompée : c'était une femme qui défendait son territoire. Elle ne renoncerait pas à son pouvoir sans se battre. Elle avait probablement eu peur que les époux ne finissent par se séparer, et ne sapent ainsi sa position ; celle-ci ne resterait inexpugnable que si la famille demeurait unie ; elle avait pris le parti de l'épouse et ensemble elles tyrannisaient le faible Orazio.

Dès lors celui-ci subit un changement radical : on le voyait dans les manifestations musicales, mais non dans les réceptions mondaines, il fréquentait peu d'hommes et vivait en reclus, se consacrant à ses collections. On racontait que ce comportement était causé par la maladie qui allait l'emporter prématurément quelques années plus tard.

Quand Adriana, demeurée veuve, décida d'aller vivre chez l'Amandière, Rita comprit finalement leur petit jeu. Adriana n'aimait pas les hommes; la domestique était probablement comme elle, ou bien elle avait voulu encourager les tendances de sa maîtresse par intérêt, ou par vice. Rita ne doutait pas un instant qu'il y ait eu entre les deux femmes une relation saphique, là était la clef du mystère. Elles apparaissaient aux villageois comme des victimes d'Orazio, l'une à cause de ses infidélités conjugales et l'autre en raison des responsabilités accablantes qui lui étaient confiées, mais en réalité elles l'avaient exclu de la vie familiale et vivaient dans une symbiose dépravée et satisfaite. Elles avaient craint, les deux malheureuses, qu'Orazio et Rita ne détruisent le ménage ambigu instauré au Palazzo Alfallipe. Elles étaient stupides et perverses. Si seulement elles avaient su qu'elle, malgré son amour pour Orazio, ne sacrifierait jamais sa liberté pour un homme...

Rita avait caché aux autres sa théorie et son immense mépris pour les deux femmes de la maison Alfallipe. Maintenant que l'Amandière était morte, elle trouvait répugnant d'entendre parler d'elle avec respect et admiration. Elle allait fouiller leur passé pour découvrir leurs intérêts particuliers. À la mort d'Adriana, elle en ferait autant.

29

À l'après-midi musical chez les Parrino on n'écoute pas de
musique mais on parle de la famille Alfallipe et de l'Amandière

Il y avait foule dans les salons des Parrino, non seulement des dames, mais, chose inhabituelle, leurs maris aussi. Les hommes accompagnaient d'ordinaire leurs femmes et revenaient les chercher à la fin de l'après-midi musical, une innovation dans la vie mondaine locale, introduite par Rita Parrino, comme on l'appelait encore. Les dames essayèrent de se conformer à la formule bien rodée de ces rencontres, mais sans succès: leurs maris n'étaient pas d'accord pour s'en aller et les invités n'avaient apparemment aucune intention d'écouter la musique. Ils allaient et venaient en petits ou grands groupes, selon l'importance des nouvelles et des potins sur les événements extraordinaires survenus chez les Alfallipe les jours précédents. Telles des amibes, les groupes se dissolvaient puis se reformaient à la première odeur d'histoires encore plus piquantes ou plus improbables dans les conversations limitrophes. Bien que ce qui se racontait n'ait pas été drôle du tout, l'atmosphère était à la facétie, tant était grande l'antipathie, pour ne pas dire la rancune, que nourrissait Roccacolomba envers la famille Alfallipe qui, s'étant assurée la position d'administrateurs des princes di Brogli, s'était enrichie en acquérant leurs domaines à bas prix et avait adopté aussi leur arrogance.

Le plaisir atavique de jaser eut raison de la musique de Wagner, qui devint un simple fond sonore. Carmela Leone avait été aperçue en fin de matinée en train de descendre de voiture devant chez elle, toute tremblante et pliée en deux, elle marchait avec difficulté, couverte de vomissure. Massimo avait dû la soutenir jusqu'au portail, le visage tordu par la colère. Qu'était-il arrivé ? La baronne Ceffalia, qui daignait rarement se rendre dans les salons de Roccacolomba et avait tout d'abord feint une réticence à communiquer d'aussi mauvaises nouvelles, révélait à présent devant une audience nourrie ce qu'elle avait appris de source sûre : Massimo Leone avait brutalisé Carmela ; le docteur Mendicò avait relevé sur elle des fractures des côtes. La baronne omit de nommer sa «source sûre», sa portière Enza Militello, qui avait été informée par le mari de la repasseuse des Mendicò, laquelle avait appris la nouvelle en épiant la conversation entre le docteur Mendicò et sa sœur, Madame Di Prima, et avait tout raconté à son mari quand il était allé la chercher pour la raccompagner chez eux.

Détournant involontairement de la baronne l'attention des autres invités, Madame Mimì Bommarito s'exclama : «C'était une Cassandre, cette Amandière ! Elle avait tout prévu, la bonne m'a raconté qu'elle s'était opposée au mariage de Carmela parce qu'elle savait que Massimo Leone avait la main leste, il avait même giflé sa mère, elle avait raison de ne pas vouloir de lui dans la maison ! L'Amandière ne voulait que le bien de la famille Alfallipe, si seulement ils l'avaient écoutée…»

Les invités, enchantés par cette nouvelle, négligèrent de poser d'autres questions à la baronne. Celle-ci, outragée, ne voulut pas tenir compte de l'intervention de l'institutrice Bommarito, femme d'origine modeste qui croyait naïvement pouvoir acquérir de la culture en fréquentant les après-midi des Parrino ; ces rencontres – tout le monde le savait – n'étaient organisées que pour faire étalage de l'argenterie du notaire et non par amour de la musique. Elle décida donc de démolir son succès passager en déclarant d'une voix indignée : « Il ne faut pas croire ce que les petites gens et les domestiques veulent bien nous raconter, ce ne sont pas des personnes auxquelles on peut se fier. Le fait est que Massimo Leone a cassé trois côtes à la pauvre Carmela, et qu'une domestique n'avait pas à abuser de la confiance mal placée des Alfallipe en intervenant dans la décision sur le mariage de la fille de ses maîtres. Cela ne regardait que le chef de famille, Orazio, mais on sait bien que c'était un timoré, sous l'influence de certaines femmes, et que la domestique gagnait toujours. »

Contente d'avoir marqué deux points avec une belle phrase, la baronne jeta un regard rapide sur Mimì Bommarito, qui rougit en acceptant la leçon de sagacité et de distinction ; puis elle dévisagea Rita Parrino, maîtresse depuis peu de Salvatore Sillitto, son gendre, qui avait semé la discorde et la douleur chez sa fille Maria José.

On continua de déblatérer contre les Alfallipe, leur arrogance et les faiblesses de leurs hommes, à commencer par le vorace appétit sexuel de maître Gianni.

Avant de se retirer la baronne décocha sa dernière flèche à Rita : « On comprend que dans une famille où les hommes ne valent pas grand-chose une domestique comme l'Amandière puisse faire la loi. En réalité, Orazio a vécu sous l'influence de sa mère, puis de l'Amandière qui lui a au moins sauvé la mise. Quoi qu'en disent certaines personnes, elle a été fidèle et loyale envers lui et ne l'a pas plumé vif comme l'ont fait paraît-il quelques-unes de ses "amies", avec des voyages et des cadeaux ! » Encore une fois la baronne fit mouche : Rita blêmit visiblement et lui lança un regard de feu; la baronne lui répondit par un demi-sourire en se délectant de sa confusion, et dériva vers un autre groupe d'invités.

Au moment de prendre congé, on se congratula et on félicita les maîtres de maison du succès de l'après-midi musical. Rita, dès qu'elle fut seule avec ses parents, allégua un fort mal de tête et se retira dans sa chambre. Sa mère alla à la cuisine vérifier que les servantes avaient lavé et essuyé toute l'argenterie, pour compter ensuite les couverts et les mettre sous clef, avec les plateaux, dans le placard. Le notaire Parrino resta seul et pensif. Il s'était rendu compte de l'humiliation que les remarques cinglantes de la baronne avaient infligée à sa fille, et ruminait des idées de vengeance tout en allant et venant à grands pas pesants dans le corridor, tête baissée, les mains nouées nerveusement dans le dos, sans rien voir de l'étonnement amusé du personnel de service. Puis, pour se changer les idées, il se rendit au Cercle.

30

Les hommes parlent affaires au Cercle de l'Unité italienne

Pietro Sannasarda, agent immobilier et propriétaire depuis peu d'une entreprise de construction, avait gagné la partie de poker et offrait à boire aux perdants. Ils étaient entourés d'autres membres du cercle et on discutait des ennuis des Alfallipe.

Le vieil avocat maître Ettore Manzello affirmait de façon théâtrale qu'il était certain que Risico, un sale communiste, allait porter plainte contre Carmela, et que le délit était clairement établi: la famille serait perdue de réputation. «Ils sont forcenés, les Alfallipe, que peuvent-ils donc trouver dans le courrier de cette domestique? Nous savons tous, nous qui sommes les contemporains du pauvre Orazio, qu'il se faisait envoyer de Paris certaines revues osées auxquelles il s'abonnait pour cinq ans, payés d'avance, qu'il les faisait retirer à la poste par l'Amandière et porter chez les Fatta, tellement il avait peur que sa mère, Dieu ait son âme, ne les découvre. Carmela pourra bien les obtenir, si l'abonnement est encore en cours, mais je voudrais être une petite souris pour voir la tête que feront les Alfallipe quand ils ouvriront les enveloppes! La vérité c'est que les enfants ont été mécontents de l'héritage du pauvre Orazio et ne font pas confiance à l'administration de l'Amandière qui, pour ce que j'en sais, était honnête.» Il but son petit verre de liqueur et avec un «Veuillez m'excuser, à tout à l'heure», il se leva et se dirigea vers l'autre salle du Cercle.

Pietro Sannasarda était un ami de la famille Leone et défendait donc les Alfallipe: «L'Amandière administrait encore les biens dotaux d'Adriana Alfallipe, et les enfants avaient raison de vouloir s'assurer que la fortune familiale leur revienne à eux et non à ses neveux. Si Carmela Leone s'est compromise, à la poste, son comportement est tout à fait compréhensible: avec tant de soucis en tête, elle aura exagéré, les femmes sont souvent comme ça, elles ne pensent pas.» Puis il ajouta: «Mais la femme de Massimo Leone avait raison d'aller à la poste et de prendre ses renseignements. L'argent des Alfallipe passait entre les mains de cette "servante", aussi bonne qu'elle ait été, et il n'a pas dû leur revenir en totalité, sinon expliquez-moi comment cette Amandière aurait pu se permettre de posséder un appartement et d'y loger gratuitement sa maîtresse. Elle était fille de miséreux, elle vivait de ses gages, et nous savons que les Alfallipe n'ont jamais été généreux avec leurs employés», dit-il en regardant autour de lui; puis il haussa les épaules et conclut en tendant le bras: «Messieurs, les comptes ne tombent vraiment pas juste!»

«Pietro, tu oublies l'histoire de la vente des terres des Puleri, dit le notaire Vazzano, l'Amandière a reçu cinq pour cent, c'est ce que touche un intermédiaire, et elle les méritait pour son discernement. Elle a déconseillé aux frères Alfallipe de vendre ces terres et leur a suggéré d'attendre un an: Orazio et Vincenzo ont gagné beaucoup en suivant son conseil. Dans l'année, plusieurs hectares de terres boisées des Puleri sont devenus constructibles. Après ce succès, Orazio lui a confié l'administration de tout son patrimoine. Vincenzo, lui, qui voulait toujours paraître, a refusé de le faire et s'est disputé avec son frère. Si l'Amandière n'avait pas été là, les frères Alfallipe auraient bradé cette propriété qui est ensuite devenue de l'or pour la famille: j'ai rédigé tous les actes de vente des lots, et je le sais.»

Sannasarda n'était pas convaincu: «Elle était domestique, et elle ne pouvait pas s'y connaître, elle a eu de la chance. Qui peut nous assurer qu'ils avaient l'intention de vendre les Puleri, et qu'ils ne voulaient pas attendre... on ne peut jamais se fier aux Alfallipe.»

Mais Vazzano n'en démordait pas. «C'est moi qui te le dis, ils étaient couverts de dettes et Vincenzo Alfallipe voulait de l'argent tout de suite. Orazio, nous le savons tous, n'était bon qu'à dépenser. Les deux frères m'ont chargé de rédiger la promesse de vente, pour vingt millions, ce qui dans les années cinquante était une grosse somme. Un jour Orazio m'a appelé chez lui. Je m'en souviens bien, parce qu'elle était dans son bureau, l'Amandière, en train d'épousseter des vases qu'il s'était achetés, des vieilles poteries pour lesquelles il gaspillait son argent, et elle est restée dans la pièce, ce qui m'a paru très bizarre. Je vous jure, je n'ai jamais entendu Orazio parler avec autant de fermeté. Il m'a dit que la vente ne se faisait plus et que je devais l'expliquer aux acheteurs, il ne voulait pas entendre parler de contre-propositions, pas même pour le double du prix. Et elle, elle le surveillait de loin par des coups d'œil furtifs.»

Sannasarda ne se rendait pas : «Mais si les Puleri et les autres terres autour sont devenues zone constructible, qu'est-ce qu'elle avait à y voir ? Tu veux me dire que c'était grâce à elle, ou qu'elle avait des amitiés à la mairie ou à la préfecture ? Comment aurait-elle pu en être sûre ? Je ne crois pas qu'elle ait eu des informateurs, qui donc ? De la même façon que nos femmes connaissent les potins des domestiques, celles-ci font sûrement pareils avec leurs maîtresses, mais ces affaires-là ne viennent pas à la connaissance de nos femmes, ni des personnes de service. Elle a eu de la chance, et beaucoup : en plus, elle a reçu sur la vente une belle commission des Alfallipe sans l'avoir méritée.»

Le notaire Parrino écoutait avec intérêt ; il intervint : «Rappelez-vous que la nouvelle agglomération devait être construite de l'autre côté de la montagne, à Baiamonte. Personne n'aurait imaginé qu'elle se construirait aux Puleri, absolument personne. J'en ai été surpris, et j'y ai perdu de l'argent : j'avais acheté des terrains à Baiamonte, qui me sont restés bons à semer.

161

– Ah merde!» s'exclama Ettore Manzello pour déplorer l'investissement imprudent du notaire Parrino, qui d'ailleurs n'en tint pas compte et conclut avec fougue : «Cette femme-là avait quelqu'un qui la protégeait et la renseignait bien, et ce n'étaient sûrement pas les autres domestiques.»

Pomice, conseiller provincial et personnage politique montant de la droite, homme peu bavard et auditeur attentif, déclara : «Vous vous perdez en conjectures, elle a dû avoir de la chance, ce sont des choses qui arrivent.»

Maître Manzello revenait tout juste dans la salle de jeux, et il se mêla à la conversation en riant : «L'Amandière a eu de la chance et Orazio, lui, en a eu beaucoup. Après cette excellente affaire il lui a fait totalement confiance et n'a jamais eu à le regretter, contrairement à Vincenzo qui a liquidé tout son patrimoine pour presque rien. En décembre 1950, avant que la réforme agraire n'entre en vigueur, et afin d'éviter que les propriétés des Alfallipe ne soient démembrées, elle m'a fait travailler comme une bête à régler des différends anciens et récents, des héritages communs avec d'autres héritiers Alfallipe, afin de pouvoir effectuer des donations, des ventes à des prête-noms, des ventes réelles, mais elle parvenait toujours à garder pour les Alfallipe les meilleures terres, elle en connaissait chaque empan, aussi bien qu'un géomètre. Elle vendait de la pierraille à ces malheureux paysans qui achetaient quelques hectares en croyant devenir propriétaires terriens et oublier la sueur et la faim.» Les autres l'écoutaient incrédules, ils n'auraient jamais imaginé que l'Amandière avait eu des compétences et des responsabilités pareilles.

Sannasarda dit: «Je n'y crois pas, tu dois confondre avec quelqu'un d'autre.

– Allons donc, je suis vieux, c'est vrai, mais pas encore gâteux, demandons-le à Angelo Vazzano… Tu as rédigé beaucoup d'actes pour les Alfallipe en ce temps-là, c'est vrai ou non, ce que je dis?» On ne pouvait plus l'arrêter. Le notaire Vazzano abaissa les paupières, hocha deux fois la tête, le visage impénétrable, et tous comprirent.

Encouragé par cet acquiescement, Ettore Manzello poursuivit d'une voix forte: «Orazio menait la vie d'un célibataire insouciant, il me le répétait toujours et en plaisantait. Il disait que l'Amandière était une diablesse en affaires et qu'elle dirigeait tout, sa maison, ses terres, et ses investissements. Cela ne lui pesait que lorsqu'il devait sauver les apparences et se comporter comme si les décisions venaient de lui; mais quelquefois il faut un homme: une femme, analphabète, et de surcroît une domestique ne peut pas traiter avec certaines personnes. Une seule chose intéressait Orazio: avoir de l'argent pour s'amuser et acheter des objets inutiles. Quant à dépenser, il dépensait, et beaucoup. Pour lui-même et pour les femmes, ces prétendues femmes comme il faut lui coûtaient des millions, davantage que des femmes de mauvaise vie!» Ettore Manzello s'interrompit, il venait de s'apercevoir de la présence de Giovanni Parrino. Celui-ci, en homme discret, se tenait impassible près de la table. Il s'éloigna pour aller vers une autre table de jeu.

Quand le groupe fut certain de n'être pas entendu du notaire Parrino, il poursuivit ses sarcasmes. Vazzano lui-même racontait à présent: «Selon Orazio, sans femmes la vie ne vaut pas la peine d'être vécue et il ne faut pas regretter l'argent dépensé pour elles. L'ironie de la chose, c'est qu'il ait pu se permettre de s'amuser avec les femmes grâce au travail d'une domestique, vieille fille, qui plus est.»

La conversation prit un ton grivois, à propos d'un certain type de «services particuliers» que les jeunes servantes rendent à leurs maîtres. «En effet, ajouta Manzello, on pourrait affirmer que l'Amandière offrait à Orazio et à toute la famille Alfallipe un type unique de service particulier, voire très particulier: c'était un âne qui chie de l'or, un vrai trésor. Si elle avait été aussi exceptionnelle au lit que dans les travaux domestiques et dans les affaires, Orazio aurait été l'homme le plus verni du monde. Mais on ne peut pas tout avoir, et Orazio a reçu beaucoup de la vie.

– Je la lui enviais, l'Amandière, c'était une grande travailleuse... une femme honnête et une employée loyale comme on n'en trouve pas», dit Vazzano.

Le notaire Parrino était revenu dans la salle. Il suivait apparemment le jeu de la table voisine, mais en réalité il écoutait leur conversation, en pensant à sa fille adorée et aux peines qui lui avaient été infligées par la faute de l'Amandière. Il s'approcha du petit groupe et dit: «Travailleuse, oui, mais femme honnête je ne sais pas, il est certain qu'une personne de qualité ne se dérange pas pour aller à l'enterrement d'une servante quelconque... à celui d'une maîtresse, peut-être. Bonne nuit à tous.» Il tourna les talons et sortit du Cercle en saluant poliment les membres au passage, mais sans s'attarder en civilités habituelles, et il rentra tout droit chez lui.

Les membres furent surpris par la boutade sans équivoque d'un homme connu pour sa tolérance et sa discrétion, mais ils se remirent à bavarder gaiement, se sentant autorisés à présent à médire à fond des amours de Rita Parrino, se perdant en dissertations pédantes mais salaces sur les activités amoureuses permises aux veuves dans les limites de la morale et du bon goût et sur l'étrange comportement des Parrino, parents d'une indulgence presque indécente.

Tard dans la soirée, le notaire Vazzano quitta le Cercle en compagnie de Pomice. Ils firent un bout de chemin à pied, en silence. À un carrefour, avant de se séparer, Pomice dit : « Si j'étais ami des Alfallipe, je leur dirais de s'occuper de leurs affaires et de ne plus penser à l'argent, ils pourraient avoir de nouveaux ennuis. Si j'étais ami du notaire Parrino, je lui conseillerais de parler peu, il en a trop dit ce soir et doit faire attention. Comme je suis ton ami, mon cher Angelino, je te le dis à toi : il vaut mieux pour tout le monde ne parler ni en mal ni en bien de certains morts. » Vazzano lui donna une longue poignée de main reconnaissante et rentra chez lui encouragé par la confiance que lui témoignait Monsieur Pomice, un homme qui se faisait une place dans la politique régionale et donc ami important et à soigner.

Dans la nuit du mercredi 25 au jeudi 26 septembre, le jardin de la maison de campagne des Parrino fut gravement endommagé par des inconnus.

Le hasard voulut que Madame Rita soit la première à le constater, le matin du jeudi, alors qu'elle y apportait des bulbes à planter en vue du printemps suivant. Elle trouva la dévastation. Plantes et arbustes avaient été arrachés, les parterres étaient immondes : ils avaient d'abord été piochés pour déterrer les belles fleurs qui les ornaient, puis recouverts de pierres et de chaux ; les élégants vases en terre cuite étaient en miettes, les plantes fleuries, coupées et piétinées ; les grands arbres avaient été abîmés et leur tronc portait des coups de hache; les sculptures et les sièges de pierre avaient été renversés, les statues, décapitées. Le bassin aux nénuphars, aux eaux claires et transparentes, orgueil de Rita, était rempli d'une boue molle et puante. De petits poissons rouges flottaient le ventre en l'air dans la fange. Les grands avaient été soigneusement alignés tripes dehors sur les pierres de lave qui servaient de sièges autour du bassin.

Le paysan gardien de la maison jura sur l'âme de ses enfants et sur la tombe de son père qu'il ne savait rien. La veille au soir il avait arrosé le jardin et l'avait laissé parfumé et luxuriant, un paradis. Il n'avait entendu aucun bruit durant la nuit, ce que confirmèrent sa femme et ses enfants. Le matin il s'était absenté pour aller bêcher un terrain éloigné et sa femme, qui normalement restait à la maison, avait dû aller au bourg voir sa mère mourante. C'était vraiment de la malchance que, pendant que lui et sa famille étaient absents, des malpropres aient commis ce massacre, c'étaient probablement des jeunes voyous, qui rôdaient dans le coin maintenant qu'on arrivait facilement de l'autoroute à Roccacolomba. En se tordant les mains de désespoir, il ajouta que c'était encore plus tragique que Madame Rita elle-même ait découvert les dégâts avant lui. Il n'avait donc pas pu nettoyer le jardin, déblayer les débris et les branches coupées, jeter les plantes arrachées et les poissons puants afin d'éviter à Madame, qu'il aimait comme une fille, le chagrin de trouver son jardin bien-aimé dans un tel état.

Jeudi 26 septembre 1963

31

Le père Arena rencontre le président Fatta dans la rue
et ils prennent un granité

Le père Arena sortait de la librairie Pecorilla et remontait la rue, chargé de livres et en sueur. La brise d'automne encore chaude lui ébouriffait les cheveux sans le rafraîchir. Il était content d'avoir réglé ses affaires à temps pour retourner à la campagne dans la matinée; il brûlait d'envie de quitter Roccacolomba et pensait à la joie de lire les livres qu'il avait échangés contre ceux offerts par Adriana Alfallipe. Il se voyait déjà assis dans son jardinet, les asters en pleine floraison seraient le décor parfait où reposer ses yeux fatigués lorsqu'il ferait une pause dans sa lecture.

«Salutations, père Arena.» La voix du président Fatta le fit sursauter.

«Mes respects, président, répondit le prêtre.

– Puis-je vous offrir quelque chose?» demanda Pietro Fatta sur le ton d'autorité courtoise de celui qui n'accepte pas de refus.

Renonçant à l'espoir de prendre le car du matin, le père Arena se retrouva donc assis à une table du bar Italia en compagnie de Pietro Fatta, qu'il connaissait depuis des années, sans être de ses familiers.

Dès que le garçon se fut éloigné avec la commande, Pietro Fatta expliqua la raison de son invitation: «Pardonnez mon indiscrétion, mon père, j'ai appris que vous aviez des livres de D'Annunzio, choisis pour vous par Lilla Alfallipe dans la bibliothèque d'Orazio. Adriana a dit à ma femme qu'Orazio désirait me les donner, je ne sais vraiment pas pourquoi, je les ai lus en leur temps et il s'agit d'un auteur daté que je ne souhaite pas relire. Mais Adriana a beaucoup insisté et je voudrais lui faire plaisir, cela vous ennuierait-il de les échanger contre d'autres livres?»

Le père Arena était sur le gril. Il bégaya des mots confus, il avala son granité de travers, bavant presque, il dut boire une gorgée d'eau, il ne parvenait pas à formuler une réponse qui puisse lui éviter la honte d'avouer qu'il avait échangé le cadeau de Madame Alfallipe contre les livres qui remplissaient précisément le sac qu'il avait laissé tomber à ses pieds, à moitié caché par sa soutane. Il aurait voulu y entrer aussi, dans ce sac, s'aplatir et devenir une page quelconque pour passer inaperçu, échapper aux griffes mielleuses du président.

Pietro Fatta s'imagina que le prêtre ne voulait pas se séparer des livres. Le père Arena avait commis des transgressions dans sa jeunesse, peut-être désirait-il depuis longtemps connaître D'Annunzio; cette requête le privait de la seule chance de les posséder en toute innocence. Il serra les lèvres pour retenir un petit sourire ironique avant de dire: «Ne vous inquiétez pas, mon père, gardez-les, ils vous appartiennent. Mais puis-je me permettre d'y jeter un coup d'œil? Orazio annotait parfois les textes, je vous promets de vous rendre les livres avant demain.»

En levant un regard de chien battu, le père Arena bafouilla, non sans dignité et avec une certaine retenue, que lui non plus n'aimait pas beaucoup D'Annunzio : les volumes d'Orazio étaient à présent en vente dans le rayon des occasions à la librairie Pecorilla. Il aimait beaucoup lire, mais il ne pouvait pas se permettre d'acheter des livres neufs, et Madame Pecorilla lui permettait d'échanger ceux qu'il avait déjà lus contre de la littérature moderne, qui lui convenait mieux. Il ajouta très gêné qu'il ne voulait pas offenser Madame Alfallipe et comptait sur la discrétion de Pietro Fatta. Ils se sourirent, soulagés et désormais complices.

Maître Manzello venait d'entrer dans le bar avec sa femme. En les apercevant, il se méprit sur leur attitude ; il s'approcha de leur table et s'exclama sur un ton jovial : « Je parie que vous êtes en train de parler du nouvel avis de décès de l'Amandière, c'est une comédie pure et simple ! » Le père Arena et Pietro Fatta répondirent en même temps par l'expression commune à tous les Siciliens : ils plissèrent le front en avançant légèrement les lèvres fermées. Manzello les mit alors au courant : les affichettes avaient été corrigées avec d'autres éloges grandiloquents de l'Amandière, et un nouveau faire-part avait paru dans le *Giornale di Sicilia*. Il appuya les mains sur la table, s'attendant à être invité à s'asseoir avec eux, mais un appel de sa femme l'obligea à la rejoindre, au grand soulagement du père Arena et de Pietro Fatta.

Ils finirent leur verre d'eau en silence, lentement, à grandes gorgées. « Quelque chose ne tourne pas rond chez les Alfallipe, mon père, et je suis inquiet, dit Pietro Fatta. J'avais moi aussi de l'affection pour l'Amandière, je voudrais vous en parler, chez moi, ici il y a trop de monde. Puis-je vous inviter à déjeuner ? » Le père Arena avait envie de fuir le bourg et il recourut au mensonge : il

169

répondit qu'il était déjà pris, mais dut accepter de lui rendre visite le lundi suivant à quatre heures de l'après-midi. Les deux hommes se séparèrent et le père Arena reprit sa route le cœur lourd. Il se garda bien d'acheter le journal et ne voulut pas se mêler à la foule de curieux qui lisaient et commentaient à haute voix les corrections apportées sur les avis.

Pietro Fatta, de son côté, alla tout de suite à la librairie Pecorilla en espérant ne pas y trouver, à cette heure, la cousine de sa femme. Or elle était là, bavarde et indiscrète comme toujours. Ils connaissaient leur antipathie réciproque, mais tandis que Pietro évitait avec soin Rosalia Pecorilla, elle, perverse, saisissait toutes les occasions pour avoir avec lui des conversations désagréables et pleines de sous-entendus.

Elle lui promit de lui faire avoir les livres demandés dès que l'employée les aurait classés, ils se trouvaient dans une pile de livres d'occasion dans l'arrière-boutique. «Je peux attendre, il n'y a pas d'urgence, merci beaucoup et bonne journée», dit Pietro, et il allait partir. Rosalia Pecorilla le retint: «Attends, Pietro, qu'est-ce qui se passe chez Adriana? J'entends dire des choses inquiétantes... on dirait une farce, je ne voudrais pas que ça tourne à la tragédie.»

Cette parente de sa femme le traitait avec une familiarité que leur parenté éloignée ne justifiait pas; irrité, Pietro lui dit brusquement: «Tu lis trop, il n'y a pas l'ombre d'une tragédie, il ne s'agit que de la mort d'une femme d'un certain âge.

– Ha, c'est ce que tu dis... il s'agit aussi de ce qui est arrivé à Carmela, de l'avertissement reçu par Massimo, d'hommes d'honneur qui vont à son enterrement, on parle aussi de doutes sur la cause de la mort de l'Amandière, et tu crois que j'exagère!» s'exclama Madame Pecorilla vexée en élevant la voix. Pietro Fatta lui lança un regard glacial, souleva son chapeau et sortit en répétant: «Encore bonne journée, et merci.» Il rentra chez lui en choisissant les escaliers les moins fréquentés pour éviter d'autres rencontres.

Madame Pecorilla se tourna vers Elvira Risico, qui l'écoutait, et dit: «Ne t'inquiète pas pour ces livres, tu les lui chercheras lundi, ce prétentieux peut attendre. Si ça n'était pour sa sainte femme, personne n'aurait affaire à lui à Roccacolomba, tellement il se hausse du col.»

32

Roccacolomba reste perplexe devant les nouveaux avis de décès de l'Amandière corrigés et augmentés

Les habitants de Roccacolomba restèrent bouche bée, mais pas pour longtemps, lorsqu'ils découvrirent que l'avis de décès de Maria Rosalia Inzerillo avait subi des corrections. Sous le nom de la défunte était collée une bande de papier de la même couleur avec la mention: «*Administratrice et employée de maison de la famille Alfallipe. Affligée la famille annonce leur lourde inconsolable peine éternelle.*» Une autre bande plus étroite ajoutait dans le bas: «*Depuis l'âge de 13 ans elle a vécu dans la maison Alfallipe et a servi honnêtement la famille inconsolable qui la pleure.*» Dans le *Giornale di Sicilia* parut en outre une version complète du faire-part, y compris la date des obsèques, qui prenait ainsi une valeur historique.

Les rares personnes qui ne connaissaient pas les Alfallipe et l'Amandière auraient pu en déduire qu'il s'agissait d'une employée de maison très aimée, que dans la confusion ayant suivi son décès les Alfallipe ne s'étaient pas mis d'accord sur le texte et qu'ils voulaient le rectifier officiellement, aussi étrange cela soit-il.

Ceux qui en savaient davantage ou qui avaient eu des contacts directs avec les Alfallipe furent doublement surpris : d'après l'attitude des enfants à l'enterrement et pendant les visites de deuil, ils ne se seraient jamais attendus à des modifications de l'avis qui nuançaient les éloges de la défunte et la description de leur profonde douleur dans le sens exactement contraire à ce qui s'était manifesté.

La première question que se posèrent les habitants fut : « Pourquoi tous ces avis ? » L'explication était simple : les Alfallipe avaient perdu la tête.

La seconde était : « Pourquoi ont-ils perdu la tête ? » Ils n'arrivaient pas à trouver une réponse rationnelle et concluante à cette interrogation simple et pertinente.

La réaction immédiate des amis et connaissances des Alfallipe fut, comme on pouvait s'y attendre, de se précipiter chez eux, en s'autorisant du fait que seules les visites de condoléances peuvent se faire sans invitation, et parfois sans prévenir. Adriana Alfallipe, toujours aussi aimable, reçut ces témoignages avec gratitude. Elle paraissait éprouvée et assez affaiblie ; elle fondait en larmes au moindre motif. Les visites furent si nombreuses que personne n'eut l'occasion de l'interroger sur la raison d'être des nouveaux avis.

En réalité ce n'était pas pour Adriana Alfallipe que les gens se donnaient toute cette peine, mais pour ses enfants, pour pouvoir déduire de leur attitude, ou des réponses aux questions indirectes que l'on pose en de telles circonstances, des explications à leurs actes. Les Alfallipe devaient avoir prévu cette intention, car Gianni fila à Catane et Carmela resta peu de temps chez sa mère avant de retourner chez elle en prétextant une migraine ; mais tout le monde savait qu'elle digérait encore les coups de son mari. Lilla s'affairait à accueillir et raccompagner les nombreux visiteurs qui se succédaient, et réussit à éviter les demandes directes sur les annonces jusqu'à ce que ses cousines Aruta se présentent à l'improviste, à l'heure du déjeuner.

Mariella et Tanina Aruta étaient des vieilles filles âgées apparentées aux Alfallipe. Elles n'avaient pas de biens : leur grand-père avait épousé une femme de service et cette transgression lui avait valu d'être déshérité. Elles vivotaient de leur mercerie ; elles étaient aimées à Roccacolomba pour leur cordialité et leur gentillesse : elles ne disaient de mal de personne et étaient toujours prêtes à aider leur prochain. Elles avaient une autre qualité très appréciée : bien que ne cancanant jamais, elles étaient incapables de garder un secret. Elles répétaient tout ce qu'on leur racontait et racontaient tout ce qu'elles voyaient, sans exagérations ni embellissements, mais sans porter non plus de jugements qui pussent paraître négatifs : elles étaient le télégraphe sans fil de la communauté.

Mariella Aruta demanda à Adriana de lui montrer une broderie et les deux femmes allèrent dans le petit salon à ouvrage. Lilla resta avec Tanina Aruta, qui l'interrogea avec sa franchise coutumière : « Tu dois me dire pourquoi vous avez changé l'avis de décès, Lilla, beaucoup de clientes m'ont posé la question au magasin, je voudrais donner une explication qui soit vraie, sinon elles en imagineront une pire. »

En l'absence de Carmela, Lilla, qui avait convenu d'avance avec Gianni de la réponse à fournir, saisit l'occasion de la donner : « L'avis que vous lisez maintenant n'est pas changé, c'est celui qui aurait dû être imprimé au départ. Ça m'ennuie de devoir le dire, mais tout est de la faute de Massimo. Il avait proposé de s'occuper de la publication de la notice nécrologique que nous avions écrite ensemble. Tu sais que Maman et Mandi étaient très liées, et sur l'insistance de Maman nous avions préparé l'avis tel que le voulait Mandi, pour les affiches et le journal. Je ne sais ni comment ni pourquoi, mais celui qui est paru mardi n'était pas complet : Massimo a sans doute oublié quelque chose, ou il n'a pas bien lu les épreuves, je ne sais pas. Le fait est que Maman a été extrêmement contrariée, et nous nous sommes dit que c'était plus important pour nous de contenter notre mère que de nous faire critiquer. Finalement les gens vont lire la version d'origine. »

Massimo et Carmela, à leur tour, donnèrent une explication légèrement différente : on ne savait pas comment, mais aussi bien l'imprimerie que le rédacteur en chef du *Giornale di Sicilia* avaient oublié quelques détails du texte original. Massimo s'en était fortement plaint, en expliquant la douleur causée à sa belle-mère par cette omission, et ils avaient corrigé l'erreur à leurs frais.

Les demoiselles Aruta firent de leur mieux pour répandre la version des événements fournie par Lilla, mais elles trouvèrent peu d'auditeurs prêts à y croire. Quant à l'explication des Leone, elle fut démentie par l'imprimeur.

174

33

Lilla cherche à comprendre quelque chose à toute l'affaire,
se souvient des événements du passé
et finit par donner raison à l'Amandière

Le matin du jeudi 26 septembre Lilla avait eu une longue conversation téléphonique avec son mari, furieux à cause du second avis paru dans le *Giornale di Sicilia*. Gian Maria exigeait une explication rationnelle, impossible à donner puisqu'il n'y en avait pas. En éclatant en sanglots, Lilla lui raconta la présence du chef mafieux à l'enterrement, la lacération des pneus de la voiture de Massimo et le message d'origine clairement mafieuse qui expliquait cet acte par leur refus de publier la notice voulue par l'Amandière. Elle avoua qu'elle avait peur, Mandi semblait s'être transformée en un esprit maléfique qui planait sur la famille et ne serait pas apaisé tant qu'ils n'obéiraient pas à ses ordres; elle était convaincue qu'on les épiait et craignait pour sa sécurité et celle de sa fille. Son mari lui ordonna de rentrer à la maison le lendemain.

L'assurance de son retour prochain à Rome eut un effet apaisant sur Lilla qui se reprit et supporta stoïquement la procession de visiteurs. Ce soir-là, enfin seule dans sa chambre, elle commença à préparer sa valise et put réfléchir. Il n'y avait pas eu d'autres avertissements et elle avait presque honte de son comportement hystérique de la matinée, qu'elle mettait sur le compte de son aversion pour Roccacolomba et sa propre famille.

Quand son père vivait encore, Lilla revenait avec plaisir, pour de brefs séjours; la décision de sa mère de s'installer chez sa domestique les lui avait rendus intolérables, et c'était encore la faute de Mandi, avec laquelle, après la mort de son père, les rapports étaient devenus conflictuels. Tout avait commencé quand il était tombé malade. Ses parents et Mandi avaient affirmé qu'il n'était pas nécessaire d'engager une infirmière, Mandi prendrait soin de lui. Le docteur Mendicò avait approuvé cette décision et en effet, Mandi, qui avait soigné sa propre mère et la grand-mère Lilla, s'était chargée de cette mission et se montrait une excellente infirmière. Lilla était revenue à Roccacolomba quelques jours avant la mort de son père et avait dû bientôt compter avec la nouvelle attitude de l'Amandière : celle-ci, sans pour autant négliger ses devoirs, était souvent absente de la chambre d'Orazio pendant la journée, quand la famille était auprès de lui, mais elle continuait à assurer les gardes de nuit. Elle disait qu'elle devait s'occuper des terres et d'autres affaires, et c'est ainsi qu'à l'heure de la mort d'Orazio Mandi n'était pas là, précisément au moment où on aurait eu le plus besoin d'elle : à son retour, elle exprima une douleur contenue, et se plongea dans les travaux ménagers et les préparatifs du deuil.

Quelques jours après la mort de son père, un soir, la famille était réunie pour le dîner, à l'exception de Massimo qui n'était pas sur place. Mandi n'avait pas accepté le mariage de Carmela, et quand il rendait visite à ses beaux-parents elle se retirait dans les pièces de service ; les rares fois où le couple déjeunait là elle refusait de servir à table et laissait cette tâche à une autre domestique, Santa. Bien qu'elle n'ait pas été elle-même favorable à ce mariage, Lilla jugeait intolérables aussi bien le comportement abusif de Mandi que la soumission et la sottise de ses parents qui l'autorisaient à se conduire de cette manière.

Ce soir-là, donc, Mandi servait à table, comme autrefois. À la fin du dîner elle avait posé le plat à fruits au centre de la table, puis elle avait pris une des chaises appuyées contre le mur et s'était assise avec eux. C'était la pratique instaurée depuis qu'elle était devenue leur administratrice, lorsqu'elle voulait discuter de questions importantes avec la famille. «Je suis employée de maison attachée à la famille Alfallipe, et quand je suis entrée ici j'ai promis à Madame Lilla, Dieu ait son âme, que je servirais son fils Orazio toute sa vie. J'ai tenu parole et j'ai fait mon devoir. Maintenant je suis fatiguée, mes os me font mal et il est temps que je me repose. Je vous annonce que je ne veux pas continuer à travailler.» Elle souleva les mains de la table et les posa sur son tablier blanc, des mains petites et hâlées, étonnamment fuselées et sans cals. Ses yeux noirs se posèrent sur chacun d'eux à tour de rôle, brièvement, elle ne trahissait aucune émotion et resta impassible en attendant ne fût-ce qu'un signe. Il n'y en eut pas, et Mandi reprit: «Je me suis acheté un appartement près d'ici. J'ai deux chambres, tout est meublé, il y a le chauffage central et l'air conditionné. Je reste à votre service pour un mois encore, pour vous aider à partager l'héritage de votre père, et je suis prête aussi à l'administrer, sans être rétribuée, si vous le voulez. Ensuite je quitterai le Palazzo Alfallipe et j'irai chez moi.

– Comment, Mandi, tu m'abandonnes précisément maintenant qu'Orazio n'est plus là?» La voix d'Adriana était étouffée, de grosses larmes tombaient sur les épluchures de fruits dans son assiette.

Gianni dit sur un ton autoritaire, dans une tentative pathétique pour affirmer son rôle récent de chef de famille : « Je ne pense pas que ce soit le moment de parler de changements aussi soudains et aussi radicaux.

– Mais si. Après les deux semaines de visites de condoléances, chacun de vous se préparera à retourner chez soi et à ses affaires, et tout sera comme avant, mais vous devez comprendre que pour votre mère les choses ont changé. Cette maison est très grande, elle n'a pas le chauffage central, il faut beaucoup dépenser pour la rendre confortable ; votre mère et moi vieillissons chaque jour un peu plus, le temps viendra où je ne pourrai plus la servir comme elle y était habituée, et elle ne mérite pas ça. C'est le moment de prendre des décisions, pour vous aussi. » Les autres se turent : la réponse de Mandi n'admettait pas de discussion.

C'est alors que la mère leva un regard pitoyable et demanda : « Mandi, qui va habiter avec toi ?

– Je n'ai pas de famille à Roccacolomba, répondit Mandi en baissant la voix.

– Tu m'emmènerais chez toi ? Je ne te dérangerai pas, je ne peux pas vivre seule, tu le sais. » Ses enfants la regardèrent, surpris. Elle pleurait maintenant à chaudes larmes.

Mandi était restée impassible ; mais sa réponse ne se fit pas attendre. « Si vous êtes tous satisfaits, ça me convient, mais l'accord doit être clair : je la sers comme je l'ai toujours fait, chez moi, mais pour ses parties de cartes et pour recevoir ses visites elle devra le faire au Palazzo Alfallipe. Je garderai les salons et les chambres propres pour quand vous viendrez à Roccacolomba, mais pour dormir et manger elle sera chez moi, comme mon invitée de marque.»

Carmela avait été la première à parler: «Vraiment, je ne comprends pas ce qui te prend, Mandi. Tu le dis précisément maintenant… Papa est mort depuis peu, tu ne peux pas attendre encore quelques jours? Je n'en ai pas parlé avec Massimo, je sais que tu ne veux pas le voir, mais c'est mon mari, je ne veux pas prendre de décisions sans lui. Maman pourrait s'installer chez moi, on peut trouver une autre solution, je ne sais pas, moi…» Elle éclata bruyamment en sanglots, en se cachant le visage dans sa serviette de lin. Lilla et Gianni étaient sans voix, le silence de la pièce n'était troublé que par le gémissement résigné de la mère et les sanglots de Carmela, comprimés et assourdis par la serviette.

«Idiote!» La voix de Mandi retentit, méprisante, tutoyant Carmela comme si elle était encore une petite fille. «Tu es idiote et tu as été idiote de prendre pour mari ce chasseur de dot. Tu ne comprends pas que cet arrangement lui sauve la face devant tout le monde, parce que ta mère pourra le recevoir comme elle voudra au Palazzo Alfallipe? Il pourra même dormir ici.»

Lilla dut intervenir. «Nous pouvons remettre cette conversation au moins jusqu'à demain soir? J'aimerais penser que Papa aurait souhaité qu'il n'y ait pas de querelle, et Maman pleure.

– Vous avez raison; alors à demain, mais qu'il soit bien clair que je ne travaillerai qu'un mois de plus et qu'il me faut vite une réponse.» En disant cela Mandi se leva et commença à débarrasser la table en silence.

Ce soir-là les enfants eurent leur première grande dispute avec leur mère. Carmela proposait de la recevoir chez elle, les deux autres suggéraient qu'elle reste plutôt au Palazzo Alfallipe et se trouve une autre domestique, le moment était venu de se libérer de Mandi, qui allait devenir un vrai tyran maintenant que leur père n'était plus là pour la freiner. Lilla assura à sa mère que son mari, qui détestait les ingérences de Mandi, son rude parler dialectal et sa familiarité vis-à-vis de sa fille, ne tolérerait pas que la petite apprenne que sa grand-mère habitait chez sa domestique, il lui interdirait de l'emmener à Roccacolomba. Adriana Alfallipe, de son côté, paraissait contente d'aller habiter chez Mandi, n'importe où et n'importe comment, ce n'était à ses yeux ni absurde ni inconvenant.

La discussion entre mère et enfants se poursuivit les jours suivants sans qu'ils parviennent à un accord ; Mandi continuait de travailler en silence et n'aborda pas la question. Les trois enfants l'informèrent qu'ils administreraient leur patrimoine sans elle : elle répondit qu'ils avaient tort, mais qu'en cas de besoin elle les aiderait quand même.

Sur ses entrefaites Madame Adriana, à la fin du mois, emménagea dans le modeste appartement de Mandi, désapprouvée par Gianni et Lilla, qui espacèrent leurs visites. Lilla ne retourna plus à Roccacolomba et la grand-mère ne voyait sa petite-fille que lorsqu'elle allait à Rome, en été. Carmela, en revanche, cessa de s'opposer à cette cohabitation puisqu'elle arrangeait Massimo, qui avait eu peur de devoir prendre sa belle-mère en charge.

Les trois enfants, inexperts dans l'administration de leurs biens, rencontrèrent des difficultés. Ils durent à contrecœur recourir à Mandi. Quand elle eut résolu leurs problèmes, elle réitéra son offre de reprendre en mains l'administration de leur patrimoine, mais devant leur refus elle déclara qu'elle ne les aiderait plus, ce qui les offensa profondément. Ils demandèrent donc à leur mère de retirer à Mandi l'administration de son patrimoine à elle, mais elle ne voulut pas le faire. Leurs relations s'en ressentirent.

Après la messe pour le premier anniversaire de la mort de leur père, célébrée à Roccacolomba, Mandi leur demanda une entrevue privée. Elle fit alors aux trois enfants Alfallipe une proposition surprenante : « Madame Lilla, Dieu ait son âme, et votre père ne seraient pas contents s'ils savaient que vous allez rarement voir votre mère et que vous lui téléphonez tout aussi rarement : vous lui devez ce respect. J'ai de la peine de vous voir vous détacher d'elle, et je comprends que c'est parce que vous m'en voulez, c'est la guerre entre nous. Je ne veux pas vous demander de faire la paix, parce que je crois que j'ai agi comme il faut, et vous le pensez aussi, trop de mots ont été prononcés. Mais Madame Adriana est malheureuse de ne pas voir souvent ses enfants, et ça ne me plaît pas. Je désire que Lilla et Gianni lui téléphonent toutes les semaines et viennent la voir une fois par mois à Roccacolomba, tandis que Carmela lui rendra visite quatre fois par mois.

« Mon argent est bien investi et me rapporte gros. Je vous fais une proposition : à la fin de chaque mois je vous donnerai un demi-million à chacun, mais vous devrez venir le chercher chez moi, il sera à votre disposition le 25 du mois. Si pour une raison quelconque vous ne venez pas voir votre mère comme convenu, vous perdrez votre versement. »

Les trois enfants acceptèrent : depuis, Adriana Alfallipe vécut heureuse chez Mandi et les villageois firent l'éloge de Lilla, fille réellement affectueuse qui ne manquait jamais sa visite en fin de mois.

Lilla dut admettre qu'en dépit des humiliations cuisantes que lui avait infligées Mandi, elle avait eu raison dans l'ensemble sur leur inexpérience dans l'administration de l'héritage de leur père et sur le mariage de Carmela. À présent qu'elle n'était plus là, la somme qu'elle recevait chaque mois, et qui n'était pas insignifiante, allait lui manquer. Lilla se sentait seule. Son frère et sa sœur, si différents d'elle, avaient choisi de vivre dans des univers très éloignés du sien. Sa mère, physiquement présente durant son enfance et son adolescence, avait toujours été sentimentalement distante, une sublime égoïste. Enfant, elle avait souffert de sa préférence marquée pour Gianni, mais elle comprenait maintenant que celle-ci était un poids pour son frère, victime d'un amour maternel borné et suffocant. Carmela était égoïste et vaniteuse comme leur mère et son mariage l'avait fait déchoir socialement.

Son père lui avait inculqué l'amour de l'art, mais il ne s'était jamais rendu disponible quand elle en avait le plus besoin et avait également beaucoup négligé Gianni et Carmela. Ses parents avaient vécu sous le même toit en vivant en réalité des existences séparées ; les exigences de chacun avaient toujours eu la priorité absolue sur celles de l'autre et de leurs enfants. Mais en dépit des trahisons répétées de son père, on pouvait dire que leur mariage avait été réussi ; Lilla n'avait aucun souvenir de tendresse entre eux ou envers leurs enfants, mais aucun non plus de querelles ou de désaccords. Mandi avait œuvré ferme pour maintenir l'équilibre familial et leur stabilité financière. Peut-être auraient-ils dû lui en être reconnaissants.

En pensant à son retour à Rome, elle s'endormit presque sereine.

Vendredi 27 septembre 1963

34

*Le courrier apporte aux Alfallipe des nouvelles
pleines d'espoirs*

Il était près de huit heures du matin. Madame Alfallipe
et Lilla prenaient le café dans la chambre de Madame,
avant que Lilla ne se prépare à repartir pour Rome. Le
moment de dire au revoir à ses parents est toujours un peu
difficile, mais cette fois il paraissait facile et dénué d'émotions, à part un certain soulagement. Mère et fille étaient
comme laminées par les événements de la semaine.
Santa entra tout agitée : le facteur était dans la loge et
demandait une signature pour une lettre recommandée.
Lilla descendit et revint auprès de sa mère avec une enveloppe, l'adresse était écrite à la machine. Elle avait été
postée du chef-lieu de la province. Lilla l'ouvrit avec
impatience : elle était datée de la veille, 26 septembre,
rédigée de la large écriture en lettres d'imprimerie de
Mandi, et non signée. Lilla la lut à haute voix.

*Vous n'avez pas fait ce que je vous ai dit, mais maintenant
que vous avez mis l'annonce dans le* Giornale di Sicilia
*comme je le veux je vous pardonne, à condition que vous
faites comme je vous l'ordonne.*
Allez dans le bureau de votre père. Derrière l'encyclopédie

185

Treccani il y a un double-fond. Enlevez les volumes de l'ency-
clopédie. On voit une porte. Ouvrez-la. Derrière il y a trois
étagères. Vous y trouvez six boîtes emballées. Ne les ouvrez pas.
Elles contiennent des vases antiques que je veux que vous
emportiez aujourd'hui ou demain au Musée archéologique
régional, en voiture. Faites attention à ne pas les cogner.
Conduisez lentement. S'ils se cassent c'est la tuile. Au musée
demandez Monsieur Palmeri, celui-ci vous attend. Dites-lui
seulement que vous venez de la part de l'Amandière, et don-
nez-lui votre nom; expliquez que vous avez besoin d'un certi-
ficat d'authenticité et que les vases vous appartiennent à
vous trois. Ne touchez à rien d'autre dans la maison, et ne
cherchez rien d'autre.
Après que vous avez reçu le certificat, attendez une autre
lettre. Souvenez-vous de faire ce que je vous dis.

Lilla posa la lettre sur la table et dit: «Allons dans le
bureau.» Les deux femmes se levèrent. Il ne fut pas nécessaire d'ajouter un mot et elles se mirent en route, traversè-
rent les salons, la salle de billard, les corridors, les
débarras, pour arriver au bureau par la porte intérieure.
Enveloppées dans leurs peignoirs clairs et froufroutants,
elles glissaient minces et légères sur le sol de faïence poussiéreux, ouvraient les portes des pièces sombres désormais
inhabitées, aux fenêtres barricadées, et les refermaient soigneusement derrière elles, elles allumaient et éteignaient
chaque fois les lumières; à mesure qu'elles avançaient vers
le bureau, l'une tournait l'interrupteur et l'autre l'éteignait dans la pièce précédente au rythme et avec la synchronisation d'un ballet sans musique. Elles atteignirent
enfin le bureau et là, elles s'arrêtèrent.
«Qu'est-ce qu'on fait?» demanda Madame Alfallipe,

prête à l'action. Lilla la considéra avec dédain: sa mère réagissait par la fatigue et les douleurs à tout changement de sa routine rigide et paresseuse, mais cette fois elle était prête et disponible.

«Je ne veux pas ouvrir les volets, on pourrait nous voir... enlevons les livres et voyons si c'est comme elle dit», répondit-elle.

Lorsqu'elle était entrée pour choisir des livres à offrir au père Arena, Lilla avait jeté précipitamment des volumes par terre; pour le reste, le majestueux bureau était poussiéreux mais ordonné, il sentait cette odeur particulière et envahissante, mélange de poussière stratifiée, d'humidité et de moisissure sucrée du papier mangé aux vers que les pièces inhabitées acquièrent et conservent longtemps, comme si elles voulaient punir et blâmer leurs maîtres pour les avoir aimées puis abandonnées.

Elles se mirent au travail avec diligence, en gardant la synchronisation de leurs mouvements, dans un silence quasi religieux. Lilla était montée sur l'élégante échelle roulante de la bibliothèque, elle enlevait les lourds volumes reliés de cuir et les passait à sa mère qui les prenait un à un et les posait par terre, l'un sur l'autre, en petites colonnes de hauteur égale. Quand elle eut retiré le dernier volume, Lilla redescendit et s'essuya les mains sur les hanches, debout devant les rayonnages. Sa mère s'était approchée d'elle et elles restèrent l'une près de l'autre: les peignoirs légèrement dérangés par leurs mouvements inhabituels tombaient sur leurs corps semblables et harmonieux en drapés presque gracieux tandis qu'elles regardaient la bibliothèque, muettes. «Ouvrons», dit alors Lilla, et elle tourna la poignée de la porte secrète qui s'ouvrit en grinçant.

Elles étaient là, huit caisses identiques, alignées en bon

ordre dans leur cachette, enveloppées de papier d'emballage, bien attachées par plusieurs tours de ficelle solide, prêtes à être transportées au musée. Un sentiment de bien-être rassurant descendit sur les deux femmes, qui les regardaient ravies. Madame Alfallipe dit : « Tu vas voir, tout se passera bien. » « Espérons », répondit sa fille et elle ajouta : « Il faut appeler Gianni. Je pourrais les emporter au musée aujourd'hui même, mais un des hommes doit m'accompagner, ils sont fragiles. Laissons tout comme ça pour le moment, et fermons la porte à clef. »

Elles refirent le trajet en sens inverse le cœur léger. En approchant des chambres elles entendirent les vulgarités de Santa, qui était allée reprendre le plateau du café et, n'ayant pas trouvé les dames, les avait cherchées un peu partout, en vain, sans avoir l'idée qu'elles avaient pénétré jusque dans le bureau de l'avocat. Santa avait redouté un malaise de Madame ou un autre malheur, elle avait visité les pièces occupées par la famille, était descendue jusqu'à la loge, entrée dans la cour intérieure, les remises, en les appelant à tue-tête.

Elles durent alors subir une scène de première de la part de la femme, très agitée et échauffée, qui finit par s'écrouler dans le fauteuil de sa maîtresse en réclamant une gorgée d'eau. Après s'être rafraîchi la gorge, elle les avait apostrophées comme une égale pour lui avoir causé une telle frayeur. Lilla se retint de la réprimander et de lui rappeler que ce n'était pas une façon de traiter ses maîtres, elle le ferait au moment opportun : Santa prenait des libertés, elle croyait avoir le droit de se conduire comme Mandi. Lilla la laissa s'épancher et lui expliqua qu'elles étaient allées dans l'un des salons du fond chercher des objets à emporter à Rome.

Dès qu'elle fut seule, Lilla téléphona à son mari, à son frère et à sa sœur. Avec la même promptitude et la même économie de mots ils organisèrent le transport des vases au musée dans la matinée. Ils étaient soulagés et confiants, bien que perplexes devant la vigilance continuelle et inexplicable de Mandi et sa présence dans leur vie. Madame Alfallipe demeura placide et calme toute la journée. Au moment de se séparer de Lilla, et des vases, elle dit : «Mandi nous protège du haut du Ciel, il faut faire ce qu'elle dit… souvenez-vous en tous : du haut du Ciel elle veille à notre bien.»

Dans la confusion générale aucun des Alfallipe ne songea à ouvrir au moins une des caisses pour en vérifier le contenu, ni ne se posa de questions sur la provenance de telles pièces, certainement douteuse et illégale. Le problème fondamental, trouver l'origine des paiements mensuels, n'était toujours pas résolu, au contraire, voilà que se présentait une nouvelle complication de nature suspecte. Mais rien de tout cela ne passa par la tête des Alfallipe : il leur suffisait que Mandi ait pris contact avec eux, peu importait comment et pourquoi, ils ne doutaient pas un instant que la source d'argent liquide allait recommencer à couler pour eux.

Après la rectification des avis de décès les visites s'étaient multipliées. Les habitants de Roccacolomba trouvèrent la famille Alfallipe sereine et bien disposée, sans parler des éloges que faisaient les enfants de leur Mandi : une créature exceptionnelle, elle s'était entièrement consacrée à eux, elle les aimait comme une seconde mère. Elle les avait même suivis et encouragés dans leurs études, elle était très désireuse d'apprendre et avait acquis une certaine culture – dans la mesure où une domestique peut apprendre, s'entend – en secondant leur père dans ses manies de collectionneur. Les visiteurs, éberlués par un changement aussi subit, s'empressèrent de raconter aux autres que la folie régnait chez les Alfallipe où l'Amandière, jusque-là méprisée, était carrément portée aux nues en tant qu'ange gardien et femme de culture.

Monsieur Palmeri reçut Lilla et Gianni avec amabilité. Il promit d'examiner le contenu des caisses sans tarder et ajouta: «Veuillez transmettre mes respects à Monsieur L'Amandière, c'est un expert autodidacte remarquable en céramique attique de la Grande Grèce.» Plus rien ne pouvait étonner les Alfallipe, pas même le fait que pour Monsieur Palmeri, archéologue du Musée régional, leur domestique soit un homme et en outre un expert en art. Lilla et Gianni, obéissants aux ordres de Mandi et convaincus d'être «surveillés», n'eurent pas un battement de cils, ils sourirent et s'en allèrent.

35

Lilla Alfallipe a des souvenirs agréables de l'Amandière

Lilla était dans l'avion à destination de Rome. Elle n'aimait pas penser à des épisodes de sa jeunesse à Roccacolomba. Elle revit ce jour-là des images de son enfance qu'elle croyait avoir oubliées ou peut-être seulement refoulées.

C'était l'époque du débarquement des Alliés, pendant la guerre, en 1943. La famille s'était retirée dans une de ses propriétés les plus éloignées, dans une haute vallée de l'intérieur. Appuyée contre les jambes de son père, Lilla regardait les illustrations d'un livre d'art, qu'ils lisaient ensemble, assis sur une couverture sous un mûrier touffu, et elle était heureuse d'avoir son père rien que pour elle. Elle se sentait observée et leva les yeux. Mandi était aussi sous l'arbre, avec son travail de couture ; elle les observait avec un plaisir attendri, ses mains posées sur ses genoux avaient abandonné l'œuf de bois dans la chaussette qu'elle raccommodait. Lilla lui sourit et les lèvres charnues et proéminentes de Mandi s'ouvrirent à leur tour dans un sourire d'amitié.

Cette période avait été particulièrement agréable pour Lilla, malgré la nature des événements qui en avaient été la cause. Ils vivaient dans une maisonnette de paysans cachée dans les arbres, près d'un ruisseau. Parents et grand-mère s'y étaient réfugiés, craignant le pire, emmenant pour seuls domestiques don Paolino, le chauffeur, et Mandi. Les enfants n'étaient pas au courant de l'invasion de l'île, tout en sachant que la guerre continuait, et ils profitaient de leurs vacances champêtres qui semblaient se prolonger éternellement. Mandi avait suggéré à leur père de suppléer l'absence d'éducation scolaire en leur enseignant tout ce qui pouvait s'apprendre de la campagne, et chaque après-midi, pendant que sa mère et sa femme se reposaient, Orazio les emmenait se promener avec elle. Lilla ne fut jamais plus proche de son père qu'en ce temps-là.

Un autre beau souvenir lui revint à l'esprit : ils étaient sous un énorme caroubier, son père pliait les branches basses et donnait des leçons de botanique, il expliquait le long voyage de la sève dans les plantes, racontait le miracle de la pollinisation, identifiait les parasites des feuilles. Mandi écoutait extasiée. Elle s'éloignait souvent pendant les leçons pour ramasser des cailloux, des baies, des petites bêtes, qu'elle apportait à leur père comme si elle était elle aussi une élève. Il les prenait un à un, les observait en les tenant délicatement entre ses beaux doigts que Lilla aimait tant, et donnait des explications passionnantes. Mandi écoutait puis apportait sa contribution à partir de sa propre expérience dans les champs, parfois même elle le corrigeait. Elle connaissait bien les vertus médicinales des plantes, les antidotes aux piqûres et aux morsures, les habitudes des insectes au cours des saisons.

Lilla eut soudain un souvenir très net de ce jour-là : son père et Mandi examinaient les longues gousses du caroubier, et ils se regardaient en riant. Lilla avait éprouvé la sensation agréable et excitante de participer à quelque chose de fort qui lui échappait encore.

Mais Mandi devint bientôt leur seul professeur aux champs : leur père, occupé par une aventure galante avec une dame elle aussi réfugiée dans les environs, s'était désintéressé. Elle les emmenait dans la campagne et s'arrêtait à l'improviste en leur faisant signe de se taire : elle avait repéré un oiseau étonnant dans les arbres, un lapin effrayé, un caillou d'une forme bizarre, un objet abandonné. Elle remarquait tout avant eux. Elle expliquait la vie des animaux telle qu'elle la comprenait, l'effet de l'élagage sur les arbres, les merveilles de la greffe qui transforme le poirier en pêcher, comment la chenille devient papillon. Lilla s'amusait, il lui semblait que le monde entier était en transformation continuelle et merveilleuse, elle se sentait libre.

Mandi préparait des goûters délicieux avec le peu que l'on trouvait en temps de guerre, des sandwiches à l'omelette, à l'oignon et aux olives, des sardines salées trempées dans l'huile avec du citron, qu'ils mangeaient ensuite sous les arbres. Aux heures chaudes, s'ils étaient seuls, elle enlevait les grosses chaussures qu'elle portait été comme hiver et marchait pieds nus, elle se couchait par terre et regardait le ciel, heureuse. Quand il y avait beaucoup de vent, ses cheveux s'échappaient du chignon qu'elle portait sur la nuque. Alors elle les dénouait, « d'ailleurs celui-là gagne toujours », disait-elle, et ils gonflaient comme si la coiffure les emprisonnait, ils formaient de grandes boucles épaisses comme une crinière qui lui tombaient sur les épaules. Elle était presque belle.

Quand l'évacuation prit fin ils retournèrent chez eux. La grand-mère était en mauvaise santé et ils avaient des problèmes financiers. Lilla reprit la vie monotone et oppressante qui avait caractérisé son enfance. Ils voyaient peu leur père, toujours pris par ce qui l'intéressait ailleurs. Sa mère passait ses après-midi à jouer aux cartes. Les temps étaient difficiles, les choses changeaient toujours pour le pire. On parlait souvent chez eux de ventes de propriétés pour vivre du capital.

Il fut décidé que Mandi s'occuperait aussi de la cuisine et le personnel fut réduit. Ses parents voulurent pourtant employer une jeune personne qui ait fait des études, pour qu'elle prenne soin des enfants. La fréquentation de Mandi, qui ne parlait que le dialecte, les avait empêchés d'apprendre l'italien correctement et Lilla allait bientôt être en âge de se marier : aussi bien la grand-mère que les parents craignaient que les deux filles ne deviennent vulgaires en raison de leur contact permanent avec la femme qui s'occupait de leurs études à sa manière et les suivait de près en tout. Mandi, que personne, évidemment, ne mit au courant de ces préoccupations, fut extrêmement fâchée de cette décision, qu'elle considéra comme une intrusion injustifiée dans le secteur de ses compétences, et elle le dit, mais les Alfallipe ne cédèrent pas devant ses reproches. Lilla se rappelait que cette demoiselle, par ailleurs antipathique, avait aussi été congédiée, il fallait encore économiser sur les gages, si bien qu'il ne resta que deux domestiques : don Paolino et Mandi, aidée de temps en temps par des femmes de ménage extérieures.

Mandi redevint donc responsable des enfants. Elle avait changé : elle les servait en tout, mais Lilla la sentait distante et presque hostile. Quelque temps après la mort de la grand-mère, elle prit en mains l'administration des terres. Accablée de travail et de tracas elle devint hargneuse, imposant sa volonté dans tout ce qui touchait à la maison et à la famille, donnant la priorité aux besoins de la mère, aux désirs et aux caprices du père, tandis que les enfants étaient le dernier de ses soucis, comme pour leurs parents.

Depuis cette époque-là il y avait en elle quelque chose d'énigmatique et d'insaisissable. Elle était devenue peu à peu une servante maîtresse, à qui parents et enfants s'adressaient pour demander de l'argent ; et pourtant elle continuait à s'enorgueillir de son rôle de bonne à tout faire, et elle les servait comme avant. Elle ne voulut pas que Lilla apprenne à cuisiner ni à faire les petits travaux qui plaisent aux filles, tels que la broderie. Elle faisait tout elle-même. Elle ne prenait pas de jours de repos, sauf les deux semaines d'été qu'elle passait chez ses neveux, avec lesquels elle entretenait une importante correspondance en dictant ses lettres à Lilla. Son repos quotidien, l'après-midi de deux heures et demie à quatre heures, consistait à se retirer dans sa chambre ou dans le bureau adjacent à celui de l'avocat pour faire les comptes. Personne n'osait la déranger, lui-même lui demandait la permission d'entrer pendant ces heures-là, et elle ne la lui donnait pas toujours.

Lilla n'avait pas d'autres souvenirs agréables. Elle était tristement consciente des aventures extra-conjugales de son père, qui semblaient ne pas troubler sa mère. La vie à Roccacolomba rendait claustrophobe, beaucoup de bonnes familles avaient vendu leur maison et s'étaient établies en ville. Lilla avait répondu avec enthousiasme à l'amour d'un chirurgien lombard et s'était mariée très jeune, heureuse de quitter une famille sans âme et un lieu sans avenir. Mandi approuva ce choix, à condition qu'elle poursuive ses études universitaires, et poussa les parents à donner une grande réception pour son mariage.

Le soir, enfin chez elle, Lilla raconta à son mari les événements extraordinaires de la semaine. L'épisode des vases avait son importance en ce qu'il prouvait qu'il existait un système complexe de contrôles et de vérifications de la conduite des Alfallipe, programmé par Mandi avec l'aide d'inconnus, et appliqué par de multiples personnes. L'avis dans le journal était probablement un message codé. Les raisons et les buts de ce mécanisme savant n'étaient pas clairs: il fallait en savoir davantage sur l'Amandière. Ils décidèrent donc de téléphoner à son neveu.

Dimanche 29 septembre 1963

36

*Lilla Alfallipe et son mari rencontrent Gerlando Mancuso,
neveu de l'Amandière*

Lilla se dirigeait vers les fauteuils du hall de l'hôtel où les attendait Monsieur Mancuso. «Il a l'air de quelqu'un comme nous», remarqua-t-elle en se tournant vers son mari. De taille moyenne, brun, il était habillé avec soin: veste de laine à carreaux, belles chaussures de sport, montre discrète au poignet. Il lisait le journal en les attendant. Après les premiers échanges de politesses Lilla lui présenta les condoléances de rigueur; elle se sentait libérée, elle n'en pouvait plus d'en recevoir.

«C'est moi qui devrais vous présenter les miennes, Madame Bolla. À notre avis, tante Rosalia nous aimait comme ses neveux, et vous, comme ses enfants, et elle était certainement payée de retour. Après tout, elle a toujours vécu chez vous et ne passait avec nous que deux semaines de vacances par an», répondit-il. Lilla ne s'attendait pas à telle entrée en matière et Mancuso s'en aperçut, il rougit, pensant avoir été maladroit.

«Merci, mais je voudrais maintenant que vous me parliez de votre tante... c'était une personne hors du commun et réservée, surtout sur sa vie privée, j'aimerais la comprendre mieux.» Lilla ne sut rien ajouter.

«Vous avez raison, ce n'est pas facile de la définir, elle était sans aucun doute d'une intelligence remarquable, mais avait aussi une certaine culture: une femme complexe. Chez nous on riait de son caractère secret: mon père, qui était dans les carabiniers, soutenait que si elle avait été un homme elle serait devenue un des chefs de la mafia, il disait que c'était une "femme de silence"».

Gerlando Mancuso parlait l'italien doux du continent, sans rouler les R, mais il prononça les derniers mots en sicilien parfait. Gian Maria le lui fit remarquer, avec tact. «Malheureusement nous sommes nés et avons toujours vécu dans le Nord, je ne connais pas la Sicile, mais nous avons conservé le dialecte pour communiquer avec tante Rosalia, qui refusait obstinément de parler italien. Je crois qu'elle avait honte de son manque d'instruction et de sa connaissance limitée du savoir-vivre.» Encore une fois Mancuso crut s'être montré maladroit en donnant l'impression que l'accent sicilien était inconvenant, et il ajouta en s'adressant à Lilla: «Permettez-moi de vous dire, Madame, que votre accent sicilien transparaît de façon charmante dans votre italien parfait.»

Lilla n'appréciait pas que l'on remarque ses origines méridionales, elle sourit et aborda immédiatement le sujet qui lui tenait à cœur: «Vous savez certainement que votre tante a administré les biens de la famille jusqu'à la mort de notre père, et qu'elle a ensuite continué à gérer le patrimoine de notre mère. Son départ subit nous a laissés assez embrouillés quant à divers aspects de l'administration, elle est morte prématurément et n'a pas eu le temps de mettre en ordre ses affaires et les nôtres… peut-être vous a-t-elle confié des dispositions, un mémorandum, un testament?

– Notre tante discutait de ses affaires avec moi, puisque je suis l'aîné de ses neveux, et elle ne m'a rien remis à votre intention, elle ne comptait pas non plus, que je sache, faire de testament. Je n'en attendais d'ailleurs pas, car dans le passé elle nous a fait des donations et s'est montrée très généreuse avec nous. Nous n'envisagions pas d'hériter. Tout ce qu'elle possède ira à la famille Alfallipe, j'en suis sûr. Nous en avons parlé en août, pendant son dernier séjour. Elle était satisfaite d'avoir tout réglé avec la banque. "Je mourrai tranquille parce que j'ai fait mon devoir envers les vivants et les morts", ce sont ses propres mots. Elle était clairvoyante et a sûrement organisé les choses afin d'éviter les droits de succession. Donc, Madame, pour autant que je sache, son patrimoine vous est destiné à vous, les Alfallipe.»

Lilla ne savait que dire. Son mari intervint: «Les héritiers Alfallipe sont dans l'ignorance complète, ils recevaient chaque mois de votre tante des sommes d'argent, qui paraît-il leur parvenaient par la poste, avec le risque d'être perdues ou volées. Cela ne vous semble-t-il pas incroyable?

– Si, mais typique du comportement de notre tante. Elle faisait la même chose avec nous, jusqu'au jour où nous avons commencé à travailler et n'avons plus eu besoin de son aide. Son seul défaut était de vouloir tout faire elle-même et de garder un silence obstiné sur sa vie et sur ses économies. Qu'elle soit parvenue à faire vivre notre grand-mère et ma mère depuis l'époque où elle ramassait des amandes à la campagne a toujours été pour nous un mystère. Je sais que devenue adulte elle avait appris à administrer les biens, elle était parcimonieuse et avait une chance inouïe dans ses investissements. Ma

mère racontait qu'encore enfant elle arrivait à multiplier l'argent comme les poissons de l'Évangile. Imaginez que tout de suite après la guerre elle nous a donné une grosse somme pour nous aider à acheter notre première maison.
– D'où lui venait tout cet argent? Vous ne vous êtes jamais demandé d'où il provenait?» demanda Lilla à brûle-pourpoint.

Elle avait fait un calcul mental: en ce temps-là Mandi n'était qu'une domestique avec des gages misérables, sa grand-mère vivait encore et s'occupait personnellement de l'administration; Mandi l'aurait-elle embobinée et aurait-elle volé la famille?

«Bien sûr, mon père était carabinier, et c'est un homme extrêmement correct. Il avait des réticences à accepter ce cadeau et était franchement préoccupé, on en a longuement discuté chez nous. Il en est même venu à insinuer que c'était de l'argent volé à votre famille. Je me souviens qu'il a décidé de lui écrire pour s'assurer de son origine; la correspondance entre nous et notre tante était très suivie, même si elle avait besoin qu'on écrive pour elle. Vous le savez bien vous-même, Madame Bolla, parce que j'ai encore les lettres écrites de votre plume élégante sous la dictée de ma tante.» Mancuso sourit et poursuivit: «Elle a répondu immédiatement. C'était de l'argent à elle, voilà tout. Avant la guerre Madame Alfallipe lui avait fait un cadeau qu'elle avait eu l'occasion d'investir à l'étranger. Elle comprenait les scrupules de son beau-frère et n'en était pas offensée, pour cette fois, mais elle ne tolérerait pas d'autres doutes sur son honnêteté. Elle aurait préféré ne plus aider sa sœur bien-aimée plutôt que de supporter encore une humiliation pareille. Dès lors nous ne lui avons plus posé de questions. Une fois, pendant un de ses séjours, elle a voulu aller parler au directeur de sa banque à Varese, puis en Suisse. Mon frère l'a accompagnée, je présume qu'elle y avait ses capitaux, sur les conseils de votre famille, il n'y a pas d'autre explication. Ma tante était une pauvre paysanne et vous, en tant qu'administrateurs des princes di Brogli, vous devez être familiers avec ce type d'investissements. Informez-vous auprès de la banque, j'ai toujours pensé que ses économies étaient investies avec vos capitaux.»

Lilla bafouillait: «Je ne sais pas, je me suis mariée très jeune, je suis peu au fait des investissements de la famille à cette époque-là.» Elle ne voulait pas montrer l'ignorance et le provincialisme des Alfallipe au neveu de leur domestique.

«Permettez que je vous interrompe, dit Gerlando Mancuso, je me souviens aussi que ma tante a retiré un bénéfice de la vente d'une de vos terres, un pourcentage sur le prix. Elle en était très satisfaite, mais je suis plus que certain que dans l'administration de vos biens elle était très précise et honnête, c'était sa nature. Je ne sais que vous dire de plus, ajouta-t-il embarrassé d'avoir peut-être dit trop de bien de sa tante. Elle n'avait aucun défaut à nos yeux, sauf sa susceptibilité.»

Décelant une certaine impatience chez Mancuso, Gian Maria Bolla intervint. Il craignait que l'autre ne veuille trop vite mettre fin à l'entretien: «Allons donc, je n'ai jamais remarqué qu'elle était susceptible... avec ma femme elle était affectueuse et disponible.

– Elle était susceptible, et comment! Tout en étant fière de son rôle de domestique dans une grande maison sicilienne comme celle de votre femme, elle était consciente d'être, disons-le, fruste dans ses manières et sans éducation scolaire. Elle avait peur qu'on se moque d'elle et préférait rester à la maison à faire de grands nettoyages et à cuisiner plutôt que de participer à notre vie sociale. Elle ne sortait que pour aller faire des courses à l'épicerie du coin. Un jour elle a cru que l'épicier s'était moqué d'elle à cause de sa façon de parler et elle nous a obligés à ne plus nous servir chez lui. Elle était inébranlable dans ses décisions. Nous étions des enfants, mais ses paroles me sont restées: "Tu dois faire ce que je t'ordonne parce que c'est pour ton bien. Tu ne dois pas lui refuser le bonjour quand tu passes devant chez lui, mais tu ne dois jamais plus rien lui acheter. C'est une question d'honneur de la famille: il a offensé ta tante."»

Lilla l'écoutait attentivement, c'était bien la Mandi qu'elle connaissait. Gerlando Mancuso reprit: «Je ne voudrais pas vous donner l'impression qu'elle était mesquine et vindicative. Elle était généreuse et altruiste. Et étonnamment cultivée dans les domaines qui l'intéressaient. Ces dernières années, parce qu'elle avait davantage de temps libre, j'imagine, elle lisait énormément et s'intéressait à la littérature moderne. Vous connaissez certainement sa passion pour la céramique grecque, à laquelle a dû l'initier maître Alfallipe.

– Comment se fait-il que vous ne soyez pas venus à l'enterrement? demanda Lilla qui ne voulait pas lui parler des vases grecs.

– Ma tante ne permettait pas que nous allions la voir en Sicile. Nous nous sommes fait nos adieux tranquillement en août. Elle a voulu que nous lui jurions de ne pas aller à Roccacolomba, pas même pour son enterrement, elle était sûre que vous vous en occuperiez, ce qui a été le cas, et la famille Mancuso vous en est reconnaissante. Le prêtre qui lui écrivait ses lettres nous a informés de sa mort.

«Je voudrais vous dire une dernière chose, et que vous me fassiez l'amabilité de la répéter à votre frère et à votre sœur si vous le jugez bon. Ma tante nous parlait et nous écrivait beaucoup à votre sujet: vos jeux, vos espiègleries, mais aussi vos qualités et vos défauts. Elle rêvait de votre succès et se plaignait parfois lorsque vous ne vous appliquiez pas autant dans vos études qu'elle l'aurait souhaité, mais toujours avec affection et fierté. Elle faisait de même avec nous, elle nous poussait à étudier et à progresser en tout: c'était un tyran bienveillant. Plus tard elle a moins parlé de vous dans ses lettres. Nous pensions que vous étiez partis au collège et nous avons continué à demander de vos nouvelles, vous étiez devenus pour nous des membres de notre famille sicilienne inconnue. Ma tante éludait nos questions. Un jour je lui ai demandé pourquoi. Elle a répondu qu'il y avait une femme qui s'occupait de vous, que de nouveau elle n'était plus que domestique, et que parler de vous la faisait souffrir, mais qu'elle vous garderait toujours dans son cœur. Je comprends que c'était une femme qui n'était pas allée à l'école, mais ses conseils et le soutien qu'elle nous a apportés de loin nous ont considérablement aidés dans notre adolescence, et je ne me suis jamais expliqué son changement de statut: pourriez-vous m'en donner les raisons?»

Lilla expliqua que ses parents avaient engagé une demoiselle qui avait fait des études et parlait bien l'italien, comme cela se fait quand les enfants atteignent un certain âge.

«Je comprends, dit Gerlando Mancuso, cela a dû être pour elle un grand chagrin, qu'évidemment elle a surmonté, car elle a continué à vous servir avec abnégation.»

Lundi 30 septembre 1963

37

Les vases retournent à Roccacolomba

Le lundi 30 septembre à midi Gianni et Lilla étaient en route pour Roccacolomba. Bien rangées dans le coffre et sur le siège arrière de leur voiture se trouvaient les huit caisses contenant les vases grecs qu'ils venaient de retirer du musée. Ils s'étaient mis d'accord pour ouvrir l'enveloppe contenant le certificat d'authenticité chez les Alfallipe en présence de Carmela et Massimo, mais aussi de leur mère.

Lilla s'était précipitée de Rome dès qu'elle avait appris que les vases étaient prêts, elle était de bonne humeur. Elle racontait à Gianni, qui était allé la chercher à la gare, sa rencontre avec Gerlando Mancuso: «Tu sais, nous avons peut-être mal jugé Mandi. Elle nous aimait beaucoup, c'était une femme clairvoyante, elle a bien élevé ses neveux. Quant aux vases, c'est incroyable qu'elle ait tant appris sur l'art grec... Papa a dû lui apprendre beaucoup de choses, mais ça aussi c'est surprenant, je ne pensais pas qu'il était un tel connaisseur, franchement.» Gianni était de son avis.

Lilla ajouta: «Je n'arrive pas à m'imaginer Papa et Mandi ensemble, dans le bureau, en train de lire, de faire des recherches, de répertorier des pièces... ils étaient tellement différents. Papa, malgré tous ses défauts, était un homme distingué et cultivé, même un peu snob, tandis qu'elle, pauvre Mandi, elle était fruste, sans aucune élégance dans sa façon de parler, de s'habiller, dans rien.

– Je ne suis pas sûr d'être d'accord, répliqua Gianni. Après leur première rencontre Anna m'a dit sur elle une chose qui m'a marqué : "Elle a un beau corps et un visage intéressant. Elle pourrait passer pour une belle femme si elle se soignait un peu plus, mais elle ne sait pas par où commencer."»

Lilla sourit et ne voulut pas répondre. Tout ce que disait Anna était parole d'évangile pour Gianni, qui adorait sa femme et lui était soumis, exactement le contraire de son père. «Qu'est-ce qu'on va faire des vases ? demanda-t-elle. Il y en a huit. On se les partage, deux chacun, y compris Maman ?»

Gianni parla avec une certaine gêne : «En fait, je pensais que ce serait dommage de les disperser, surtout s'ils constituent une collection. Si cela ne te dérange pas, je voudrais les avoir tous, je suis le dernier Alfallipe, et nous pourrions les mettre dans la nouvelle maison, en souvenir de Papa, dans une vitrine, qu'en dis-tu ?» Lilla s'énerva, encore un coup de sa belle-sœur. Mieux valait remettre la discussion à plus tard ; son mari aussi lui avait dit qu'il était même prêt à racheter la part des autres, à un prix à convenir. Une collection de vases grecs mettrait une touche d'élégance raffinée dans leurs salons. Elle sourit de nouveau en pensant que Massimo avait peut-être tenu un discours semblable à Carmela. «Nous en parlerons ensemble à la maison, avec Maman ; ils pourraient être horribles, ou même faux, qui sait ?

– Ne dis pas de sottises, je ne doute pas qu'ils seront

splendides, s'exclama Gianni. Ce qui m'inquiète, c'est leur provenance. S'ils appartiennent à Mandi, elle les a sûrement achetés à un pilleur de tombes, ils ont été volés. Nous devons en parler à un avocat.» Lilla n'était pas du tout d'accord: «C'est exclu que Mandi ait acheté des marchandises à des voleurs, elle était honnête.

– Tu ne disais pas autant de bien d'elle la semaine dernière, tu l'accusais de nous avoir pris l'héritage de Papa.

– Tais-toi, tu parles toujours à tort et à travers. La semaine dernière nous étions tous agités et c'est vrai qu'elle n'a pas laissé les choses en ordre comme elle aurait dû», répondit Lilla, et pour éviter une dispute avec son frère elle parla peu pendant le reste du trajet. Avant de prendre vers Roccacolomba elle dit: «Je suis sûre que Mandi nous enverra une autre lettre avec des indications qui nous mèneront finalement à l'argent. Imagine le mal qu'elle a dû se donner pour organiser ce réseau de lettres, ç'aurait été si simple de laisser un testament ou de tout écrire sur un seul document.

– Anna pense qu'elle l'a fait pour nous mettre à l'épreuve, qu'elle ne nous faisait pas confiance.

– Qu'est-ce que tu veux dire?» Lilla supportait mal la prétention de sa pédante de belle-sœur.

«Je dis que nous avons commis beaucoup d'erreurs dans l'administration de l'héritage de Papa et que nous aurions mieux fait de suivre les conseils de Mandi. Les fonds doivent être gérés par la banque, cette fois il serait plus indiqué de les y laisser et de toucher les intérêts, comme nous l'avons déjà fait dans la pratique, chaque mois, ces dernières années.

– Tu ne penses qu'à la recherche universitaire et à faire

plaisir à ta femme, dit Lilla fâchée. Quant à moi je veux m'occuper toute seule de mes affaires.» Elle fut troublée à la pensée d'une succession indivise et gelée. Au même moment la voiture entrait dans Roccacolomba.

38

Pendant ce temps, à Catane, Zurich et Palerme, on exécute les dernières volontés de l'Amandière

Entre-temps Monsieur Palmeri avait envoyé un télégramme à une banque de Zurich, comme le lui avait demandé Monsieur L'Amandière. Étrange demande, mais qu'il devait satisfaire : après tout, Monsieur L'Amandière avait fait don au musée de monnaies syracusaines qui manquaient à sa collection, et offert des antiquités au directeur et à Monsieur Palmeri lui-même.

«Certificat remis. Vases retirés mardi 10 h 30», disait le télégramme. Monsieur Stutz, employé de banque à Zurich, le reçut le matin même et tira aussitôt du fichier «Enquêtes discrètes à l'étranger» le dossier intitulé «Succession L'Amandière». Il contenait le testament de Maria Rosalia Inzerillo et cinq grandes enveloppes, dont quatre encore scellées, libellées respectivement :

A. Texte intégral de la notice nécrologique publié le lendemain du décès.

B. Texte modifié de la notice nécrologique publié dans les deux jours suivant le décès.

C. Texte intégral de la notice nécrologique publié dans les quatre jours suivant le décès, après l'enterrement.

D. Texte intégral ou modifié de la notice nécrologique publié plus de quatre jours après le décès.
E. Pas de notice nécrologique publiée.
Il prit l'enveloppe C, la seule ouverte. Elle contenait la page des avis de décès de l'édition du jeudi 26 septembre 1963 du *Giornale di Sicilia*, où avait été publiée la notice nécrologique de Maria Rosalia Inzerillo. Les premières lettres des mots «Affligée la famille annonce leur lourde inconsolable peine éternelle» avaient été soulignées et inscrites dans la marge: «Alfallipe».

Monsieur Stutz sortit la page et la tint entre ses doigts en pensant à la cliente avec laquelle il avait communiqué pendant des décennies à travers des avis de décès fictifs, un système simple et sûr. C'était la première fois qu'il le voyait employé pour contrôler la conduite des héritiers présomptifs et décider s'ils étaient dignes de l'héritage, grâce à un plan ingénieux que Monsieur Stutz avait soigneusement mis au point avec sa cliente à l'occasion de leur entrevue annuelle, en août, à Catane. Si seulement ces Alfallipe, inconnus de lui, avaient publié la notice promptement, comme prévu dans l'enveloppe A, ils lui auraient épargné tout ce travail et seraient entrés immédiatement en possession de l'héritage de la défunte.

Mais à présent Monsieur Stutz et ses collaborateurs devaient exécuter dans leurs plus petits détails les dispositions convenues avec la cliente. Il vérifia encore une fois les documents et téléphona à son correspondant de Palerme, un avocat de confiance. Celui-ci avait un double de l'enveloppe C. Il l'ouvrit et en tira une enveloppe plus petite, jaune, sur laquelle était écrit: «Lettre à remettre en mains propres aux héritiers Alfallipe quand le musée aura délivré le certificat.» Il l'ouvrit avec précaution, pour ne pas endommager le contenu. Il y avait un feuillet blanc à l'intérieur. C'était une lettre écrite à la main en grands caractères d'imprimerie, comme en utilisent ceux qui ne savent pas écrire autrement. L'avocat y ajouta la date et la mit dans une autre enveloppe déjà adressée à la famille Alfallipe. Il la donna ensuite à un collaborateur sûr en le chargeant de se rendre à Roccacolomba et de la remettre personnellement aux Alfallipe le lendemain matin.

39

Don Paolino Annunziata assiste, pour ainsi dire, à l'arrivée des vases à la résidence Alfallipe

Vers midi Lilla téléphona à sa sœur : ils étaient dans un bar à mi-chemin, ils arriveraient avant une heure, que Massimo soit prêt devant le garage pour décharger les vases de la voiture à l'abri des regards curieux. Elle lui recommanda de faire en sorte que Santa ne soit pas là.

Don Paolino Annunziata habitait, comme on l'a dit, dans les deux petites pièces où logeait autrefois le cocher, adjacentes au garage du Palazzo Alfallipe. C'était une journée fraîche de fin septembre et les douleurs rhumatismales de don Paolino s'étaient avivées dans ses genoux. Il était assis dans un vieux fauteuil, une couverture sur les jambes. La marmite de la soupe mijotait gaiement et emplissait la pièce d'une agréable vapeur chaude, fleurant bon le chou frais, les pommes de terre, les oignons et la tomate. Ces parfums aiguisaient l'appétit de don

Paolino: il escomptait que dans une demi-heure donna Mimma mettrait la table du déjeuner.

Il fut dérangé par un grand vacarme accompagné de jurons, près de sa porte. Il appela sa femme et ils écoutèrent. C'était la voix de Massimo Leone: il essayait probablement d'ouvrir la porte du garage, qui de mémoire de don Paolino avait toujours été dure. Son vieux sens du devoir l'obligea à jeter la couverture sur le siège et à se lever en hâte, en pestant contre la vieillesse qui l'avait réduit à un tel état, et il sortit voir ce qui se passait et proposer son aide.

Massimo Leone se battait avec la porte du garage. Il secouait les poignées, donnait des coups de pied dans les battants, cognait sur la serrure avec les poings, tournait la clef vers la droite et vers la gauche, la poussait à l'intérieur comme un tournevis, s'arc-boutait contre les planches de bois qui renforçaient la partie basse, bref il se démenait comme un damné. Il fit semblant de ne pas reconnaître don Paolino et refusa son aide. Don Paolino, sans se troubler, lui répéta comment faire fonctionner la serrure, mais ses conseils ne furent pas bien reçus. Cela le poussa à retourner chez lui manger sa soupe et s'occuper de ses affaires.

«Le fait est que la porte s'est ouverte après quelques autres bonnes secousses, raconta-t-il aussitôt dans la loge du Palazzo Ceffalia à son beau-frère don Vito Militello, et il m'a traité tellement mal que je me suis senti obligé de regarder ce qu'il allait encore fabriquer dans le garage des Alfallipe, par respect pour maître Orazio.» L'indiscrétion de don Paolino Annunziata, sous le camouflage du dévouement d'un vieil employé, justifia ainsi sa conduite en cet après-midi fatidique.

Chez les Annunziata on s'entendait bien parce que mari et femme pensaient de la même manière et qu'après tant d'années de mariage ils n'avaient pas besoin de se parler, ils se comprenaient sans même se regarder. Dès que don Paolino eut décrit à donna Mimma le comportement agressif de Massimo Leone, le couple passa à l'action, d'un accord tacite. Donna Mimma attrapa son panier de raccommodage, éteignit le feu sous la marmite, et annonça à son mari qu'elle resterait assise sur le seuil jusqu'à tard dans la nuit si nécessaire, elle allait contrôler toutes les voitures qui passaient devant la maison. Don Paolino pouvait abandonner tout espoir de manger sa soupe chaude à midi, parce qu'elle, elle ne bougerait pas de là.

Don Paolino se mit alors à s'activer. Il déplaça une chaise et une table qui se trouvaient contre le mur qui jouxtait le garage, décrocha le cadre de la Vierge des Larmes de Syracuse, au gros cœur ruisselant de gouttes de sang, et passa délicatement la main sur le plâtre à cet endroit. Il y avait dans le mur un petit trou, avec une lentille à l'intérieur : un judas rudimentaire pour observer l'intérieur du garage. C'était un dispositif mis en place par le cocher, son prédécesseur, pour avoir un œil sur les calèches, les chevaux et le valet qui dormait près de la mangeoire, avant que la remise n'ait été transformée en garage pour la voiture du maître.

Don Paolino avait conservé ce système antivol ouvert en bon état de fonctionnement. Certes, il y avait peu de vols à Roccacolomba Alta, mais on ne sait jamais : au premier bruit dans le garage, il était toujours en alerte et observait. Il n'avait jamais vu de voleurs, mais par ce trou, des années plus tôt, il avait assisté avec sa femme à certains ébats de maître Gianni et de la cuisinière Pina Vassallo, à donner la chair de poule : ils avaient dépassé tous les deux la quarantaine mais ils se portaient bien, ils lui avaient presque embouti le capot de la voiture tellement ils se déchaînaient dessus. Don Paolino se demandait ce qu'il avait vu d'autre dans ce garage, tout en préparant tranquillement ce qu'il lui fallait pour bien s'installer et surveiller aussi longtemps que nécessaire. Il se fit une chaise confortable en rehaussant le siège avec des coussins et des couvertures, plaça tout près une petite caisse comme repose-pieds, se remplit un verre d'eau fraîche et le posa près de la chaise avec un quignon de pain et du fromage, au cas où il aurait faim, puis il prit position, l'œil droit collé au judas, le nez presque écrasé contre le crépi craquelé du mur, son bâton à portée de main.

Massimo s'était enfermé dans le garage en poussant les battants. Dès qu'il entendait une voiture dehors, ce qui n'arrivait pas souvent dans cette petite rue, il sortait la tête, regardait à droite et à gauche, sous l'œil de donna Mimma aux aguets qui raccommodait toute une corbeille de linge et ne manifestait aucune intention de rentrer chez elle : il décida d'être discret et resta enfermé, appuyé contre la porte, l'oreille tendue.

Don Paolino, qui l'observait de chez lui, se félicita de l'idée de sa femme. Bravo Mimma, pensa-t-il, elle a fait peur à Massimo Leone avec trois vieux chiffons à raccommoder. La voiture de Gianni s'annonça en vrombissant. Massimo ouvrit vite la porte et le véhicule entra lentement. Donna Mimma fila chez elle, une chaussette et son aiguille encore à la main, pour donner le signal convenu à son mari, bien que celui-ci n'en ait pas eu besoin, puisqu'il était à son poste d'observation.

Le soir même au dîner, les événements ultérieurs furent racontés comme suit par don Paolino à son beau-frère et sa belle-sœur, don Vito et donna Enza Militello: «Dès que la voiture est entrée, Massimo Leone s'est attaqué au coffre pour essayer de l'ouvrir, il tirait sur la poignée, la tournait comme s'il voulait l'arracher, et hurlait "ouvre, ouvre", pendant que le professeur Gianni et Madame Lilla descendaient très calmes de la voiture, comme s'ils le faisaient exprès pour le mettre en rage. Le professeur lui a jeté un coup d'œil comme ceux que lançait feu Madame Lilla et a dit: "Rien ne presse, nous ne nous enfuyons pas avec le trésor, si tu continues tu vas les cogner et ils seront en miettes." L'autre a juré et s'est écarté pour leur laisser la place d'ouvrir le coffre et les portières arrière. Pendant ce temps Madame Adriana et Madame Carmela étaient descendues par l'escalier intérieur, qui mène à l'entrée de la loge et à l'office, et posaient des tas de questions: "Qu'est-ce qu'il vous a dit? Ils sont tous intacts? Vous avez fait attention pendant le trajet?" Le professeur a dit: " J'ai l'enveloppe dans ma poche, nous l'ouvrirons plus tard." Et elles se sont tues.

«Ils se sont tous mis au travail, c'était la grande pagaille. Il y avait quatre grosses caisses entassées dans le coffre, et quatre sur le siège arrière, cachées sous des couvertures. Les hommes les déchargeaient l'une après l'autre et les portaient à l'intérieur. Ils les traitaient comme si elles étaient très fragiles. À voir les grimaces qu'ils faisaient en les soulevant, elles devaient peser lourd. Bref, on aurait dit qu'il y avait des trésors dans ces caisses. Madame Lilla a dit qu'elle montait les ouvrir avec précaution, les autres femmes sont restées dans le garage à regarder.

«À un moment, Madame Adriana s'est exclamée toute

contente: "Mandi pense toujours à nous, vous allez être récompensés!" Ce à quoi sa fille lui a répondu: "Tais-toi Maman, nous n'avons pas encore lu leur estimation, montons dans le bureau", mais elles n'ont pas bougé.

« Il restait deux caisses à transporter. Le professeur s'approchait du coffre quand sa sœur Carmela et son beau-frère, sans même se consulter, lui ont barré le chemin en se mettant devant lui, un guet-apens pur et simple. Massimo Leone lui a ordonné: "Ouvre l'enveloppe. Maintenant, je te dis." Il était en sueur, menaçant, il faisait peur. Sa femme, debout à côté de lui, avait l'air d'être son lieutenant. Madame Adriana s'est mise à crier: "Ne vous battez pas, ils vont se casser, ils vont se casser", et elle s'est caché la figure dans les mains.

« Le professeur était en colère pour de bon, il n'a pas daigné regarder son beau-frère et a ordonné à sa sœur de dire à son mari de bouger de là, c'étaient les affaires des Alfallipe et il n'aimait pas cette attitude, il a fait mine de l'écarter. Massimo Leone l'a poussé violemment et a hurlé: "Lis-la, misérable!". Il m'a fait peur, un animal, celui-là. Le professeur n'a rien dit, il s'est redressé et il a tiré une enveloppe de la poche de son pantalon, il l'a ouverte et en a sorti une lettre, qu'il a lue tout seul. Puis il a dit: "Ils sont faux." Il était pâle, et il l'est devenu encore plus, ensuite ç'a été la fin du monde. Madame Carmela s'est mise à injurier l'Amandière, mais qu'est-ce qu'elle venait faire là-dedans, la pauvre? Voleuse, escroqueuse, ignorante, elle l'accusait de tout, on aurait dit qu'elle était devenue folle, et les autres la regardaient, plantés comme des statues. Bref, c'était comme au cinéma.

– Tu ne te sentais pas fatigué, assis là, à regarder par ce trou?» demanda donna Enza à son beau-frère. C'est sa sœur qui répondit: «Il voulait tout voir, il n'y avait pas moyen de le décoller du mur… moi aussi je voulais regarder dans le garage, mais il ne m'a pas fait ce plaisir, il aimait tellement ça, et il ne sentait plus ses douleurs.

– Attends, tu vas entendre le plus beau, dit don Paolino. Massimo Leone avait pris la lettre et il l'a lue, puis il a regardé autour de lui comme si un esprit était entré dans son corps. Ses yeux s'étaient agrandis, ils ressemblaient à des yeux de poulpe, c'était comme s'ils allaient lui sortir de la tête. Sans dire un mot, il s'est mis à se donner des coups de poing sur la tête, mais forts, on entendait le bruit, et il continuait, toujours muet. Les autres lui disaient d'arrêter, mais personne n'avait le courage de s'approcher de ce démon, qui a commencé à jurer contre l'Amandière, tout en continuant à se frapper, d'abord sur la tête, puis dans le cou et sur la poitrine.

À un moment donné Madame Adriana lui a hurlé: "Arrête; tu te fais mal!" Il s'est tourné vers elle et il a répondu: "Je ne peux pas me permettre de battre ma femme, qui est la cause de tous mes ennuis, mais je peux faire ce que je veux avec moi." Et il a continué à se donner des coups de poing comme un forcené; les femmes se sont mises à hurler contre l'Amandière, le professeur s'est approché de sa mère, en silence, à mon avis il avait peur que son beau-frère s'en prenne à lui, alors il se taisait. Madame Lilla était redescendue pendant ce temps, elle avait dû entendre ce chahut, et elle s'est jointe aux malédictions contre la pauvre Amandière, c'était le drame. Ensuite elle et son frère ont pris les caisses restantes et les Alfallipe sont partis, en laissant Massimo Leone seul dans le garage, qui continuait à se frapper, il était tout tuméfié. À la fin il a donné un coup de pied dans la voiture de son

216

beau-frère et il est parti à grands pas, quant à ce qui se sera passé en haut...

– Et après?» demanda donna Enza.

Sa sœur répondit: «Qu'est-ce que nous en savons? D'après ce que j'entendais on aurait dit qu'ils s'entre-tuaient, il y avait des bruits d'objets cassés, mais on ne comprenait pas bien. Nous sommes restés ici, les voix venaient de l'autre côté de la maison, il nous a semblé dangereux de sortir. Si tu veux savoir ce qui s'est passé il faut te le faire raconter par d'autres, cette histoire ne finira pas tant que tout le monde ne la connaîtra pas.» Et elle se remit avec plaisir à manger les légumes bouillis, son premier repas chaud de la journée.

«Je me demande ce qu'il pouvait y avoir dans ces caisses... Paolino, qu'est-ce que tu en penses?» Donna Enza voulait en savoir davantage.

«Dieu seul le sait, et aussi pourquoi ils en voulaient tant à la pauvre Amandière... hier ils en disaient tous du bien. Je dois y réfléchir.» Don Paolino trempa un gros morceau de pain dans le bouillon de légumes, il se le fourra dans la bouche et le mâcha lentement en le savourant en silence.

40

La famille Masculo mange ses pâtes trop cuites

Chez les Masculo, ce lundi 30 septembre, personne ne se plaignit que les pâtes étaient trop cuites et que le plat principal avait refroidi. L'agronome Angelo Masculo était le filleul de maître Ciccio Alfallipe, paix à son âme, qui l'avait aidé à s'acheter la maison à côté de la sienne, en face des balcons de son bureau. La famille Masculo tout entière avait payé les Alfallipe en reconnaissance et en discrétion. Ils n'avaient pas participé aux ragots récents et parents, enfants et petits-enfants s'occupaient de leurs affaires.

Ce jour-là, toutefois, ils ne purent éviter d'assister à ce qui se passait chez les autres. Ils restèrent tous debout, derrière les rideaux légers des fenêtres de la salle à manger, et ne manquèrent rien de la scène d'émeute qui se déroulait chez les Alfallipe.

Lilla était allée directement dans le bureau, elle avait ouvert grand les volets pour faire entrer un peu d'air frais et y voir mieux. Elle retira les bibelots du piano à queue pour poser les vases dessus, c'était le meilleur endroit pour pouvoir les admirer. Elle se réjouissait déjà d'ouvrir les caisses l'une après l'autre, certaine de réussir à persuader les autres de lui donner les pièces : il suffisait qu'elle soit patiente et n'en parle pas trop tôt.

Elle avait ouvert deux caisses. Elles contenaient deux magnifiques amphores, noires et luisantes, les figures rouges étaient élégantes et peintes avec une grande précision, les feuilles qui décoraient le bord, délicates et parfaites. Elle en ouvrit deux autres et s'émerveilla encore : deux autres amphores semblables aux premières, certainement une collection très importante. Elle tira le rideau de dentelle pour avoir encore plus de lumière et les contempla avec satisfaction.

Quand elle entendit un brouhaha indistinct en provenance de l'escalier intérieur elle pensa tout de suite que sa mère était tombée, ou pis, que Gianni ou Massimo avaient laissé choir une caisse et que le contenu s'était brisé. Elle descendit en courant. Arrivée au garage, elle comprit. Profondément irritée par la scène de Massimo, elle voulut s'en aller. Elle prit une caisse et la porta à l'étage, imitée par Gianni.

Le plus drôle était qu'ils transportaient les caisses avec autant de précautions qu'au début, tout en sachant que les vases n'avaient aucune valeur, mais ils les posèrent sur la table au centre de l'entrée, au lieu de les porter dans le bureau. La mère et Carmela les rejoignirent. Carmela s'était jetée sur le grand canapé devant la cheminée, elle pleurait et appelait au secours, Massimo allait la tuer pour cette dernière farce de l'Amandière. Sa mère était assise à ses pieds, elle la caressait distraitement en répétant qu'elle n'y comprenait rien, les gens du musée devaient s'être trompés, ou quelqu'un avait abusé l'Amandière.

Gianni et Lilla restèrent debout, la lettre les écœurait : non seulement elle établissait sans équivoque la contrefaçon, mais en outre elle autorisait la vente et l'exportation des copies, en tant que telles. «Quelle ironie, dit le professeur, ils nous permettent d'exporter des faux.»

Lilla ne répondit pas, elle était livide. Son frère lui demanda : «Où les as-tu trouvés?» Elle lui indiqua les rayonnages d'un geste las. «Je me demande s'il y en a d'autres, dit-il, voyons.» Il s'approcha du grand mur couvert de livres.

Carmela s'était levée et le rejoignit. «Après la mort de Papa, cette folle s'est mise à dépenser notre argent pour acheter des faux… elle n'y connaissait rien, regarde, qui sait combien d'autres il y en a là, elle croyait faire un bon investissement, et ils sont tous faux», disait-elle, et elle ouvrait les portes du bas de la bibliothèque sans se donner la peine de les refermer, elle en sortait des boîtes contenant d'autres céramiques, des objets de toutes sortes, des faïences de Caltagirone, une quantité de pièces.

Prise de frénésie, Carmela ouvrait tout, les tiroirs du médaillier, ceux des bureaux, elle renversait des papiers, des objets enveloppés, les entassait sur les tables, les consoles, le sol, les sièges. Lilla l'observait, debout, puis elle se joignit à l'activité insensée de sa sœur, comme si elle avait besoin de libérer son énergie revenue.

Massimo les trouva dans cet état: telles deux furies, après avoir vidé les rayonnages du bas en laissant les portes ouvertes, les sœurs Alfallipe s'étaient attaquées à la bibliothèque: elles débarrassaient les rayons en jetant les livres par terre pour dénicher d'autres caches secrètes, pleines de vases, certains pareils aux faux, d'autres différents, et aussi des lacrymatoires, des lampes à huile, des figurines, des plats, des bibelots, tous en parfait état et catalogués.

Gianni se tenait à l'écart, debout près de sa mère. Il les regardait stupéfait.

Massimo resta lui aussi sans voix à les observer. Il repéra les faux: ils étaient encore sur le piano et ils étaient magnifiques. Il s'exclama: «Ces saloperies sont les vases que cette pute croyait être sa fortune et celle des Alfallipe, vous êtes des imbéciles et elle était une truie. Elle s'est fait embobiner par une bande de faussaires et a dilapidé notre patrimoine. Pendant dix ans vous m'avez pris pour un crétin, vous vous croyez au-dessus des autres, mais vous êtes des andouilles. Qui donc a fait entrer cette femme dans cette famille de débiles?! Vous méritez d'être connus comme tels dans toute la Sicile… vous avez fait paraître la notice dans le journal, et comme un idiot je

vous ai suivis. » Il saisit une statuette de bronze sur le guéridon à côté de lui et la lança par terre, puis il fit tomber
deux cendriers et un petit vase, et se figea, épuisé et surpris de sa propre audace.

Son geste provoqua une réaction disproportionnée qui
ne cessa d'étonner ceux auxquels la famille Masculo, sor-
tant de sa réserve, fournit un compte rendu très précis.
Lilla était en train de fouiller un rayonnage. Au bruit
sourd causé par la chute de la statuette elle se leva et se
jeta sur le piano, elle prit un des vases et le fit tomber
devant elle en le tenant loin de ses pieds. Le vase fut
réduit en miettes. Elle en prit un autre et le fit tomber sur
le premier. Carmela l'imitait, et Gianni lui-même se joignit aux deux sœurs dans cette orgie destructrice et
cathartique.

Le bruit des poteries brisées se mêlait aux injures que
Massimo vomissait contre tous et contre l'Amandière en
particulier. Les autres se prirent à hurler eux aussi des
obscénités contre elle, dans un vacarme infernal. Telle
une Érinnye, Lilla monta sur l'échelle de la bibliothèque
et commença à sortir les livres anciens de son père: elle
les flanquait par terre et ils se déchiraient en tombant, les
reliures arrachées. Elle ouvrit d'autres compartiments
secrets pleins de grands vases qui finirent eux aussi en
mille morceaux.

Gianni s'était approché d'elles. Lilla lui tendit un vase,
pareil à ceux du piano, et dit: «Tu parles d'une connais-
seuse amateur d'art… regarde ça, c'est encore un faux, un
double d'un de ceux que nous avons emportés au musée.»

Gianni le prit entre ses mains et murmura: «Mandi
nous haïssait de toutes ses forces. Ça explique tout…» Il
avait les yeux pleins de larmes; il avala les sanglots qui

mouillaient sa gorge et laissa tomber le vase. Il pleurait à présent sans retenue, debout devant l'échelle, il prenait et cassait tout ce que Lilla lui tendait, entouré des débris de la collection de son père.

Le hurlement de Carmela les fit se retourner. Massimo lui serrait le cou et la secouait comme une poupée de chiffon en hurlant des horreurs. Gianni accourut pour sauver sa sœur, et les deux hommes en vinrent aux mains. Massimo, mordu au bras, eut le dessous, les jambes et les bras de Gianni se couvrirent de bleus. Le père Arena sonna à ce moment-là.

41

L'après-midi du père Arena est occupé par les visites

Le père Arena avait convenu avec Madame Alfallipe qu'il passerait prendre le café après le déjeuner, quand il n'y a pas de visites, pour bavarder tranquillement. À deux heures de l'après-midi, très ponctuel, il avait sonné au Palazzo Alfallipe. Au bout d'un long moment, Lilla avait ouvert la petite porte ménagée dans un des battants du portail, apparemment surprise par sa visite. Elle s'était présentée en grand désordre, les vêtements poussiéreux, les cheveux ébouriffés, elle avait l'air fatigué et défait, et sans même l'inviter à entrer dans la loge elle l'avait renvoyé précipitamment, en lui disant que sa mère s'était mise au lit, qu'elle ne sentait pas bien. Il était clair que la visite l'importunait. Telle avait été sa hâte à le chasser et à lui fermer la porte au nez qu'une lettre froissée qui lui était tombée des mains s'était retrouvée sur le trottoir. Le père Arena la ramassa et la mit dans sa poche, en se promettant de la rapporter le lendemain matin; il reprit sa route et descendit par la ruelle de Gozzi, qui longeait le Palazzo Alfallipe, en pensant qu'il avait presque deux heures à occuper avant d'aller chez les Fatta où il était attendu à quatre heures.

«Père Arena, que faites-vous dans la rue à cette heure-ci? Venez! Venez prendre le café avec nous!» Le prêtre accepta avec gratitude l'invitation de l'agronome Angelo Masculo, certain qu'il était de passer agréablement le temps avec ces braves gens travailleurs et simples. Mais les choses ne se passèrent pas comme il l'avait espéré.

Tout en prenant le café le prêtre écoutait, d'abord incrédule, puis consterné, les récits des Masculo sur ce qu'ils avaient vu et entendu: ils lui firent même passer l'envie de goûter les pâtes d'amande proposées par Madame Masculo. Chacun racontait au père Arena ce qu'il avait vu et entendu: un tableau tragique, grotesque et inexplicable se composait. Madame Adriana, aux dires de tous les quatre, avait été le témoin muet du saccage du bureau de son mari et de la bataille familiale.

Ils allèrent ensemble à la fenêtre d'où les Masculo avaient assisté à la scène, pour vérifier la description du bureau de l'avocat: les volets étaient fermés, il n'y avait pas signe de vie à l'intérieur, comme si rien ne s'était passé. Le père Arena aurait voulu s'en aller, se promener tout seul et réfléchir, mais cela ne lui était pas possible: Madame Masculo avait besoin de s'épancher et lui demandait des conseils sur la conduite à adopter.

Le père Arena remarqua que l'agronome et sa femme étaient anxieux, ils ne savaient pas s'ils devaient avertir un ami ou un parent des Alfallipe, une personne discrète et de confiance, bien entendu, ou aller carrément s'assurer eux-mêmes que Madame Alfallipe n'avait pas besoin d'aide, ou encore appeler le docteur Mendicò, tandis que leur fils et leur belle-fille, par ailleurs excellentes personnes, n'allaient probablement pas résister à l'envie de parler des événements extraordinaires observés de la fenêtre.

Il avait très peur qu'avant le soir tout le pays ne soit au courant; dans une vaine tentative pour sauver le peu de crédibilité et de respect dont jouissaient encore les Alfallipe à Roccacolomba, le père Arena promit aux Masculo qu'il allait informer immédiatement le président Fatta et leur recommanda de rester discrets.

Angelo Masculo raccompagna le prêtre jusqu'à la sortie, il voulait lui parler seul à seul. «Mon père, je voudrais vous dire certaines choses que je suis le seul à connaître et qui m'ont donné à réfléchir. Les dernières années de sa vie, maître Orazio restait beaucoup chez lui et passait la journée dans son bureau. La nuit, des gens venaient en carriole, ce n'étaient pas des visages connus. Ils s'arrêtaient sous les balcons et attendaient. Puis l'Amandière ouvrait une fenêtre et descendait son panier accroché à la corde, comme si elle faisait son marché. Je voyais monter certains paniers gros et lourds pleins de marchandises recouvertes de sacs, et je me demandais ce qu'il y avait dedans... je pense maintenant que ce sont des objets volés par les pilleurs de tombes qu'ils ont détruits cet après-midi. J'aurais peut-être dû en parler avec l'avocat, le dissuader de faire ces achats, peut-être ses enfants sont-ils menacés maintenant, ou encore il s'agit d'un chantage, et pris de panique ils ont tout cassé.» Le prêtre le rassura, maître Orazio était obstiné et n'aurait pas suivi les conseils prudents de l'agronome, ce dernier avait bien fait de ne rien lui dire.

«Il se passait autre chose à cette époque-là, c'est embarrassant d'en parler, ajouta Masculo, et je vous demande pardon. Aucun de mes enfants ne sait rien, ce sont de braves jeunes gens mais un mot peut toujours échapper, et je ne veux pas faire de mal à la famille Alfallipe, je ne le dis qu'à vous, mon père. Je souffre d'insomnies et la nuit je venais lire le journal dans la salle à manger pour ne pas réveiller ma femme. Les soirs d'été l'avocat laissait les volets ouverts et je me mettais à la fenêtre pour écouter la belle musique qu'il passait toujours, il avait un merveilleux phonographe. J'aurais juré qu'à travers le rideau blanc j'apercevais le corps d'une femme avec lui, sur le canapé devant la cheminée, très peu couverte, vous me comprenez? Je ne vois pas comment il arrivait à la faire entrer, avec Madame Adriana à la maison, et pourtant je l'ai vue, toujours la même, les cheveux longs et noirs, elle était belle, jusqu'aux dernières années de sa vie il la faisait venir. Je ne le croyais pas capable d'une telle conduite, je pense que même son père, Dieu ait son âme, ne l'aurait pas fait... c'est vrai que même vieux il allait encore au bordel, mais au moins il ne les emmenait pas chez lui!»

La réponse du père Arena fut immédiate et énergique: «Mon cher Angelo, vous ne pouvez pas l'affirmer. Seul un prêtre connaît toutes les faiblesses et les péchés de chair des hommes. Sans trahir le secret de la confession, je vous dirai seulement ceci: ce que vous me racontez de maître Orazio ne me surprend pas... comme dit le proverbe, «Lu piru fa pira», le poirier donne des poires, et des

225

femmes de ce genre, introduites en cachette dans les maisons particulières, de nuit ou de jour, il y en a beaucoup... heureusement on n'en fait pas scandale par ici et ce que vous avez vu n'est ni inhabituel ni surprenant chez les Alfallipe. Dans le confessionnal les prêtres apprennent cela et d'autres choses, paix aux âmes de maître Gianni et de son fils Orazio. Vous faites bien de vous taire, si Madame Adriana en avait vent elle serait très affligée. Sans parler de l'Amandière, si elle vivait encore, elle serait bouleversée, elle tenait beaucoup à la réputation des Alfallipe. J'en parlerai au président Fatta sans donner de noms, et vous, oubliez que vous avez eu des insomnies.»

Le père Arena s'éclipsa en laissant Angelo Masculo content d'avoir confié ses inquiétudes au prêtre sans faire allusion à certains soupçons, qui l'auraient rendu ridicule, quant à l'identité de la femme entrevue dans le bureau de l'avocat. Il avait honte de ses mauvaises pensées, pauvre Amandière, il lui demandait pardon de l'avoir accusée de méfaits. Le prêtre avait raison: les Alfallipe, père et fils, aimaient les putes, et maître Orazio aurait pu aller jusqu'à s'en faire amener une dans son bureau par la pauvre Amandière!

Il remonta chez lui et dit à sa femme: «Maria, je vais te dire deux choses, et rappelle-les toi: les Alfallipe n'estimeront jamais à leur juste prix les sacrifices de cette fidèle servante qu'était l'Amandière et les couleuvres qu'ils lui ont fait avaler, et le père Arena devient de plus en plus sage en vieillissant!»

Pendant ce temps le père Arena, troublé et effrayé, marchait sans but dans les petites rues presque désertes à cette heure. Il se sentait mal, l'éclat aveuglant du soleil alternait avec l'ombre des bâtiments, la tête lui tournait. Il tomba sur le docteur Mendicò, de retour d'une visite urgente, qui l'invita chez lui : le père Arena accepta et le suivit comme un agneau au long des escaliers du bourg, en silence, dans un état de profond abattement.

Assis dans le salon des Mendicò ils sirotèrent une petite liqueur ; le prêtre se remit peu à peu et les deux hommes parlèrent longuement.

Il avait été facile au père Arena de faire part au médecin de ses inquiétudes à propos des Alfallipe. Ils étaient, en quelque sorte, collègues, l'un soignait les âmes et l'autre les corps, et ils s'étaient souvent retrouvés ensemble, absorbés par leurs tâches respectives, au chevet des mourants. Ils connaissaient tous deux les secrets du bourg, même s'ils ne s'en étaient jamais entretenus. Cette fois, anxieux de trouver la vérité sur ce qu'il y avait entre les Alfallipe et l'Amandière, ils parlaient vite et avec animation, complétant l'histoire qui se déroulait sous leurs yeux, dans la pénombre rassurante du salon des Mendicò.

Le docteur avait donné une interprétation claire du récit de Masculo, l'Amandière recevait le butin de pilleurs de tombes, elle exécutait certainement les ordres d'Orazio, collectionneur passionné. « Orazio était capricieux et n'y allait pas par quatre chemins quand il voulait quelque chose. Il se sera servi de l'Amandière comme intermédiaire pour acquérir des pièces anciennes, beaucoup le font, surtout depuis que la Direction des antiquités a commencé les fouilles dans le secteur de Casale. Je ne crois pas qu'il ait eu beaucoup d'objets, ni qu'ils aient eu une grande valeur, il s'en serait vanté auprès de tout le monde. Mais je ne comprends pas pourquoi ses enfants ont voulu les détruire… il y avait tant de choses dans son bureau, dont certaines étaient belles. Quant aux femmes, à la différence de son père, il ne s'intéressait pas à ces femmes-là, il n'aimait que les femmes mariées, je ne vois donc pas qui pouvait aller chez lui la nuit. Qu'en pensez-vous?»

À ces mots, le père Arena faillit de nouveau se sentir mal. Il garda le silence.

Oubliant la présence du prêtre, le docteur tourna les yeux vers le balcon et les broderies du rideau de lin qui flottait au vent; puis il murmura: «À moins que cette femme n'ait été...

– L'Amandière», termina le père Arena en chuchotant lui aussi, comme s'il récitait un acte de contrition.

«Oui, dit le médecin, les yeux fixés sur la fougère placée devant le rideau et continuant à se parler à lui-même. L'Amandière... après tant d'années, cela me surprendrait.

– Moi non, cela ne me surprend pas», marmonna le prêtre.

Le docteur tressaillit, se redressa dans son fauteuil, appuya les mains sur les accoudoirs et regarda le père Arena en face comme s'il ne s'attendait pas à le trouver là, affalé dans son fauteuil près du sien. Il passa son mouchoir sur son front en sueur, à plusieurs reprises. Les paroles du prêtre l'avaient bouleversé, c'était lui maintenant qui se sentait défaillir, des pensées embrouillées lui roulaient dans la tête.

«Docteur, quelque chose ne va pas? lui demanda le père Arena, lui aussi plutôt ébranlé.

– Non, merci, c'est que je suis vieux et que je comprends lentement certaines choses, mon cerveau ne fonctionne plus comme avant», répondit le médecin et il ajouta sur un ton solennel, en scandant ses mots: «L'Amandière ne cesse de me surprendre.» Il regarda de nouveau par la fenêtre, le rideau s'était soulevé et la vue du médecin se porta au-delà des plantes du balcon et de la balustrade en fer forgé, vers les toits de Roccacolomba et les montagnes. L'éclat du grand soleil d'automne rendait le ciel presque blanc.

«Parlez-moi, docteur, faites comme si vous étiez au confessionnal», se risqua à bégayer le père Arena. Il sentait qu'il avait devant lui une âme en peine, comme la sienne.

«Non, c'est trop lourd», répétait le docteur. Puis il regarda de nouveau le prêtre et lui posa une question: «Oublions les sacrements et rappelons-nous que nous sommes des hommes: si je vous parle d'une hypothèse qui comporte un délit, voire deux, vous saurez garder le secret?

– S'il s'agit de l'Amandière, certainement oui!»

Après un début assez difficile, le docteur Mendicò se remit à parler, il ne transpirait plus, il paraissait calme. «Voilà, vous savez qu'Orazio Alfallipe, comme l'Amandière, avait une tumeur. Il allait bientôt mourir, de toute façon. Il avait peur de souffrir. Je ne parvenais plus à lui éviter la douleur physique, la morphine a ses limites, il aurait beaucoup souffert dans une longue et terrible agonie si on ne l'avait pas tué, comme je le crois. Je n'ai pas de preuves, seule une autopsie pourrait le démontrer, laquelle est exclue.» Il regarda le prêtre droit dans les yeux. «Le jour de la mort d'Orazio, l'Amandière était à la campagne, un parfait alibi. Elle était son infirmière, j'avais mis à sa disposition des fioles de morphine et d'autres substances qui peuvent être mortelles si elles sont mal dosées. Elle les connaissait, et j'avais entière confiance. Il s'agit d'un homicide, ce qu'on appelle aussi de nos jours euthanasie.» Il but une gorgée d'eau et reprit: «Sur le moment je n'y ai pas pensé, croyez-moi, Madame Adriana était en proie à une crise d'hystérie, j'ai dû m'occuper d'elle, et puis je n'aurais jamais imaginé que le dévouement de l'Amandière pour Orazio Alfallipe irait jusqu'à le tuer. Une servante dévouée n'en vient pas là. Mais une femme amoureuse et payée de retour pourrait tuer l'homme qu'elle aime.»

Il se redressa dans son fauteuil et demanda: «Père Arena, croyez-vous que l'Amandière aimait Orazio Alfallipe?

– Je ne sais pas. Si vous parlez d'*amour*, docteur, et non de luxure juvénile, je ne sais vraiment pas. Les dernières années de la vie de l'avocat, elle s'était cloîtrée chez les Alfallipe, nous nous voyions peu et brièvement.» Le père Arena fit une pause, il réfléchissait. Il reprit en bégayant: «Mais si elle l'aimait, elle était capable de le tuer, sans se sentir en faute et sans remords.

– J'ai une autre question à vous poser, mon père. Et si je vous disais qu'elle est morte empoisonnée par des gâteaux qu'elle a elle-même préparés avec des amandes amères?

– Je n'en serais pas étonné, elle ne voulait pas être un fardeau pour Madame Alfallipe et avait peur que son état ne s'aggrave subitement. Elle m'avait dit qu'elle était prête à mourir, elle avait fait son devoir envers les morts et les vivants. Elle n'était pas croyante, vous le saviez?»

Le docteur Mendicò abaissa les paupières en signe d'assentiment, il prit la bouteille de liqueur et remplit de nouveau les verres. Ils restèrent silencieux, plongés dans leurs pensées, en buvant la liqueur amarante. Le vent s'était calmé. Ils contemplaient le faisceau de lumière qui envahissait la pièce à travers les jours du rideau brodé, tranchant la pénombre pour tomber sur le sol. Prisonnières de ce tube de luminosité des particules de poussière frémissaient et dansaient dans un mouvement perpétuel. Une paix somnolente descendit lentement sur le docteur Mendicò et le père Arena.

C'est ainsi que les trouva Madame Di Prima, la sœur du docteur, entrée pour dire bonjour au prêtre et bavarder. Le bruit courait déjà de la terrible querelle entre les enfants Alfallipe, provoquée par des questions d'argent et d'héritage: le mystère s'épaississait autour de l'Amandière. Madame Di Prima fut franchement déconcertée par la réaction des deux hommes: ils dirent presque à l'unisson, sur un ton légèrement amusé, qu'il n'y avait aucun mystère à propos de l'Amandière, paix à son âme. «Il n'y a pas de mystère? Vous voulez que quelqu'un se fasse tuer? dit-elle fâchée.

– Tuer, sûrement pas!» répondit le docteur, et il fit un clin d'œil au prêtre.

Sentant venir une dispute, le père Arena se leva pour prendre congé: il était en retard pour son rendez-vous avec Pietro Fatta. Le docteur le raccompagna à la porte; ils convinrent de se revoir, et le docteur dit avec un nouveau clin d'œil: «Rappelez-vous, mon père, jamais deux sans trois!»

Pietro Fatta avait oublié la visite annoncée du père Arena, tant les dernières heures avaient été frénétiques. Madame Fatta reçut le prêtre dans son petit salon, en s'excusant pour le retard de son mari qui avait eu une visite imprévue. Margherita Fatta était sur des charbons ardents, elle venait de parler au téléphone avec sa cousine Adriana, éplorée après l'énième malheur arrivé à ses enfants, bouleversée par l'effondrement d'une bibliothèque du bureau. Le père Arena l'écouta en montrant de la compréhension et ils se réconfortèrent en s'informant mutuellement.

Pietro Fatta les avait rejoints, et il expliqua que son retard était dû à une affaire liée aux Alfallipe. Il demanda au prêtre de l'attendre encore une demi-heure. Surpris de sa propre audace, le père Arena refusa: «Je voudrais vous parler, président, quelques minutes, en privé.»

Margherita quitta la pièce en trouvant un prétexte pour les laisser seuls. Pietro Fatta parla précipitamment sans pouvoir cacher quelque agacement devant la requête du prêtre: «À la poste travaille un certain Risico, un communiste. Il est marié à la vendeuse de la librairie Pecorilla, que vous connaissez peut-être. Eh bien, ce Risico a vérifié que le 25 de chaque mois l'Amandière recevait de l'argent d'une banque suisse qui compte parmi ses clients des mafiosi importants, et il a bâti une théorie: qu'il existait rien moins qu'une alliance secrète entre Massimo Leone et l'Amandière, sous l'égide de la mafia. Il a trouvé aujourd'hui le moteur de sa Fiat 600 détruit par une coulée de ciment. Aussi bien lui que cette mauviette de directeur de la poste ne savent plus à quel saint se vouer.» Le père Arena ne put retenir un sourire ironique: ces mots contenaient peut-être une vérité profonde. «Le directeur me dit que Risico veut que la police s'en mêle, qu'il veut dénoncer Carmela pour plusieurs délits commis à la poste, qu'il parle carrément de familles mafieuses, de trafic de drogue, d'armes, bref, qu'il délire, et il me l'a envoyé pour que j'essaie de le faire changer d'avis. Il est actuellement dans mon bureau, avec sa femme. Je ne sais pas comment le calmer et le convaincre de se taire, ce serait un désastre pour les enfants d'Orazio. Et pour lui aussi», ajouta ensuite le président d'un air préoccupé.

Le père Arena parla brièvement de ce qu'avaient vu les Masculo et du soupçon concernant maître Alfallipe, qui aurait acheté des pièces volées dans des tombes ou lors de fouilles. L'Amandière serait-elle mêlée d'une manière quelconque à un trafic d'antiquités, et cela expliquerait-il ses liens avec la banque suisse?

«Je l'exclurais, je m'en serais aperçu: j'étais très proche d'Orazio et il n'aurait pas réussi à me le cacher. Je sais qu'il trafiquait avec des paysans, il leur achetait des pièces trouvées dans les champs, quand la pioche heurte une pierre tombale, peut-être aussi avec un voleur, mais il ne pouvait pas faire un grand trafic. Pour autant que je sache, l'Amandière l'aidait à cataloguer les pièces, et elle me demandait de lui écrire des lettres, en général au Musée régional, pour les identifier. Et pourtant, ce serait une explication plausible, et peut-être acceptable pour Risico.»

Le père Arena se souvint de la lettre que Lilla avait laissé tomber et la donna à Pietro. Et voilà, cette fois encore, pour protéger l'Amandière, il avait commis une deuxième action dont il devait avoir honte et peut-être même se confesser, Dieu lui pardonnerait en raison de son affection pour elle, il en était sûr.

Pietro la lut et la lui rendit: «Cette lettre explique beaucoup de choses, mais pas tout. L'Amandière a dû acheter des faux, en les croyant authentiques. Orazio se servait d'elle comme prête-nom et dans les contacts directs avec des individus qui frisaient la criminalité, pour la plupart des pilleurs de fouilles, je regrette de l'admettre. Les enfants d'Orazio ont besoin de liquidités, ils ont dû envisager de vendre des pièces de la collection et ont eu la sagesse de vouloir les faire estimer. Déçus dans leurs espoirs, ils les ont détruites et se sont querellés, vous ne pensez pas?» Ayant dit cela, Pietro Fatta retourna auprès des époux Risico.

Le père Arena fut aussitôt rejoint par Margherita Fatta: la baronne Ceffalia lui avait téléphoné pour lui raconter en détail la lutte furieuse entre les jeunes Alfallipe. Il n'était plus question d'un écroulement de la bibliothèque. Le père Arena n'en pouvait plus, il n'avait aucune envie de rassurer Madame Fatta, ni de l'écouter. Il eut la bonne idée de recourir à un expédient toujours efficace: il lui proposa de dire le chapelet avec elle.

Margherita Fatta s'y prépara volontiers avec soulagement; le père Arena scandait les «Notre Père» et les «Je vous salue Marie» avec une lenteur inhabituelle, de longues pauses, et même des bégaiements, complaisants et prolongés exprès pour faire durer la prière le plus longtemps possible. Lorsque Pietro Fatta revint après avoir renvoyé les Risico, il trouva Margherita agenouillée sur un coussin, les yeux fixés sur l'image de la Sainte Vierge au-dessus de la commode, et le père Arena assis dans un fauteuil, le regard tantôt inquiet, tantôt perdu dans le vide. Ils étaient tous fatigués et décidèrent d'un commun accord d'en rester là. Cette fois le père Arena accepta de bon gré l'invitation à déjeuner de Pietro Fatta pour le lendemain.

42

Lundi est une rude journée pour les Risico

Madame Pecorilla et sa vendeuse Elvira Risico étaient débordées dans la librairie pleine d'enfants et de parents à la recherche des manuels scolaires. Tout le monde criait, les enfants, qui s'ennuyaient, attrapaient des livres au hasard, regardaient les couvertures, les remettaient pêle-mêle, répondaient paresseusement aux questions de leurs parents, s'arrêtaient pour bavarder avec leurs camarades en mâchant le nouveau chewing-gum à la mode chez les plus jeunes.

Les parents brandissaient la liste des manuels scolaires, ils ne faisaient que hurler et se plaindre du prix des livres, feuilletaient les pages des exemplaires d'occasion en faisant remarquer les gribouillages de leurs précédents propriétaires, demandaient des réductions, se pressaient pour passer avant les autres. Le téléphone à côté de la caisse sonna, à peine audible sous les criailleries des clients. C'était Gaspare Risico. «Je suis occupée, Gasparú, s'excusa Elvira.

– Je voulais seulement te dire que la réponse confirme mes prévisions, nous nous verrons au déjeuner.» Sous l'œil réprobateur de Madame Pecorilla, Elvira se remit à servir les clients avec un grand sourire.

Elvira était en retard pour le déjeuner, il avait fallu préparer la librairie pour l'invasion de l'après-midi. Gaspare était déjà à la maison, il traînait, inquiet, dans le salon. Il lui donna un baiser distrait: «Nous avons un très gros problème. Jamais, au grand jamais, je ne me serais attendu à ce que le message de mon collègue de Milan soit intercepté à la poste, mais c'est bien ce qui s'est passé. Je l'ai reçu dans une enveloppe fermée, j'en suis sûr, et je l'ai déchiré en petits morceaux que j'ai jetés à la corbeille. Il disait seulement: "La réponse à ta question est affirmative. Fais attention", donc celui qui l'a lu était au courant de ma conversation avec mon collègue. Puis, en fin de matinée, je suis allé prendre ma voiture pour aller au bureau de Roccacolomba Nuova, elle ne démarrait pas. J'ai ouvert le capot, le moteur était recouvert de ciment déjà durci, on aurait dit une sculpture moderne.»

Elvira l'écoutait bouche bée, consternée. Gaspare s'en aperçut, mais il continua: «Il faut réagir et se rebeller contre ces actes d'intimidation, alors je suis allé voir le directeur. Il a été pris de panique, il m'a demandé de n'en parler à personne, de ne pas faire de déclaration. Il m'a même demandé, comme une faveur personnelle, d'en discuter avec le président Fatta.

– Qu'est-ce qu'il vient faire là-dedans? l'interrompit Elvira.

– Comment ça, qu'est-ce qu'il vient faire là-dedans? C'est un de ces capitalistes qui n'a jamais travaillé de sa vie, il était ami de maître Alfallipe et il connaît tout le monde, c'est un homme respecté, et ce crétin de directeur lui avait déjà parlé de Carmela Leone et des lettres, c'est pour ça qu'il veut que je le voie plutôt que de faire mon devoir et dénoncer Madame Leone et ces salauds qui m'esquintent ma voiture neuve! C'est intolérable, c'est une violence qui porte atteinte à mes droits de fonctionnaire et de citoyen.»

Gaspare avait les yeux brillants, les poings enfoncés

dans ses poches, il aurait fait craquer les fonds si Elvira n'avait pas pris doucement ses mains entre les siennes et ne lui avait pas dit en le regardant droit dans les yeux, avec une calme détermination: «Nous devons le contenter, il a toujours été accommodant avec toi, il t'estime et je pense qu'il t'aime bien. Je viens avec toi chez le président, je dois lui apporter des livres.» Elvira cueillit un signe d'assentiment sur les lèvres de Gaspare et se dirigea vers la cuisine. De là elle poursuivit: «Nous pouvons attendre pour porter plainte contre Carmela Leone, et nous borner à signaler à la police les dommages de la voiture.» À la fin elle reparut à la porte, l'avant-bras appuyé contre le chambranle et dit avec sérieux: «Gasparú, téléphone au directeur, fixons tout de suite un rendez-vous avec le président Fatta, nous mangerons après.

– Il nous attend à quatre heures et demie, murmura Gaspare.

– Ce sont des choses qui arrivent, tu as tout compris, je suis fière de toi, tu vas voir que le président Fatta aussi sera étonné. Maintenant préparons ensemble le déjeuner et ensuite je téléphonerai à Madame Pecorilla.»

Ce fut une des rares occasions où Gaspare Risico aida sa femme à mettre la table, allant jusqu'à se charger de l'assaisonnement de la salade au lieu de la regarder faire. Ils sortirent de chez eux au début de l'après-midi, et passèrent par la librairie pour prendre les volumes à remettre au président Fatta. En chemin Elvira saisit son mari par le bras, et elle ne le lâcha pas jusqu'au portail du Palazzo Fatta, ni pour monter les escaliers raides de Roccacolomba, ni dans les rues tortueuses et les ruelles étroites, sans cesser de bavarder pour le distraire et lui redonner du courage. Quand elle sentit la main de

Gaspare presser sa taille, elle comprit qu'elle y était parvenue.

Le président Fatta accueillit lui-même les Risico. Il les conduisit dans son bureau et remercia Elvira pour les volumes de D'Annunzio qu'elle lui avait apportés. Elle, conquise par tant de délicatesse et nullement intimidée, se mit à parler de nouvelles éditions et de livres rares, donnant à Pietro Fatta l'occasion d'observer son mari, taciturne et manifestement préoccupé. Ils furent interrompus par Lucia : Madame Fatta devait parler d'urgence au président. Celui-ci sortit en se confondant en excuses. À son retour, il les trouva sur le balcon, serrés l'un contre l'autre, ils étaient attendrissants. Il voulait parler seul à seul avec Gaspare Risico et proposa à Elvira, avec une amabilité qui la déconcerta, de s'asseoir dans le petit salon pour feuilleter certains livres anciens auxquels ils avaient fait allusion plus tôt.

« Monsieur Risico, parlez-moi, sans négliger aucun détail, des enquêtes que vous avez menées à la poste sur Mademoiselle Inzerillo, commença Pietro Fatta.

– Quelles enquêtes ? » répondit Gaspare, rendu méfiant par l'obséquiosité étudiée de Fatta à l'égard de sa femme et peut-être, tout au fond, jaloux.

« Parlons franchement. Nous nous rencontrons parce que votre directeur m'a parlé de vous et des dommages causés à votre voiture. » Pietro Fatta avait pris un ton sérieux et décidé. « Ni vous ni moi n'avons de temps à perdre. Pour vous prouver ma bonne foi, je parlerai le premier. Je suis très inquiet pour les trois enfants Alfallipe. Leur père était mon meilleur ami et leur mère est la cousine germaine de ma femme. Je voudrais comprendre pourquoi, à la mort de leur employée de maison,

238

ils agissent d'une façon aussi inintelligente, mais je voudrais aussi comprendre pourquoi d'autres, comme vous, agissent d'une façon qui, pour le moment, se limite à irriter la mafia, mais qui pourrait provoquer sa colère.» Pietro Fatta poursuivit résolu. «Dans ce cas, Monsieur Risico, vous disparaîtriez, ou on finirait par vous retrouver à l'état de cadavre dans un champ quelconque. Si vous voulez que nous cherchions à comprendre quelque chose ensemble et à trouver une solution, je suis à votre disposition. Mon but est d'éviter que les enfants de mon meilleur ami ne continuent à se conduire de façon indécente et irrationnelle, en mettant leur vie en danger et en attristant celle de leur mère. Quel est le vôtre?»

Gaspare apprécia la franchise du président et il exposa sa théorie sur Massimo Leone: il y avait un plan de la mafia, dans lequel Rosalia Inzerillo et Leone avaient un rôle bien précis, pour introduire la drogue à Roccacolomba, comme c'était déjà fait en ville, et ensuite contrôler et étendre les projets de construction autour du bourg. Il voulait collaborer avec l'État pour chambouler ce plan.

– Expliquez-moi pourquoi la mafia s'intéresserait autant au développement de la construction ici à Roccacolomba...

– Monsieur le président, vous savez que la mafia est sous pression dans les grandes villes. Les juges pourraient la prendre dans un étau. Alors, en vue du grand coup, elle se retire dans les petits centres, pour ensuite attaquer de nouveau.» Il était évident que Gaspare répétait ce qu'il avait appris à la section, mais il le faisait avec passion.

«Qu'est-ce qui vous fait penser qu'elle est sous pression et qu'elle perd de son pouvoir?

– Il suffit de lire les journaux. De les lire et de les comprendre, évidemment. Il y a des gens qui se révoltent, qui ne veulent plus baisser la tête. Alors il faut les aider. Au procès de Tommaso Natale, la veuve de Pietro Messina a offert de témoigner contre les assassins de son mari. Puis elle a été contrainte de se rétracter, elle et ses enfants ont été menacés, mais d'autres réussiront. Nos députés, les députés communistes, multiplient les interpellations au gouvernement. Nous, en Sicile, nous voulons du travail, le développement, un avenir, Monsieur le président.»

Pietro Fatta aimait bien ce jeune idéaliste. Il pensa lui demander s'il avait des enfants, mais il n'en fit rien.

«Je comprends. Vous voulez changer le monde», dit-il et il conclut: «Vous faites bien.

– La Sicile, Monsieur le président. Je veux changer la Sicile. Travail, eau, développement, justice. Je crois à la justice, dit Gaspare avec une certaine emphase mais en veillant à ne pas se faire un ennemi du président Fatta, je crois à la lutte contre les extorsions, contre la corruption, je me bats pour le droit au travail, pour l'égalité des citoyens. Pour ces principes je suis prêt à faire des sacrifices et même à courir des risques.»

Pietro Fatta pensa à son fils Giacomo, loyal et digne de confiance. C'était un éleveur compétent et consciencieux, un administrateur avisé, un fils, un père et un mari affectueux. Il était différent de ce petit jeune qu'il avait devant lui et qui lui récitait son credo enflammé. Il aurait aimé mieux le connaître, mais il savait que c'était improbable.

«Permettez-moi de vous exposer mes réflexions sur Mademoiselle Inzerillo et sur Leone en partant de l'idée que Mademoiselle Inzerillo jouissait de la protection de la mafia, dit le président sur un ton calme et sérieux avec lequel il réprima ces émotions nouvelles et inattendues. Je hasarderai une hypothèse qui expliquerait cette situation embrouillée. Premièrement: elle se servait de sa principale banque suisse, comme vous l'avez vérifié. Elle était donc bien introduite. Deuxièmement: elle recevait probablement des sommes considérables par la poste, ce qui implique qu'il y avait un de vos collègues, à Roccacolomba, un homme d'honneur, qui s'assurait qu'il n'y ait pas de vols et que, dans le cas de Mademoiselle Inzerillo, le service postal soit ponctuel et efficace. Troisièmement: Mademoiselle Inzerillo donnait une partie de son argent aux trois Alfallipe. Quatrièmement: à son enterrement on voit un homme de la mafia célèbre et respecté. Cinquièmement: un employé des postes, vous, Monsieur Risico, mène discrètement une enquête et trouve le moteur de sa voiture détruit.»

Le président Fatta ferma le poing après avoir compté sur ses doigts les cinq premières données et le garda serré en dévisageant Gaspare. «Je vais maintenant vous donner une preuve d'extrême confiance et vous révéler des informations que peu de gens connaissent, je vous demande seulement de les garder pour vous et de n'en parler à personne, pas même à votre femme.» Il leva le pouce de son poing fermé et recommença. «Sixièmement: le directeur de la poste reçoit un avertissement de ne pas s'occuper de la correspondance de Mademoiselle Inzerillo, raison pour laquelle il s'est adressé à moi la semaine dernière. Septièmement: j'ai appris cet après-midi que le jardin d'un notable de la région a été saccagé, probablement parce qu'il avait tenu des propos offensants sur la défunte Mademoiselle Inzerillo. Huitièmement: la voiture de

Massimo Leone est endommagée, après que celui-ci a accusé Mademoiselle Inzerillo d'avoir été la maîtresse de mafiosi. Neuvièmement: les Alfallipe, à la recherche d'argent, croient posséder des antiquités achetées par Mademoiselle Inzerillo et les apportent à un expert pour en faire confirmer l'authenticité. Ils apprennent que ce sont des faux, détruisent les collections de mon ami Orazio, peut-être sans valeur marchande, et en viennent carrément aux mains. Ces faits se sont produits aujourd'hui. Ce dernier incident m'a ouvert une nouvelle perspective sur toute l'affaire. Si vous voulez, je fais entrer votre femme et je vous explique mon hypothèse à tous les deux.»

Elvira choisit la chaise à côté de celle de son mari et Pietro Fatta, resté debout, commença: «Madame, excusez mon apparente impolitesse à votre égard, elle était nécessaire. Je voudrais à présent vous parler de Mademoiselle Inzerillo, que nous connaissons sous le nom de l'Amandière.» Elvira se disposa à écouter, fascinée.

«Restée orpheline, elle faisait vivre sa sœur aînée, malade, avec ses gages de femme de chambre. Elle était entrée au service de la famille Alfallipe toute jeune, et Madame Lilla, Dieu ait son âme, s'était prise de sympathie pour elle et la protégeait: elle lui a fait donner des leçons, et l'Amandière a appris à lire, mais pas à écrire. Elle était intelligente et volontaire, et elle aidait beaucoup et bien sa maîtresse, y compris dans la gestion du patrimoine. Après sa mort elle est devenue dans la pratique l'administratrice de la famille, rôle qu'elle assumait avec succès. Elle aidait aussi Orazio Alfallipe, mon très cher ami, dans ses activités de collectionneur; Orazio avait des goûts éclectiques parmi lesquels, pendant une certaine période, les antiquités qu'il achetait aux pilleurs de tombes. Je n'approuvais pas sa conduite, mais je ne suis pas ici pour porter un jugement. Or donc, dit-il en reprenant son souffle, l'Amandière aidait mon ami à acheter des objets volés, pour autant que je sache à des hommes de Ribere qui se présentaient comme vendeurs de légumes. C'est peut-être ainsi qu'elle est entrée en contact avec les mafiosi qui contrôlent ce marché.

«J'imagine qu'en échange d'antiquités (ou de contrefaçons, ce qui semble avoir été le cas), elle a accepté de servir de prête-nom pour des mafiosi. L'Amandière recevait du courrier, de l'argent, des documents destinés à d'autres et en retenait une partie en paiement de ses services. Dans ce cas, en tant que petit engrenage de la machine mafieuse, elle est aussi intouchable que les autres. Cela expliquerait la venue d'un chef mafioso à son enterrement, non seulement en signe de respect, mais aussi comme marque de pouvoir. Cette hypothèse expliquerait aussi ses indubitables disponibilités d'argent et sa générosité envers les Alfallipe, qu'elle considérait comme ses enfants.

«Les Alfallipe, je suis désolé de l'admettre, sont ce qu'ils sont: incapables, avides, prétentieux et ignorants, triste exemple d'une famille qui aurait pu apporter une contribution effective à la vie locale, et qui ne l'a pas fait. Ils veulent seulement continuer à profiter de la générosité de l'Amandière, et ils envoient Carmela, la plus gourde des trois, à la poste. Heureusement, les employées et vous-même, Monsieur Risico, refusez de satisfaire ses demandes.»

Elvira prit la main de Gaspare et la garda serrée, posée sur ses genoux, sans détacher le regard du président.

«Je n'ai pas parlé de Massimo Leone. Croyez-moi, aucun employeur sérieux, et encore moins la mafia, ne le jugerait digne du travail le plus insignifiant, c'est un bon à rien qui parle beaucoup. Il ne battra pas Carmela à mort, j'en suis sûr, c'est un lâche. Je m'étonne... (il regarda Gaspare bien en face), je m'étonne que quelqu'un d'aussi intelligent et perspicace que vous ait commis une erreur que je me permets de qualifier de colossale: démoniser Leone.»

Gaspare se borna à baisser légèrement la tête, comme s'il avait déjà tiré la leçon.

«Il n'a rien à voir avec l'Amandière, que je connaissais bien et que j'estimais. C'était une femme fruste et elle était aussi agressive, peut-être pour se faire respecter, mais avec les enfants et les malades elle savait se montrer patiente et délicate. Je vais vous dire encore une chose: l'Amandière avait horreur de la violence physique. Elle n'a jamais voulu connaître Leone parce qu'on disait qu'une fois il avait usé de violence contre une femme.»

Le président attendit que cette révélation fasse son effet.

«Si vous n'avez pas l'intention de retirer votre dénonciation à l'encontre de Carmela Alfallipe, pensez au moins aux conséquences. Vous seriez liquidé par la mafia, qui couvre l'Amandière, pion dans un jeu plus important que vous.»

À ce point, Pietro Fatta alla ouvrir les portes-fenêtres qui donnaient sur la terrasse et invita le couple à le suivre.

«En ce qui concerne les dommages causés à votre voiture, il est juste d'en informer la police. Elle reçoit beaucoup de ces plaintes contre X, la vôtre fera partie des statistiques qui seront utilisées par tous les partis, y compris le vôtre, Monsieur Risico, pour affecter des budgets et augmenter les dépenses publiques afin de combattre la pègre, fonds qui finiront pourtant, par des canaux connus et protégés par le système, dans les poches de ceux qui coulent du ciment sur le moteur de la voiture d'un couple d'employés, et dans celles, encore plus gourmandes, de leurs commanditaires.

«Vous m'êtes sympathique, Monsieur Risico, et je voudrais que vous viviez longtemps. Oubliez les familles Alfallipe, Leone et Inzerillo et poursuivez votre travail: je ne parle pas seulement de celui d'employé des postes, mais de votre engagement politique bien connu.»

Le président évita de regarder Gaspare dans les yeux, sûr qu'il était de laisser voir une expression affectueuse. Il appuya le dos contre la balustrade et ils restèrent tous les trois à contempler distraitement le jasmin grimpant accroché aux branches de glycine contre les pierres du bâtiment.

«J'admire votre courage, reprit le président Fatta, moi qui en réalité ne suis pas courageux. Je ne me suis pas rebellé contre la rigidité du système social dans lequel je suis né, je n'ai même pas essayé de persuader mes parents de me laisser choisir les études qui me convenaient. Je suis resté ici, dans la maison de famille, pour gérer nos propriétés, comme l'ont fait mes ancêtres, fidèle, conformiste. J'appartiens à un autre monde et je suis, comme vous diriez, un représentant de la droite: j'ai beau le déplorer, je ne peux pas être autrement.»

À l'approche du crépuscule, le parfum du jasmin devenait plus fort. Une lumière rosée allumait Roccacolomba tout entier et dessinait des arabesques d'ombre sur le sol de faïence blanche et bleue de la terrasse.

«Voyez-vous, Monsieur Risico, dit Pietro Fatta en se tournant vers le paysage familier qui s'ouvrait devant eux, je crois qu'un changement est nécessaire, et qu'il viendra. Je ne sais pas quand, mais il viendra. Je ne sais même pas si ce sera celui que vous souhaitez. Ce n'est pas simple de savoir qui sont les ennemis. Regardez autour de vous. Le palais des princes n'est plus qu'une ruine depuis des décennies, une coquille vide. Nous seuls nous en rendons compte, de cette terrasse, personne d'autre. Il paraît solide et imposant. Il y a ceux qui veulent l'exproprier et le restaurer. Ceux qui veulent en faire un centre culturel. En réalité il n'existe plus. Sa puissance est un mirage, une illusion. Je m'amuse parfois à imaginer qu'il disparaît, qu'il s'écroule sur lui-même comme l'île de Ferdinandea.»

Il sourit. Un sourire à peine esquissé, presque une grimace.

«Leone et l'Amandière ne méritent pas votre énergie. Pensez à autre chose, suivez vos convictions mais ne vous inquiétez pas de ces gens-là.

– Vous pouvez beaucoup, vous aussi, dit Elvira d'un seul trait.

– Merci, Madame, ce n'est pas le cas.» Pietro Fatta s'adressa alors à Gaspare Risico: «J'ai appris à pratiquer l'art du réalisable. Le réalisable, vous comprenez? Mon but est une joie modérée, mais qui dure. Mes petites-filles, les réunions à l'Union des agriculteurs, et mon bureau. Là, mes livres satisfont mon esprit et mes sens. Et ici, de ma loge, j'ai le privilège de cette dernière beauté.»

Le soir, au dîner, Elvira remarqua: «Mais toi aussi tu as eu peur. Quand je suis rentrée à la maison je l'ai tout de suite vu, tu n'étais plus mon Gaspare de toujours, ce sont des expériences terribles… tu as été courageux en ne te laissant pas paniquer, je n'y serais pas arrivée.» Elle se sentait encore l'estomac serré, avec une vague sensation de nausée. «Nous surmonterons ensemble cette mauvaise expérience.

– Peur? Pour moi, absolument pas; pour toi, oui, et comment; pour nos futurs enfants aussi. J'étais inquiet pour toi, lumière de ma vie.» Gaspare se ressaisissait enfin et il lui fit la première caresse de la journée, un chaste pincement de joue. Elvira sourit. Elle se leva de table et lui donna un long baiser à la tomate.

Mardi 1er octobre 1963

43
Une autre lettre de l'Amandière arrive chez les Alfallipe

Madame Alfallipe et ses filles étaient assises dans la salle de séjour. Elles s'étaient réveillées à l'aube, après une mauvaise nuit qui les avait laissées épuisées, et attendaient que Santa arrive avec le café matinal. Elles se sentaient vidées après l'orgie destructrice de la veille, le travail fatigant de mettre un peu d'ordre dans le bureau, jeter les poteries, éliminer les traces de leur querelle pour sauver les apparences, et après les pénibles discussions qui avaient suivi. La veille au soir les trois enfants avaient convaincu leur mère de prendre des décisions. Il fallait l'installer quelque part et protéger Carmela. On décida que Madame Alfallipe resterait à Roccacolomba et habiterait chez sa fille, ou au Palazzo Alfallipe, toujours avec Carmela, si celle-ci était contrainte de se séparer de Massimo pour sa propre sauvegarde et celle de son patrimoine. L'appartement de l'Amandière serait vendu et la somme obtenue servirait à faire des travaux au Palazzo Alfallipe. Lilla retournerait à Rome en emportant les deux amphores fausses, et Gianni à Catane. Ils resteraient en contact par téléphone, Lilla et Gianni ne souhaitaient visiblement pas continuer la routine rigide des visites à leur mère imposée par l'Amandière.

Il ne restait rien d'autre à faire qu'enterrer cette vilaine histoire, oublier l'Amandière et ses vexations. Ils ne diraient aucun mal d'elle, pour des raisons évidentes, et de toute façon la source de sa richesse fantôme et le motif de la protection que lui apportait la mafia n'avaient pas été découverts. «Il faut être prudents, dit Carmela en regardant sévèrement sa mère, fais attention avec ma bonne, et rappelle-toi que ce qui nous est arrivé est la juste punition de ceux qui font trop confiance à leurs domestiques.»

Santa entra en apportant le café et le courrier. Lilla ouvrait les lettres, de condoléances pour la plupart, et les passait à Carmela et à sa mère. L'une des enveloppes était tapée à la machine. Elle l'ouvrit distraitement, pensant que c'était un avis de paiement ou une quittance. Or c'était une autre lettre de l'Amandière :

C'est bien d'avoir fait ce que je vous ai dit. Vous avez mainte-nant un certificat qui vous permet d'emporter huit vases de la Grande Grèce à l'étranger. Rapportez les vases à la maison, si vous ne l'avez pas encore fait, et allez dans le bureau de votre père. Ouvrez les rayonnages en face de celui où vous avez pris les huit caisses. Derrière la porte secrète, il y a huit vases pareils aux faux. Ils sont authentiques. Je me suis fait faire des copies pour avoir un certificat qui vous permette de les vendre et de les exporter.

Remplacez les faux par les vrais et portez-les à Zurich dans les quinze jours à dater d'aujourd'hui, téléphonez tout de suite au Musée archéologique de Zurich et dites que vous voulez un rendez-vous, que monsieur L'Amandière vous envoie. On vous attend. Vous pouvez décider de les garder ou de les vendre.

Le directeur du musée connaît le directeur de ma banque:
vous pouvez parler avec lui de mon héritage, que vous méritez
maintenant parce que vous avez obéi. Faites ce qu'il vous
conseillera.

«Tiens, lis», dit Lilla en tendant la lettre à Carmela, et
elle éclata en sanglots.

44

Le père Arena rend visite à Madame Alfallipe
et constate le saccage des collections d'Orazio Alfallipe

Le père Arena était anxieux à son arrivée chez les
Alfallipe en cette fin de matinée du mardi. Il trouva
Madame Adriana seule, abattue et très inquiète. Elle l'informa que Lilla et Gianni étaient partis et qu'elle s'était
résignée à l'idée de vivre avec Carmela, dont le mariage
était en danger. Elle était déçue par ses enfants et
l'Amandière lui manquait. Ne sachant pas comment la
consoler, le père Arena pensa la rassurer en lui disant que
les livres de D'Annunzio étaient finalement entre les
mains du président Fatta.

Le visage de Madame Adriana s'éclaira et elle voulut
l'accompagner tout de suite dans le bureau pour qu'il en
choisisse d'autres. Le prêtre entra avec réticence dans le
bureau de maître Alfallipe. Les dégâts étaient évidents,
bien que la pièce ait été remise en ordre. Les rayons supérieurs des bibliothèques, où étaient rangés autrefois les
livres anciens d'Orazio, étaient vides, tandis que sur les

rayons inférieurs étaient jetés pêle-mêle les volumes qui avaient échappé au massacre, ces volumes tant aimés que l'Amandière avaient fièrement classés, par ordre alphabétique pour la littérature et par matières pour l'art. Les belles céramiques posées sur les consoles avaient disparu, ainsi que les bibelots des tables, l'argenterie exposée sur le piano. Derrière le piano s'entassait une dizaine de sacs de jute, de ceux dans lesquels on garde les amandes.

Le père Arena eut l'impression d'avoir déjà vécu une expérience semblable quand, pendant la guerre, il avait dû visiter une église profanée par des vandales. Ce bureau était la chapelle que l'Amandière avait voulu consacrer à ce en quoi elle croyait, la connaissance, la beauté et, qui sait, peut-être aussi l'amour, pensa le prêtre, et on l'avait violée. Le père Arena eut honte de sa comparaison blasphématoire et se concentra sur le choix des livres à emporter chez lui.

Madame Adriana l'attendait, appuyée au canapé face à la cheminée, devant le balcon donnant sur la salle à manger des Masculo. Son image se reflétait dans le grand miroir, légèrement incliné, au-dessus de la cheminée. Le père Arena se souvint de la description de la femme nue entrevue dans le bureau et se sentit à la fois mal à l'aise et excité : il voulut quitter cette pièce pleine d'ombres et de désirs suggérés, il attrapa des livres au hasard et retourna dans le salon.

Entre-temps le docteur Mendicò était arrivé. Il resta peu de temps. Madame Alfallipe se consolait en découvrant de nouvelles qualités de sa Mandi. «Voilà ce qu'elle faisait, tous les après-midi, enfermée dans le bureau d'Orazio, après sa mort... elle étudiait l'art grec, elle continuait l'œuvre de mon mari. Je me demande comment je ne me suis pas aperçue des affinités artistiques entre eux, lui-même n'en avait peut-être pas connaissance. Mandi était très secrète. On ne trouve pas de personne aussi dévouée, de nos jours, dans tout Roccacolomba. Je le disais à mes enfants, faites confiance à Mandi... mais les jeunes n'écoutent plus leurs parents comme ils le faisaient autrefois.» D'autres visites arrivaient et ils se quittèrent.

45

Le père Arena fait une longue promenade
avec le docteur Mendicò

Depuis leur conversation du jour précédent, il s'était établi entre le père Arena et le docteur Mendicò ce rapport étroit de complicité que crée le partage de secrets. Ils décidèrent de faire une promenade avant le déjeuner.

Le docteur Mendicò s'en voulait beaucoup depuis la veille de n'avoir jamais réfléchi aux circonstances de la mort d'Orazio. Il expliquait au prêtre: «Je savais qu'ils avaient eu des relations intimes, je croyais cependant qu'elles avaient pris fin avec son avortement, avant la guerre.»

Le père Arena fut surpris: «Je suis navré, pauvre femme, je ne savais pas qu'elle avait aussi avorté.

– Ç'a été le grand drame de sa vie. Elle avait environ vingt-cinq ans, elle était pleine d'énergie et se consacrait avec enthousiasme aux trois enfants. Carmela venait de naître. Comme toujours dans ces cas-là, le nom d'Orazio n'a pas été prononcé, mais c'était forcément lui le père. J'imagine qu'il s'ennuyait avec sa femme et s'était tourné vers l'Amandière avec trop d'enthousiasme. Elle était à la fleur de l'âge, épanouie. Elle a voulu se faire stériliser, et Madame Lilla, qui était avec elle, n'a pas essayé de l'en dissuader.» Le docteur cherchait à rapporter les faits de la façon la plus concise, en sachant qu'il divulguait des informations couvertes par le secret professionnel.

Le père Arena se sentit obligé d'expliquer la raison probable pour laquelle l'Amandière ne lui avait jamais parlé de son avortement. «Après une grosse dispute, la seule en de longues années d'amitié, nous avons décidé de ne plus parler d'Orazio Alfallipe.

– Quelle dispute?

– Voyez-vous, docteur, je l'ai connue quand elle travaillait chez les Alfallipe. Je lui donnais des leçons d'italien et d'arithmétique. Elle apprenait tout de suite ce qui lui était utile, et nous passions le reste du temps à parler. Elle était d'une intelligence extraordinaire, elle se sentait prisonnière chez les Alfallipe et avait beaucoup de colère rentrée.

– Contre qui?

– Avant tout, contre Dieu. Je l'encourageais à lire des livres de prières, mais elle refusait. Un jour elle m'a dit: "Ma mère m'a appris que nous sommes tous égaux, moi, vous et la reine, sauf que vous êtes prêtre, la reine est la reine dans son palais, et moi je suis servante chez les Alfallipe. Si nous faisons notre devoir, nous gagnons le respect des autres. Dieu a son devoir, comme tout le monde. Il doit penser à nous, aider les bons et punir les méchants. Je n'aime pas Dieu, son devoir était de ne pas laisser manquer de pain et de médicaments mes parents, qui sont morts, et ma sœur Addoloratina, qui est encore malade, et il ne l'a pas fait. Il n'a pas été juste avec moi, et les injustices se paient, tôt ou tard. S'il ne fait pas son devoir, il ne mérite pas mes prières." C'est de là que venait son aversion pour l'ordre social et économique de notre monde, les riches qui ont hérité pouvoir et argent sans les avoir gagnés, et les pauvres qui n'ont pas la possibilité d'étudier et de travailler.

«En somme, c'était une vraie révolutionnaire dans sa jeunesse, une iconoclaste. Elle acceptait pourtant son destin, la vie que sa mère lui avait tracée : elle devait être la femme de chambre de Madame Lilla et des autres Alfallipe, veiller sur l'honneur de la famille jusqu'à sa mort, afin que Madame Lilla paie les médicaments pour sa sœur malade ; et économiser ses gages pour lui faire son trousseau, la marier et s'occuper de ses neveux. Quant à elle, elle allait devoir se contenter des plaisirs accessibles à l'intérieur de ces limites.

– Que vient faire Orazio là-dedans ?

– L'Amandière avait un grand besoin d'affection et c'était une créature sensuelle, mais toujours rationnelle. Ses relations intimes avec Orazio, surtout au début, représentaient pour elle une arme pour obliger Madame Lilla à veiller sur sa sœur, obligée de vivre chez les religieuses avec les autres orphelines. Vous savez que Madame Lilla interdisait à Addoloratina de mettre les pieds chez elle, par peur de la contagion, aussi les deux orphelines se voyaient-elles rarement, au couvent.»

Le docteur dit : «J'avais souvent répété à Madame Lilla qu'Addoloratina n'était plus contagieuse, je trouvais cette interdiction cruelle et stupide. Je me rappelle une conversation avec l'Amandière qui m'a crevé le cœur. Elle avait à peine quinze ans, et un jour elle a demandé à me parler en privé.

Elle m'a annoncé, en prenant son ton solennel, qu'elle avait des économies, elle a voulu que je lui promette de l'avertir si l'état de santé de sa sœur s'aggravait, et que si j'avais besoin d'argent pour lui acheter des médicaments, elle paierait. Ça n'a pas été nécessaire parce que Madame Lilla payait généreusement pour ses soins : j'en étais étonné, connaissant son avarice. Mon père, je ne comprends pas comment elle a pu faire chanter sa maîtresse, elle, une orpheline seule au monde... à cette époque, que le jeune maître profite d'une jeune servante était presque une tradition.

– À moins que Madame Lilla n'ait été obsédée par la peur qu'Orazio et Vincenzo ne finissent comme leur père, essayez d'y réfléchir, lui fit remarquer le père Arena.

– Des maladies vénériennes...» Le docteur avait compris.

«Exactement, elle avait trouvé pour son fils aîné la pute propre à domicile, si vous me permettez l'expression, qui pouvait toutefois refuser ses services... c'est en cela que consistait le pouvoir de l'Amandière.

– J'exclus la possibilité que l'Amandière ait accepté une situation de ce genre.» Le docteur avait été révolté par la description lapidaire du père Arena.

«Docteur, moi aussi j'aimais beaucoup l'Amandière et je la respectais. Je vous répète les paroles qu'elle a prononcées elle-même, et qui ont provoqué notre désaccord.»

Ils étaient à présent hors du bourg, loin des oreilles curieuses, et discutaient librement. Le père Arena parlait avec fougue, indifférent au bégaiement qui l'étouffait de temps à autre. «Vous êtes au courant de l'avortement, que j'ignorais. Je connais les tumultes des âmes, aussi complexes que les corps que vous soignez. L'Amandière avait un esprit curieux, elle était timide et réservée et travaillait comme femme de chambre. Elle se sentait mal à l'aise avec les autres domestiques et profondément seule. Sa curiosité ne pouvait être satisfaite que par le savoir. Pour elle, Orazio constituait le seul moyen d'atteindre ce but. J'observais son bureau, aujourd'hui. Elle avait trouvé dans cette pièce le monde de ses pairs, elle, une servante sans famille, recluse dans le Palazzo Alfallipe. Et puis elle était jeune et ne craignait pas Dieu. Elle a accepté ses attentions, ou elle l'a séduit, ou bien ç'a été un amour de jeunesse réciproque, je l'ignore. Elle savait qu'elle était pour lui un passe-temps parmi tant d'autres, tandis qu'Orazio lui offrait l'unique chance d'apprendre, la liberté de pensée. La chair est faible, et elle était dénuée de scrupules religieux.

– Je comprends, murmura le docteur. Elle avait un rôle, comment dire, prophylactique, Madame Lilla lui a offert une petite bourse de pièces d'or et ne s'est pas opposée à sa stérilisation.

– Tout juste, pourvu que les désirs d'Orazio continuent d'être satisfaits par elle et non par des prostituées, convint le père Arena avec amertume. Notre dispute s'est produite parcc qu'une vieille cuisinière des Alfallipe, morte à présent, avait mauvaise conscience, et m'en avait parlé. Cette femme était de celles qui ont le feu sous leurs jupes, elle avait connu beaucoup d'hommes, mais elle craignait Dieu. Elle avait pris l'Amandière sous sa protection et lui parlait librement, y compris de certaines activités dangereuses pour la santé, et d'autres contre nature. Elle s'en repentait et craignait que la jeune fille, qui avait alors seize ans, ne finisse par les pratiquer avec Orazio. J'en ai parlé à l'Amandière, j'étais franchement inquiet. Elle m'a

257

fait une de ces scènes épouvantables qui la brouillaient avec tant de gens. Elle m'a dit que son destin était de vivre chez les Alfallipe et de servir ses maîtres. Elle ne voulait pas pourrir toute sa vie sans profiter de ce qu'elle avait à sa disposition. Orazio était gentil et la respectait, si elle disait non, il l'acceptait. C'était son travail, et elle voulait le faire bien, même en cela elle voulait progresser. Si Orazio ne s'intéressait plus à elle, il irait chercher des putes, et elle courrait le risque d'être contaminée, elle devait s'occuper de sa santé.» Le père Arena bafouillait, c'étaient des souvenirs pénibles.

Le docteur Mendicò pensait à haute voix: «Les relations ont donc continué après le mariage d'Orazio, comme le prouve son avortement. À cette époque-là j'ai eu le courage de lui en parler, en tant que médecin traitant, je voulais la dissuader de se faire stériliser, elle pouvait se marier, avoir une famille. Elle a été indignée, comme si je lui avais suggéré un adultère, elle se comportait en femme amoureuse, elle disait que c'était le seul moyen de sauver leurs relations. Au même moment, Orazio, lui, a entamé une de ses liaisons les plus passionnées, puis d'autres, comme nous le savons. Dès lors, l'Amandière s'est flétrie comme une fleur sans eau, dit-il en regardant le prêtre, et vous, vous me dites que d'après Angelo Masculo ils avaient des relations intenses les dernières années de la vie d'Orazio.

– Maintenant je comprends la transformation de l'Amandière à cette époque-là, dit le père Arena. Elle m'avait inquiété. Elle s'était renfermée sur elle-même, elle avait perdu la joie de vivre, mais pas son énergie ni sa volonté. Elle continuait seulement de participer au chœur de l'Addolorata, où je l'avais introduite toute jeune. Elle chantait bien, elle se mettait avec les religieuses, loin des regards. Elle ne semblait en paix que pendant de courtes périodes. Peut-être Orazio retournait-il auprès d'elle, entre deux maîtresses, ou peut-être les enseignements de la cuisinière étaient-ils pour lui un constant rappel, je n'en sais rien. Ou bien elle avait finalement compris qu'il n'était pas digne d'elle.

– Sans aucun doute, il n'était pas à la hauteur de l'Amandière! convint le docteur Mendicò.

– Vous savez que je lui écrivais ses lettres, reprit le père Arena. Nous étions très proches et nous nous voyions souvent, jusqu'à ce que je quitte la paroisse. Elle était reconnaissante à Orazio de lui avoir permis d'acquérir une culture artistique, littéraire, musicale. Elle se passionnait pour ses manies, elle rangeait ses collections, elle avait appris à les cataloguer, et elle lisait des textes, même ardus, pour l'aider. Elle était déçue quand Orazio abandonnait les choses à mi-chemin pour passer à une autre marotte. Je crois qu'elle a poursuivi toute seule l'étude de la céramique grecque, pendant des années. C'était la personne la plus intelligente que j'aie jamais connue.» Ils étaient maintenant sur la route municipale, presque en pleine campagne, et firent une halte, assis sur un muret de pierre.

Le père Arena poursuivit: «Elle a discuté avec moi de l'opportunité d'assumer l'administration pour sauver les Alfallipe du désastre financier, elle le ressentait comme un devoir. Elle parlait avec détachement et indulgence des aventures amoureuses d'Orazio, des cadeaux coûteux qu'il continuait à faire à ses amies, comme une épouse lassée que les trahisons ne blessent plus. Franchement, j'étais préoccupé par la lourdeur de la tâche, et j'avais peur des réactions des gens, surtout sur les terres, face à une servante qui devient administratrice. «Elle m'a dit: "Mon devoir est de les servir, et je suis capable d'y arriver. Ce n'est pas moi qui ai choisi des maîtres qui me sont inférieurs. Ils restent des maîtres, et je suis destinée à être leur servante."»

Le docteur Mendicò conclut: «Nous ne savons pas si elle l'aimait comme une épouse trahie et tolérante, ou comme une maîtresse, ou comme une servante reconnaissante d'avoir eu accès au monde de la culture. Son dévouement à Orazio est indiscutable, tout comme, me semble-t-il, la crédibilité du témoignage d'Angelo Masculo. Si elle l'a tué, elle l'a fait pour son bien.

– Que Dieu lui pardonne», ajouta le père Arena. En se rappelant qu'il était un homme, et un pécheur de surcroît, il pensa qu'il devait lui aussi demander pardon pour avoir la veille, en parlant avec Angelo Masculo, sali la mémoire d'Orazio pour protéger la réputation de l'Amandière.

«Reste le mystère de son argent, je pense parfois que c'est une histoire montée par les Alfallipe, et qu'elle avait peu d'économies, murmura le docteur.

– Puisque nous échangeons nos secrets, docteur, je vous dirai le mien. Elle était riche, et depuis longtemps. Je n'ai aucune idée d'où lui venait l'argent, mais j'ai écrit pour elle beaucoup de lettres à sa banque. Et elle était généreuse. Elle a payé les études de mon filleul pendant sept ans… personne ne le sait et elle a aidé d'autres personnes, en cachette.»

La longue promenade les avait entraînés loin. Ils retournèrent à Roccacolomba en silence, perdus dans leurs pensées.

46

La lettre d'Orazio Alfallipe à Pietro Fatta

Le président Fatta était affalé dans le fauteuil de son bureau, les jambes étendues, les bras ballants sur les accoudoirs, des feuillets dans la main droite, couverts d'une écriture minuscule et presque illisible. Il était tourné vers le balcon, le regard perdu dans le vague. Il sursauta à la voix de Lucia lui annonçant l'arrivée du père Arena. Il ramassa la lettre d'Orazio, échappée d'un des livres de D'Annunzio que Madame Risico lui avait apportés, et s'apprêta à recevoir le prêtre.

Lilla Alfallipe lui avait téléphoné pour l'informer, avec quelque embarras, qu'ils avaient reçu une deuxième lettre de l'Amandière, dans laquelle elle indiquait où se trouvaient les amphores authentiques, celles qu'ils avaient malheureusement détruites la veille en pensant que c'étaient des doubles des fausses. La tension et les récriminations entre eux étaient telles qu'ils s'étaient de nouveau disputés, et Lilla retournait à présent à Rome. Elle lui recommandait Carmela et sa mère.

Pietro Fatta était quelqu'un de discret et tranquille. En la circonstance il avait besoin d'ouvrir son cœur, de demander conseil, bref de comprendre. Il parla longuement avec le père Arena, y compris de la lettre de son ami, comme s'il se confessait. Le prêtre dit ce qu'il fallait pour le soutenir, et pas davantage. Il posa une seule question : « Dites-moi, président, vous pensez que l'Amandière était amoureuse de l'avocat ?

– Je ne sais pas, et d'après ce que m'écrit Orazio il ne le savait pas non plus, je me creuse la cervelle pour comprendre.

– N'y pensez pas, nous ne le saurons jamais, ce qui est passé est passé, paix à leur âme à tous les deux», conclut le prêtre, et ils allèrent ensemble sur la terrasse attendre que le déjeuner soit servi.

Quand le père Arena eut pris congé, Pietro Fatta relut la lettre.

Très cher Pietro,

Tu recevras cette lettre après ma mort et celle de la femme pour qui je t'ai menti. Au seuil de la vieillesse, j'ai trouvé le bonheur dans la rencontre extraordinaire avec celle qui est près de moi depuis toujours, fidèle lare protecteur et muse de mes longues années de léthargie. Elle n'a pas voulu que je te parle de notre amour, mais elle me permet de te l'écrire. Je rétablis donc, à titre posthume, l'intense communion d'esprit qui a caractérisé notre amitié et qui nous a rendu supportable, et agréable, la vie à Roccacolomba.

J'ai mené une existence paresseuse où je fuyais les responsabilités, en hobereau salonnard de province, j'ai dilapidé par incurie et prodigalité le patrimoine familial. J'ai eu de nombreuses maîtresses, ce que tu sais. J'ai cultivé mes goûts littéraires, artistiques et musicaux avec inconstance et de façon superficielle en jouissant de ma réputation imméritée d'homme cultivé. Je meurs en ayant vécu une vie dont on pourrait être satisfait, mais nullement fier. Tout cela m'a été possible grâce au dévouement inlassable de la femme que j'aime.

Je te l'ai décrite comme l'adolescente qui m'a initié à la jouissance charnelle; elle a assumé plus tard le rôle de la femme avec qui, toujours et seulement quand m'en prenait l'envie, je reprenais une relation exclusivement sexuelle, à notre totale satisfaction mutuelle.

Je te l'ai aussi décrite comme l'administratrice adroite et honnête de mon patrimoine, ma précieuse assistante dans le classement de mes collections, ma complice dans l'échafaudage de mensonges pour couvrir mes aventures extra-conjugales, l'unique être qui ne m'a jamais rien demandé et a exaucé tous mes désirs. Tu sais que j'avais en elle une confiance aveugle, et avec raison. Pendant près de trente ans nous avons été en contact quotidien, dans nos rôles respectifs de maître et de servante. Il y a cinq ans seulement, j'ai compris que je l'avais toujours aimée, les autres femmes pâlissent devant elle.

Par le passé, nous avons discuté toi et moi dans les plus petits détails de mes relations, de la séduction et de la conquête de la femme: c'était notre plaisir complice. Je n'ose profaner de cette façon mon véritable amour. Au nom de l'affection qui nous lie, je me sens le devoir de te décrire mon amour de jeunesse et celui que j'ai retrouvé étant vieux, je sais que tu comprendras le reste.

Nous avions respectivement treize et dix-sept ans, la séduction a été mutuelle et progressive. Dans la brume de mes souvenirs je pense qu'elle avait déjà perçu son attirance pour moi comme une prédestination inéluctable, doublée de la curiosité de l'esprit et des sens qui était un élément essentiel de sa nature. Au début je considérais notre rencontre comme un jeu léger et sensuel, puis c'est devenu de l'amour et ensuite une forte passion physique.

C'était au début des longues vacances scolaires, j'avais l'enthousiasme du possesseur néophyte d'une paire de jumelles à prismes. Je montais sur la terrasse de la buanderie, la plus haute de la maison, et je regardais le paysage, j'explorais les rues, les terrasses et les balcons de Roccacolomba. Je m'instal-

263

lais dans le coin le plus caché de la terrasse, protégé et séparé des blanchisseuses par les multiples rangées de draps étendus à sécher.

C'était une journée particulièrement venteuse. Le linge se gonflait au vent, se tortillait sous ses bouffées capricieuses, se retournait sous ses rafales et claquait avec fracas. Quand le vent changeait, les cordelettes qui attachaient draps et serviettes au fil de fer couraient d'une extrémité à l'autre et s'entassaient en un énorme enchevêtrement blanc et flottant. Je regardais, sous le charme, c'était une métamorphose de la nature, le ciel ressemblait à une mer démontée, des troupeaux de nuages crénelés le traversaient au galop, comme l'écume rageuse de grosses vagues enflées, les draps étaient les voiles de vaisseaux en péril rassemblés pour se protéger de la fureur des éléments.

Une brusque saute de vent a ouvert une trouée entre les rangées de linge. Je l'ai vue, mince et menue, elle lavait dans le baquet de bois. Ignorante de ma présence et résistant aux rafales violentes elle poursuivait sa tâche avec vigueur et concentration. Elle foulait de ses poings serrés la masse de linge plongée dans l'eau savonneuse, tordait chaque pièce puis la redéployait et la frottait en cadence sur la planche inclinée, la battait contre les cannelures, sans se soucier du vent qui ébouriffait et gonflait ses cheveux bouclés, en longues mèches qui dansaient comme les tentacules d'une anémone de mer. Je me suis recroquevillé par terre pour ne pas me faire remarquer. Elle portait une combinaison claire, mouillée par les éclaboussures. J'ai braqué les jumelles sur elle, envoûté par le mouvement rythmique de son corps, par ses petits seins qui pointaient et par ses jeunes bras harmonieux. Elle était belle. Elle m'a aperçu et s'est éloignée du baquet avec un hurlement pour rentrer dans la buanderie. Elle est revenue peu après

264

vêtue de son uniforme gris de femme de chambre et s'est remise à laver. J'ai abandonné mes jumelles, mais je n'arrivais pas à détacher mon regard. *Pendant ce temps, imperturbable, elle continuait son travail, elle était passée à un baquet ovale dans lequel elle plongeait le linge entortillé puis le rinçait énergiquement.* Elle a répété deux fois l'opération, en jetant l'eau par terre, elle se penchait pour soulever les cruches d'eau propre afin de le remplir, puis elle rinçait de nouveau le linge en me lançant de temps en temps de longs regards obliques. Le vent s'était calmé. Elle s'est alors avancée entre les rangées de draps pour les remettre en place. Elle défaisait les enchevêtrements qui s'étaient formés, puis elle défroissait le linge en le secouant, le rattachait solidement au fil de fer, en regardant le ciel-mer redevenu lui-même, d'un bleu intense et lumineux, sillonné de nuages moelleux comme de la ouate. Arrivée à la dernière rangée elle a abaissé les yeux vers moi, j'étais encore recroquevillé dans mon coin. Elle m'a observé avec circonspection, mais sans crainte.

«Qu'est-ce que c'est?» a-t-elle demandé en montrant les jumelles. Je les lui ai tendues. Elle les a prises, elle les tournait dans tous les sens et cherchait à regarder du mauvais côté. Elle a dit: «Montre-moi comment on regarde.» Elle avait une voix gutturale et le lourd accent des gens de la campagne. Je me suis levé et j'ai obéi. Elle m'a permis de tenir les jumelles devant ses yeux, pour les régler. Il émanait d'elle une odeur âcre de lessive qui m'enivrait, et pourtant je n'osais pas la toucher, je la sentais tendue. J'avais les bras ouverts autour de ses épaules et pendant que je lui indiquais où braquer l'instrument et que je tournais les molettes, je ne l'ai pas effleurée une seule fois.

Elle s'est emparée des jumelles et s'est mise à aller et venir sur la terrasse, elle les braquait à droite et à gauche, muette.

Quand elle me les a rendues, elle m'a demandé: «Comment ça marche?» Je lui ai expliqué les mouvements des molettes. «Ça je comprends, mais comment ça marche, qu'est-ce qu'il y a dedans, et comment ça rapproche les choses des yeux?» Je n'avais pas de réponse toute prête.

«Lis-le dans les livres et après tu me le diras, je ne sais pas lire et je n'ai pas de livres.» Et elle est retournée rincer le linge. J'ai quitté la terrasse avant qu'elle ait terminé la lessive, et en passant près d'elle je me suis arrêté. Elle continuait à fouler le linge, mais elle avait tourné la tête vers moi et attendait que je lui parle. Je lui ai demandé si ma présence la dérangeait. Sa seule réponse a été: «Tu es le maître et tu peux faire ce que tu veux, moi, ici, je suis servante.» J'ai continué vers la porte, et quand j'allais monter l'escalier elle m'a crié: «Si tu dois revenir, rappelle-toi de trouver dans le livre comment cette chose marche.»

J'y suis retourné plusieurs fois. Elle continuait de laver en uniforme, même les jours de chaleur, et restait prudente, elle s'accordait cependant des pauses pour regarder avec les jumelles, observer les rayons de lumière à travers le prisme. Un jour j'ai même fait une expérience avec des miroirs et nous avons réussi à enflammer des fétus de paille: j'avais bien étudié la matière pour répondre à ses questions.

Je m'étais lancé dans le dessin; un jour je lui ai demandé si je pouvais faire un croquis pendant qu'elle lavait. Elle m'a donné sa réponse habituelle: «Tu es le maître et moi la servante.» Elle a examiné mes tentatives et s'est montrée critique. Elle m'a fait remarquer que j'avais raté l'attache des bras aux épaules. J'ai osé suggérer que si elle avait porté seulement sa combinaison j'aurais pu mieux dessiner. «Non, il faudrait que je ne bouge pas, je suis ici pour travailler. Va dans le salon rouge, il y a un tableau à côté de la cheminée. Regarde-le, à *gauche il y a une femme dans cette position, va regarder, et apprends.»* Elle avait raison, le mouvement dans le tableau était identique. Je lui ai apporté le dessin corrigé. Elle a ri : *«Tu n'es pas fort, attends.»* Elle a fermé la porte de la buanderie de l'intérieur, elle a ôté son uniforme et elle est restée en combinaison dans la pose requise. Puis elle s'est rhabillée et a continué son travail, sans enlever le cadenas de la porte.

Nos rencontres, jamais concertées, sont devenues fréquentes. Je ne sais pas comment elle avait fait pour s'organiser de manière à être seule, mais elle avait réussi. Je la dessinais, dans des poses chastes et conventionnelles. Je l'aidais à prendre la position désirée, et peu à peu je me suis enhardi à toucher ses bras, son cou. Je n'étais pas repoussé, mais pas encouragé non plus.

Pendant les vacances de Noël, j'ai voulu ranger une des bibliothèques de mon bureau. On m'a affecté deux femmes de chambre pour m'aider. Un jour, l'Amandière était la seule disponible. Nous avons travaillé ensemble en silence, comme si nous n'avions pas d'autres relations que le travail. Elle était montée sur l'échelle de bibliothèque, je lui tendais les volumes destinés aux rayons d'en haut. À un moment donné elle s'est assise sur le dernier échelon, en attendant que je lui passe les livres. Je voyais par en dessous ses jambes découvertes, sa jupe s'était relevée derrière quand elle s'était assise. Je suis resté à la regarder, figé et gonflé. Elle s'en est rendu compte, elle m'a regardé elle aussi sans bouger. J'ai eu la force de dire seulement : «Descends.» Nous nous sommes aimés pour la première fois. Depuis ce jour-là le bureau est resté le lieu de notre intimité.

J'avais découvert l'assouvissement des sens sans engagement ni culpabilité, avec une femme qui ne demandait pas d'explications et n'exigeait rien. Nos relations étaient fondées sur l'égalité entre homme et femme dans l'étreinte amoureuse, dont le but était la jouissance des deux. L'initiative ne venait que de moi, et elle n'était pas toujours disposée, même si elle se refusait rarement. Parfois je ne la recherchais pas pendant de longues périodes, des années entières, parfois nos rapports étaient fréquents. *C'était une entente paisible et secrète, sans implication sentimentale visible de l'un ou de l'autre, à ce que je croyais, et tu étais au courant.*

*Il y a cinq ans j'ai invité chez moi pour le dîner ma maîtresse de longue date, dont elle connaissait l'existence. Après avoir servi à table, elle a offensé ma femme et ma maîtresse, intentionnellement, et gâché la soirée. C'était la première fois qu'elle se conduisait de cette façon. J'étais furieux et j'ai décidé de monter dans sa chambre pour la réprimander, chose que je n'avais jamais faite auparavant. Je me sentais trahi et humilié. Je montais l'escalier en colimaçon de l'entresol pour la première fois de ma vie, je pressentais que c'était un moment important, je pensais la renvoyer tellement j'étais en colère. Je me suis retrouvé dans un corridor obscur. J'entendais une musique lointaine. C'était la fin du troisième acte d'*Aïda. *Au hautbois de l'andantino répondait la voix de la Callas.* Fuggiam gli ardori inospiti di queste lande ignude. *J'étais étourdi. Immobile. J'écoutais. Je me suis retrouvé accroupi contre le mur le long duquel mon dos avait glissé sans trouver de résistance.* Là tra foreste vergini. *La musique continuait à se répandre en tournoyant, elle emplissait tout le corridor, elle appuyait contre les murs qui s'entrouvraient et transformait cet espace réduit en un paysage nocturne, humide et velouté, légèrement parfumé.* Io son disonorato. *J'étais pris dans un tourbillon de sensations contradictoires, je me sentais littéralement au bord de l'évanouissement. Je sentais grandir dans ma poitrine un émerveillement qui m'anéantissait : je n'avais jamais pensé qu'elle avait une âme.*

La porte de la chambre du fond s'est ouverte soudain, la musique glissait dans le corridor. Une autre porte s'est ouverte et refermée. J'entendais de l'eau couler, elle était dans la salle de bains. Elle en est sortie peu après, et je l'ai vue en pleine lumière avant qu'elle n'éteigne et s'enferme de nouveau dans sa chambre. Elle ne portait qu'un peignoir, ouvert devant, elle m'a paru très belle, le visage serein encadré de ses longs cheveux dénoués. Je me suis approché de sa porte, je désirais ardemment entrer, mais je n'en avais pas le courage, je craignais qu'elle me chasse, c'était moi le transgresseur. Radamès. Io son disonorato.

Je suis resté contre le mur. Elle s'était levée pour retourner le disque, ses pas ont fait craquer le parquet et la porte s'est entrouverte. Già i sacerdoti adunansi. *J'avais peur que la porte se referme, mais l'Amandière s'était peut-être rendormie. J'ai attendu encore, puis j'ai poussé lentement la porte, qui s'est ouverte en grinçant.* Discolpati. *La lumière blême de la lune tombait sur le lit où elle était couchée sous un drap léger. J'écoutais sur le seuil, le regard fixé sur elle.* Discolpati. *Elle s'était couvert le visage de son bras replié, je ne savais pas si elle était éveillée ou si elle dormait. Je pleurais, sans m'en rendre compte. Elle s'en est aperçue et a tourné la tête vers moi.* «Ne pleure pas, écoute», *a-t-elle dit, puis elle a de nouveau couvert son visage et repris la même position. Et j'ai écouté, j'ai écouté jusqu'à ce que le bras du tourne-disque s'immobilise sur la platine.*

J'étais comme paralysé.

Elle a demandé: «Qu'est-ce que tu veux?

– Je peux rester?

– Non, demain je dois me lever pour travailler, va te coucher, il est tard pour tout le monde.»

Cette nuit-là j'ai sangloté longtemps sur le canapé de nos rencontres, dans mon bureau. À l'aube j'ai écrit une lettre de rupture à ma maîtresse. Je l'ai revue le lendemain, elle me servait le café comme s'il ne s'était rien passé. Elle portait son tablier gris, ses cheveux étaient tirés et noués en chignon, sa coiffure de toujours, elle apparaissait dénuée de grâce et de sensibilité. Même ainsi, je l'aimais. J'étais troublé et craintif comme un adolescent à son premier amour, hésitant sur le geste à faire, dans l'attente pleine d'espoir d'un encouragement de sa bien-aimée. Elle l'a probablement compris, puisqu'elle m'a dit cette phrase laconique : «Si vous voulez, vous pouvez aller dans le bureau, après le déjeuner.» Depuis ce jour j'ai trouvé le bonheur.

Je vis pour les quelques heures d'intimité qu'il nous est permis de partager et pour nos études. J'aurais fait n'importe quoi pour que nous puissions vivre ensemble, seuls, pour toujours. J'aurais abandonné maison et famille. Elle m'en a empêché. Je craignais au début que mon amour ne soit pas payé de retour, que les longues années où je l'avais négligée n'aient tout détruit. Mais elle soutenait que nous étions différents : les maîtres voient la vie d'une certaine manière et les «servantes» d'une autre, toute son existence démontre ses sentiments pour moi, mais elle ne peut pas dire «je t'aime.» Elle avait la certitude que nous nous retrouverions, mais elle ne savait pas quand ; pour moi elle a étudié toute seule l'art grec de façon approfondie, elle m'a même dépassé. Elle m'a permis d'utiliser le pseudonyme de «monsieur L'Amandière» dans ma correspondance avec les experts, alors que j'aurais tant désiré que nos noms soient unis publiquement. Seule la collection de céramiques grecques restera le témoin muet de notre passion pour l'art et de notre histoire.

Je meurs avec l'immense regret que les gens ne connaîtront pas
les dons extraordinaires de cette femme et mon amour pour elle.

Pietro Fatta se leva péniblement de son fauteuil, les feuillets à la main. Il paraissait écrasé par l'émotion. Il chercha des allumettes dans le tiroir de son bureau, puis il traversa la pièce à pas mesurés et sans faire de bruit. Cette année-là au Palazzo Fatta la cheminée fut allumée plus tôt que d'habitude.

47

Dans la loge de don Vito Militello on commente la situation

Lucia avait fait le marché pour les Fatta en vitesse, de façon à pouvoir faire un saut chez son oncle don Paolino et sa tante Mimma sans éveiller la curiosité de l'autre domestique. Don Paolino était chez lui, sa tante était allée chez le cordonnier récupérer ses chaussures ressemelées. «Elle a sûrement été à la chasse aux potins, la boutique de zí Giacomo est dans la ruelle des Gozzi, dit don Paolino, ne l'attends pas, elle y restera des heures et aujourd'hui encore je n'aurai pas de repas chaud.» Oncle et nièce se mirent mutuellement au courant des malheurs des Alfallipe et Lucia rentra chez elle en jubilant. Cette histoire était plus passionnante que le feuilleton télévisé qu'elle était autorisée à regarder, de loin, chez les Fatta, sur une chaise collée au mur, pendant que Madame était assise au premier rang, pour ainsi dire, dans son fauteuil confortable, devant le nouveau téléviseur.

Donna Mimma rentra tard, sans ses chaussures. «Il n'a pas eu le temps de travailler, le pauvre, d'abord avec cette folie des Alfallipe, ensuite il a dû raconter et expliquer à tous ceux qui se précipitaient dans sa boutique, tout le monde voulait qu'il répète ce qu'il avait entendu.

– Et qu'est-ce que c'était?

– Ils s'en prenaient à la pauvre Amandière, et ce qu'ils disaient... c'était à faire dresser les cheveux sur la tête. Ils la traitaient de voleuse, de malhonnête, et même de pute, et entre eux, frère et sœurs, beaux-frères et belles-sœurs, ils se disaient des méchancetés. Allons manger chez ma sœur Enza, nous en saurons davantage!»

Dans la loge du Palazzo Ceffalia ils parlèrent tous les quatre très vite, en profitant de l'absence de visiteurs. Donna Enza, ce matin-là, était montée au premier pour aider les femmes de chambre à ranger le cagibi de la baronne en espérant attraper au vol quelque ragot. Elle avait été récompensée, la maîtresse avait d'autres nouvelles: le jardin des Parrino et la voiture de l'employé des postes Gaspare Risico avaient été endommagés: «À titre d'avertissement», selon la baronne, à laquelle elle avait beaucoup parlé, et en mal, de l'Amandière.

«On la voyait peu à l'église, seulement aux messes chantées, mais elle devait avoir un saint très spécial qui la protégeait, disait donna Enza.

– Oui, un saint en pantalon avec casquette et fusil, ajouta don Vito, tandis que les Alfallipe doivent être maudits, rien ne leur réussit. Santa est passée il y a un instant, elle dit qu'hier ils ont cassé tout ce qu'il y avait à casser dans le bureau de l'avocat et qu'ils se sont battus, aujourd'hui ils ont reçu une lettre disant qu'ils ont cassé les mauvais objets, et ils se sont de nouveau battus, en somme ce sont tous des vauriens, et en plus ils s'en prennent à l'Amandière.»

Malgré l'abondance de détails sur la dispute des Alfallipe, on parlait moins alentour des vases brisés et de leur origine. Mais don Paolino, lui, y revenait encore. «S'ils ont emporté ces vases au musée, c'est qu'ils les croyaient vrais et de valeur. Ils devaient appartenir à l'Amandière, donc c'est sûrement elle qui leur a ordonné de le faire, je me souviens qu'ils disaient que c'était une farce de sa part. Elle n'était pas du genre à faire des plaisanteries, ni de farces, ça ne l'aurait pas fait rire. Les vases étaient peut-être vrais, et ils ont mal lu, ou bien les gens du musée se sont trompés quand ils ont écrit cette lettre.

– Pourquoi s'en prendre à elle si elle avait fait une erreur sur les vases, elle n'était pas professeur. Mais elle en savait assez pour être domestique, disait donna Enza.

– Non, tu te trompes, Enza, dit don Paolino, à l'époque des fouilles de la villa Casale, l'avocat était jeune et il s'est pris de passion pour les choses antiques des Grecs, il s'est même mis à fouiller près de Cannelli, une belle propriété qu'ils ont vendue, on disait que sous terre il y avait toute une ville antique. Il trouvait des poteries cassées et les emportait chez lui. Cette pauvre Amandière devait travailler dessus la nuit, la table de la pièce à côté du bureau ressemblait à une mosaïque, tous les morceaux étaient mis là, c'était un casse-tête, mais elle avait l'œil, et elle y arrivait, elle les collait et ils avaient l'air parfait. Ensuite l'avocat a eu une nouvelle manie, et les poteries ne l'ont plus intéressé, mais l'Amandière s'amusait à réparer les anciennes, il en restait beaucoup, je l'ai même vue regarder des livres avec des photos, ils lui plaisaient.

– Pauvre femme, elle s'amusait avec des poteries

cassées, quelle vie pitoyable, remarqua don Vito. À propos, tu sais que don Luigi Vicari est mort ce matin ?»

Don Paolino tressaillit. «Il vivait encore ?

– Oui, il avait quatre-vingt-dix ans et des poussières, c'est son petit-fils qui me l'a dit, il est passé à la loge mercredi, je lui racontais l'enterrement. Il disait qu'il avait encore toute sa tête, mais qu'il était toujours au lit, et puis il est mort dans son sommeil. Une belle mort.

– Comment ça belle, sa fille me disait que depuis jeudi dernier il délirait, il avait peur qu'on le tue... il est mort de peur, il divaguait, le malheureux, dit donna Enza.

– Ah, ça arrive... mais il avait ouvert boutique et il est devenu riche, commenta don Paolino. Je vous dis que dorénavant on ne parlera plus de l'Amandière et des Alfallipe, on oubliera ce qu'on a dit et à Roccacolomba le nom d'Alfallipe disparaîtra, ils partiront tous. À condition qu'ils ne nous mettent pas dehors de chez nous, ça me va très bien.»

Don Vito était de son avis. «J'en ai entendu des vertes et des pas mûres dans cette loge sur cette pauvre femme, il n'y a rien d'autre à inventer sur elle. Les gens parlent beaucoup et comprennent peu.» Il se mit à énumérer les histoires en les comptant sur les doigts de sa main gauche. «À commencer par son père, on disait même qu'elle était la fille naturelle d'un mafioso qui l'a fait élever chez les Alfallipe pour avoir une informatrice dans la place, mais certains disaient qu'elle était la fille du prince di Brogli, et que maître Alfallipe l'avait prise pour faire taire les rumeurs, et qu'elle avait une belle dot, offerte par le prince, d'autres disaient qu'elle était la fille de maître Gianni Alfallipe, et que Madame Lilla, Dieu ait son âme, a dû supporter cette humiliation, qu'elle l'a prise chez elle :

274

c'était donc la sœur d'Orazio Alfallipe, qui pour cette raison lui avait donné tant de pouvoir à la maison. Bref, elle était la fille de tout le monde, sauf de son pauvre diable de père, Luigi Inzerillo, et personne ne dit qu'elle avait les dents en dehors comme lui, et aussi ses yeux, il suffisait de les regarder pour savoir qu'ils étaient père et fille, elle était le portrait craché de son père !

« Et l'Amandière elle-même, elle était vieille fille, et on lui a collé des enfants. Il y en a qui disent que le filleul du père Arena n'est pas l'enfant de sa servante, mais de l'Amandière, et qu'elle lui payait ses études, d'autres qui disent que ses soi-disant neveux, ceux du continent, sont ses fils, qu'elle a eus avec des hommes dont on ne peut pas parler, et que c'est pour ça qu'ils ne mettent pas les pieds à Roccacolomba…

– Nous ne savons à peu près rien sur elle, conclut don Paolino, c'est comme ça. Le fait est qu'elle travaillait bien et qu'elle aimait commander, et c'est de là que sont venus tous les problèmes. Les maîtres aiment avoir de bons employés, mais ils n'aiment pas être commandés. S'ils l'avaient écoutée, ils seraient encore beaucoup plus riches, mais nous, nous restons toujours pauvres et humiliés, même morts. »

Mercredi 23 octobre 1963

48

Don Vincenzo Ancona est impoli avec sa femme

Assis sur une chaise de paille posée en biais devant la table de la cuisine, prêt à vaquer à ses occupations le matin du mercredi 23 octobre, don Vincenzo Ancona buvait son premier café de la journée en silence, servi par sa femme. C'était le moment où il se préparait à son travail en récapitulant mentalement l'avant et l'après, le passé récent et le futur immédiat. Malgré ses quatre-vingt-un ans et sa corpulence, don Vincenzo jouissait d'une bonne santé ; mais surtout il avait conservé une mémoire d'éléphant, essentielle pour lui qui lisait et écrivait avec difficulté. Sa femme interrompit le cours de ses pensées : « On m'a dit que le mois dernier tu es allé à l'enterrement d'une certaine Inzerillo. Aujourd'hui c'est le trentième jour après sa mort. Qui était-ce ?

– Tu ne dois pas me poser ce genre de questions, occupe-toi de tes affaires, pense à tes enfants scélérats et va-t-en ! » Don Vincenzo jeta sa tasse de café sur la table en éclaboussant la toile cirée et sortit de la cuisine à pas pesants. Deux hommes l'attendaient dans l'entrée. Sur un signe de lui ils se hâtèrent de l'aider à mettre sa veste et lui ouvrirent la porte de la rue, toujours en silence. Sa voiture, une Alfa Romeo Giulietta noire, était prête, le chauffeur attendant de mettre le moteur en marche pour le long voyage vers la capitale.

Don Vincenzo resta taciturne et de très mauvaise humeur durant tout le trajet, il refusa même de faire une halte au relais habituel pour prendre un autre café et donna l'ordre de foncer. La voiture filait sur la route sinueuse, descendait de la montagne, remontait et descendait de nouveau sur les pentes en s'ouvrant la voie à coup de klaxon, ignorant les limitations de vitesse. Le chauffeur conduisait avec l'assurance de ceux qui se sentent le droit de faire ce qui leur plaît. Cette assurance incarnait une tradition de pouvoir et de violence avec laquelle routes, villages, individus ont une sorte de familiarité sans résignation, jointe à une confiance consciemment distraite qui ne cesse de monter et descendre comme un rideau. Ils traversaient les montagnes qui avaient été les immenses domaines des princes di Brogli, dont les Ancona avaient été les chefs de mafia pendant des générations. Pour don Vincenzo ce parcours était chargé de souvenirs et de nostalgie. Il lui rappelait sa jeunesse, quand son père, don Giovanni Ancona, lui apprenait le métier qu'il allait lui transmettre, tout comme son père l'avait fait avec lui : comme les titres de noblesse, toujours au premier-né.

Sauf que don Vincenzo n'eut pas cette satisfaction : elle lui avait été refusée à cause de l'imbécillité de son unique fils, qui avait enfreint les règles de l'honorable société, par faiblesse de la chair, intolérable chez un mafioso. Certes, ce fils avait fait carrière et était toujours un homme d'honneur, mais il avait dû réussir hors de Sicile et son père avait été privé du réconfort et de la satisfaction de le garder près de lui et de le voir lui succéder. Un faible, voilà ce qu'il était, et de son propre sang! Ils passèrent par les terres Canneli, où il avait commis le forfait qui avait changé sa vie. Don Vincenzo laissa échapper un juron: «Maudites soient les mains de Dieu!» Ses compagnons de voyage sursautèrent et le regardèrent, le chauffeur ralentit, inquiet. «Allez-y, je pensais à mes affaires», ordonna don Vincenzo, et il se renversa en arrière, se laissa aller contre le dossier, y appuya la tête, mit ses lunettes de soleil et garda les yeux sur la route.

Les souvenirs l'assaillirent. La «chose» qui avait changé la vie de son fils et avait causé une immense douleur à lui et à sa femme était arrivée plus de quarante ans plus tôt, mais c'était comme si elle s'était passée la veille. Son père était mort quand il était encore tout jeune, mais don Vincenzo avait beaucoup appris et il était parfaitement en mesure de prendre sa place, régisseur fictif des domaines des princes di Brogli pour les autorités, et chef de mafia indiscuté sur leurs terres et les terres limitrophes, appartenant à des familles de la bourgeoisie et de la petite aristocratie. Il était respecté et craint à juste titre, même en dehors de la province, on savait que c'était un homme d'une grande intégrité, inattaquable, clairvoyant et prêt à encourager de nouvelles activités.

Père affectueux et mari fidèle, il adorait son Giovannino, si intelligent, si vif, et digne de lui succéder. Il était fier de lui comme seul un père sait l'être: il le trouvait beau et fort, percevait sa virilité impétueuse et sentait encore plus profondément une habileté, un orgueil, une détermination et aussi une arrogance qui combinés à un vague sens des affaires lui permettraient d'affronter la «modernité» dont lui-même n'avait que l'intuition.

Don Vincenzo savait que les temps avaient changé

pour tous et que la mafia devait s'adapter, pénétrer le nouvel ordre social et politique afin de le plier à ses fins; il savait que ce tournant aurait des répercussions profondes, quelques-unes graves, et que certains aspects du code transmis de père en fils auquel il demeurait attaché avec nostalgie tomberaient d'abord en désuétude et finalement dans l'oubli. Il en souffrait car cette insistance de l'honorable société sur une conduite sévère, rigide et donc prévisible avait constitué l'un des piliers de son succès: unis dans la terreur de la vengeance assurée contre quiconque ne respectait pas le code d'honneur ou osait se rebeller contre les abus, les hommes d'honneur et les autres, indistinctement, voyaient dans ce comportement une manifestation d'intégrité et même de justice de la part du pouvoir mafieux.

Don Vincenzo appréciait ce double rôle de juge et de justicier, bien qu'il en connût parfaitement la fausseté; c'était à lui et à lui seul de l'enseigner à son fils, car il était convaincu de pouvoir lui laisser en héritage une «éducation convenable».

L'initiation de son fils impliquait que don Vincenzo l'emmène sur les domaines durant la période des récoltes afin que tous, maîtres et paysans, le connaissent et qu'il apprenne à traiter les gens comme il convient. En ce matin de mai ils étaient descendus à cheval dans la grande amandaie du prince entourant la ferme du domaine. Les garçons fouettaient les branches des amandiers avec des gaules souples, implacables avec les fruits mais délicates avec l'arbre, pendant qu'une grêle d'amandes vertes et pulpeuses, à l'écorce à peine durcie, tombait à terre comme des olives géantes. Ils étaient suivis à distance par l'équipe des ramasseuses à quatre pattes, à genoux, comme des fourmis; filles et garçons étaient surveillés les uns par un messier et les autres par la vieille surveillante, qui avait le droit et le devoir de gronder les gauleurs s'ils osaient introduire des mots hardis et enjôleurs dans les strophes des très anciennes improvisations. On ramassait rarement les amandes en silence. Ils chantaient tous en se répondant, c'était une activité calme et ordonnée, elle marquait le passage de la fin du printemps à l'été, quand la nourriture devenait plus abondante pour tous.

Ce jour-là, don Vincenzo eut la malheureuse idée de laisser son fils avec les ramasseuses qui travaillaient autour de la ferme, pendant qu'il allait à l'abreuvoir, à l'autre bout de l'amandaie. Un chef de mafia doit être vu et surtout voir et entendre, toujours en alerte. Observer la circulation de l'eau, écouter les conversations des paysans et des garçons qui remplissaient les cruches pour les emporter chez eux était une surveillance agréable et nécessaire. Il allait manger du pain et du fromage avec eux et revenir dans l'après-midi pour retourner ensuite au bourg avec son fils.

Vers deux heures il fut rejoint par un paysan de la ferme, Luigi Vicari, monté sur sa mule. Ils se parlèrent un instant et partirent aussitôt ensemble, en gardant leur monture au pas tant qu'ils restèrent en vue des abreuvoirs, puis au trot vers la ferme. Don Vincenzo aurait voulu prendre le galop, mais il ne voulait pas se faire remarquer, même les mottes de terre ont des yeux et des oreilles. Il arriva à la ferme, elle semblait déserte et tranquille comme si rien ne s'était passé: les ramasseuses poursuivaient leur tâche, les gauleurs chantaient, les paysans étaient aux champs, c'était une journée tiède et lumineuse.

Ils entrèrent chez le paysan, et alors seulement il apprit en détail ce qui était arrivé, raconté à voix basse. Don

Vincenzo refusa le verre d'eau qui lui était offert et écouta. Environ une heure plus tôt la femme de Luigi Vicari était allée nettoyer le poulailler, près de la grange. C'est alors qu'elle avait entendu des hurlements de femme: «Au secours, il va me tuer!» puis le silence; peu après les hurlements avaient repris. Elle n'avait aucune idée de qui pouvait être là, il n'y avait pas eu de visites d'étrangers. Elle appela son mari et ils coururent ensemble à la grange, qui servait de dortoir aux ramasseuses. Ils virent un enchevêtrement de jambes et de bras. Giovannino Ancona était dans la paille, le pantalon baissé, sur une fille qui se démenait et lançait des coups de pieds; dans son ardeur il ne remarqua pas leur arrivée. Cette diablesse en revanche les vit, elle mordit la main qui lui couvrait la bouche et se remit à hurler. Ils les séparèrent. Luigi Vicari calma le garçon et l'envoya dans l'étable à vaches, où il y avait une cache, et il y était toujours. «Je lui ai apporté un peu d'eau mais il ne veut pas manger, et la blessure n'est pas grave», dit le paysan, craignant la colère de don Vincenzo qui l'écoutait en le regardant de travers, impassible.

«Et la fille, où est-elle? demanda-t-il.

– Elle est ici, chez moi, ma femme est restée avec elle.» Il fit un signe en direction de l'autre pièce. «Elle n'a plus crié et personne ne sait rien, ils sont tous encore en train de travailler.

– Appelez-moi votre femme», le somma don Vincenzo. La paysanne était bouleversée, elle essayait de se donner une contenance devant un homme aussi important et aussi redouté, on voyait qu'elle venait à peine de cesser de pleurer. «Dites-moi ce qui est arrivé», lui ordonna-t-il, et tournant la tête vers son mari il ajouta: «Luigi, je vous remercie tous les deux pour votre intervention, et je m'en souviendrai, maintenant allez dire à mon fils de se nettoyer, prenez sa jument et faites-la boire ainsi que la mienne, parce que nous partirons tout de suite.»

Resté seul avec la paysanne, il lui demanda de nouveau de raconter par le menu ce qu'elle avait vu, qui était la fille et comment elle allait, sans honte, avec tous les détails. La femme n'y parvint pas. Elle parla en pleurant, en invoquant tous les saints et son mari, qui pouvait toujours expliquer mieux qu'elle, qui n'était qu'une femme de la campagne et n'avait jamais vu de choses pareilles: don Vincenzo comprit tout de suite qu'il s'agissait bel et bien de violence charnelle. Don Vincenzo connaissait l'Amandière, et aussi son fils.

«Vous la connaissez bien?» demanda-t-il. La paysanne réussit à vaincre son embarras et lui assura, en jurant sur l'âme de tous les saints, sur la tombe de son père et sur la tête de ses enfants, qu'elle était demoiselle, et que son comportement le confirmait: depuis qu'ils l'avaient arrachée à son fils, elle n'avait pu que la faire entrer dans sa chambre où elle s'était jetée par terre, elle gémissait, rien d'autre, elle était encore barbouillée de sang sur ses vêtements et entre les cuisses, elle avait même refusé une gorgée d'eau, elle était innocente.

«Je la connais mieux que les autres, parce qu'elle vient travailler depuis plusieurs années. Ses parents sont très pauvres, elle ne mange même pas sa ration et l'emporte chez elle, ils font la faim. Nous l'aimons tous beaucoup et régulièrement nous lui laissons deux œufs, des légumes, un morceau de fromage, cachés dans la grange; si je les lui donne face à face devant les autres elle a honte et elle refuse, alors nous faisons comme ça: nous les mettons dans un creux du mur de la grange où elle cache ses provisions, elle le sait, et elle les garde. Ce matin même, pendant qu'elle ramassait les amandes, mon mari lui a dit qu'il y avait quelque chose dans la grange, et elle était si contente... mais on voit bien qu'elle est fière et elle ne demande jamais rien.

«Je ne sais pas pourquoi elle est allée dans la grange à l'heure du déjeuner, je pense qu'elle est revenue pour remplir la cruche d'eau fraîche, j'ai vu la cruche dans un coin, et je ne sais pas non plus pourquoi votre fils est venu.» La pauvre était terrorisée et ne voulait pas accuser le fils d'un chef de la mafia d'un acte aussi bas que rare chez un mafioso.

Don Vincenzo dit: «D'après vous, c'est un viol ou pas?»

La femme se remit à pleurer doucement et ne répondit pas.

«Parlez, c'est un viol ou pas? répéta don Vincenzo sur un ton impérieux mais sans élever la voix.

— Vous avez des enfants, et moi aussi j'ai de grands enfants, je vous jure sur la tombe de ma mère que les hurlements de cette petite, et l'état où je l'ai trouvée, et comment elle est maintenant, ça ne laisse aucun doute que c'est comme vous dites, et seul Dieu connaît la vérité.

— Ouvrez la porte et laissez-moi la voir», ordonna-t-il. La paysanne ne voulait pas obéir, elle lui répondit qu'elle était à moitié évanouie, elle mourrait sûrement sur le coup si elle le voyait, il ne manquait plus que ça, il ne pouvait pas l'interroger dans son état.

Don Vincenzo perdit son calme et haussa le ton: «Écoutez, je sais comment me tenir, je veux seulement la voir, ce n'est pas à moi de lui parler.»

Don Vincenzo se leva et ouvrit la porte. La pièce était plongée dans la pénombre, l'unique fenêtre se trouvait au milieu du mur, presque sous les poutres, les volets étaient entrouverts. L'odeur de la pauvreté, odeur d'humidité, de fumier, de paille, le prit à la gorge : il y avait par terre des caisses, des paniers, des couvertures entassées, des harnais. Un petit crucifix au-dessus d'un matelas jeté par terre et recouvert d'un chiffon gris indiquait le lit.

Il ne la vit pas tout de suite. Dans un coin se trouvait une chaise, le seul meuble de la pièce. L'Amandière gisait là, telle une loque, recroquevillée par terre comme un nouveau-né, le dos presque rond, les jambes repliées, la tête sur les genoux, elle glapissait comme un chien blessé, agitée de tremblements. Elle ne s'aperçut pas de sa présence. Les taches de sang étaient reconnaissables, rouges, à l'arrière de sa combinaison. Elle avait une jambe découverte et les striures du sang qui avaient coulé jusqu'à ses pieds ressortaient sur la peau claire.

Don Vincenzo referma la porte, remercia la paysanne et alla à l'étable. Son fils l'attendait debout, il avait aussi des traces de sang sur son pantalon et sur sa chemise. Il lui dit : « Viens. » Ils montèrent à cheval en silence et partirent au trot, comme si de rien n'était. Ils lancèrent de loin aux ramasseuses les salutations d'usage, et firent de même avec les gauleurs. Il leur fallait près de trois heures pour retourner au bourg. Don Vincenzo ne regarda pas son fils, il allait devant et lui ouvrait le chemin à travers les arbres, évitant les chemins charretiers et les sentiers les plus fréquentés. Sa femme et ses fillettes l'attendaient, les petites étaient joyeuses. Le cœur de don Vincenzo saignait à la pensée du drame qui avait frappé leur famille. Il leur expliqua que Giovanni était tombé et s'était fait mal, rien de grave, et les envoya toutes chez le pharmacien acheter des médicaments.

Quand ils furent seuls à l'écurie, il demanda à son fils : « Tu es coupable ?

– Oui, je ne sais pas ce qui m'a pris. »

Alors don Vincenzo se jeta sur son fils bien-aimé et le roua de coups de poing et de pied dans le ventre et les testicules, en jurant et en pleurant sur la triste fin de sa lignée. Giovannino dut garder le lit quelques jours. Pendant ce temps don Vincenzo organisa son éloignement. On raconterait qu'il était allé vivre dans le Nord, chez un cousin, pour poursuivre ses études, il était tellement intelligent qu'il perdait son temps en Sicile, il apprendrait bien mieux en Italie. L'honorable société fut informée de la véritable situation et approuva la sage décision de don Vincenzo. Giovannino se conduisit en homme véritable : il reconnut sa culpabilité et promit à sa mère, brisée par son départ, de faire honneur à sa famille, un jour elle serait fière de lui.

À une réunion d'hommes d'honneur Giovanni Ancona admit humblement ses fautes avec une dignité surprenante chez un jeune homme de seize ans. Non seulement il avait commis un acte intolérable selon le code moral de la mafia, non seulement il s'était laissé dominer par le désir charnel dans l'exercice de ses fonctions (qu'il se soit satisfait avec une femme consentante, un homme ou une bête, peu importait, un homme d'honneur ne doit jamais perdre son contrôle), mais le fait qu'il ait violé une vierge, et de plus une enfant, jetait le doute sur sa capacité de jugement et enfreignait la loi qui veut que l'on ne touche pas à la femme ou à la fille d'autrui. Même s'ils faisaient taire la petite et les témoins, restait le risque

que quelqu'un parle plus tard, et cette éventualité l'aurait empêché d'être sur ces terres le digne héritier respecté de son père et de ses aïeux. Giovanni Ancona, contrit, promit de profiter des chances que le monde moderne lui offrait pour servir l'honorable société en véritable Ancona, comme l'avaient fait tous les hommes de sa famille avant lui.

En réalité, malgré sa cuisante humiliation et le chagrin de quitter sa famille et la Sicile, Giovanni Ancona se savait capable et voulait étudier ; la perspective de pouvoir travailler dans les affaires le fascinait. En outre il voyait bien qu'il souhaitait une vie moins austère que celle imposée par le code de la mafia dans les campagnes. Giovanni Ancona retourna rarement en Sicile. Il s'installa et se maria en Lombardie : un fils perdu pour don Vincenzo et son épouse.

Don Vincenzo dut en référer à maître Ciccio Alfallipe, administrateur des domaines des princes di Brogli, en minimisant l'incident, comme s'il s'agissait d'une erreur de deux jeunes gens fougueux. Il lui fit comprendre qu'il lui serait reconnaissant s'il trouvait un autre emploi pour l'Amandière, au bourg. C'est ainsi que Madame Lilla Alfallipe ne rencontra aucune objection de la part de son mari quand elle lui annonça qu'elle envisageait de prendre à son service une autre domestique, la fille de Nuruzza Inzerillo.

Don Vincenzo acheta ensuite le silence des Vicari, qui quittèrent les champs et ouvrirent un magasin de fruits et légumes ; ils furent toujours surveillés. Il se tint informé du sort de la famille Inzerillo et de l'Amandière, prêt à faire exécuter quiconque serait soupçonné d'avoir parlé ou de vouloir le faire.

49

Don Vincenzo Ancona revit son unique rencontre
avec l'Amandière

Environ vingt ans plus tard, avant que n'éclate la
guerre, il apprit par l'intermédiaire d'un homme d'Enna
que l'Amandière désirait lui parler quand il le jugerait
possible. Don Vincenzo en fut surpris et troublé : un chantage ou une demande de dédommagement au bout de
tant d'années témoignait d'un esprit peu solide, alors
qu'à sa connaissance l'Amandière était tout autre. Il
s'était toujours tenu au courant de ce qu'elle faisait, et on
lui avait dit que c'était une femme équilibrée, prudente et
peu bavarde, qui ne se fiait à personne. Bref, une « femme
de silence ».

Cette demande d'entrevue l'étonnait beaucoup. Don
Vincenzo décida de surseoir pendant deux semaines, puisqu'elle n'avait pas manifesté de hâte. La pensée de
l'Amandière était cependant devenue une chape de
plomb sur sa tête, et elle l'angoissait comme aucune autre.

Quelques jours plus tard don Vincenzo et sa femme
eurent l'occasion de se sentir avec raison fiers et satisfaits
de leur Giovannino, à qui la Société avait fait obtenir un
poste de premier plan dans la banque qui administrait
une grosse part de l'argent de la Famille : il allait devenir
un des plus importants financiers de la mafia à l'étranger.
Giovanni, qui à la suite de son éloignement de la Sicile
avait fréquenté une université prestigieuse de Milan, par-

lait maintenant couramment le français et n'avait plus rien d'un Méridional, il avait en outre la confiance de la mafia. Il allait même dépasser son père dans la hiérarchie de l'honorable société.

Il lui sembla ironique que ce succès de son fils coïncide avec la requête de l'Amandière, puis il se mit à soupçonner un rapport infâme entre les deux événements, qu'il n'était pas capable d'imaginer, et il s'en inquiéta énormément. Il envisagea même la possibilité de la faire taire, elle serait l'un des nombreux disparus sans laisser de trace, il en avait tué plusieurs dans sa jeunesse, et en tant que chef il en avait fait exécuter par dizaines, c'était facile. Et pourtant il décida finalement de la laisser parler, peut-être par curiosité, il avait besoin de vérifier ce qui s'était vraiment produit dans le passé. Pour le reste, il déciderait plus tard. Il lui donna un rendez-vous dans l'étude d'un notaire de confiance, il était évident qu'elle voulait le faire chanter.

C'était un jeudi après-midi à deux heures, il s'en souvenait parfaitement, et il y avait peu de monde dans les rues. L'Amandière entra nerveusement dans le bureau où l'attendaient le notaire et don Vincenzo. Maigre, le visage pâle et osseux, les cheveux tirés en chignon, la robe grise simple et austère, elle faisait plus que son âge. Le notaire se leva pour l'accueillir, don Vincenzo resta assis la tête baissée, une main sur son genou, l'autre posée sur la table.

L'Amandière s'assit sur la chaise en face de don Vincenzo et le salua. «Je vous remercie de m'avoir accordé ce rendez-vous», commença-t-elle.

Don Vincenzo dut lever les yeux. Il la regarda intensément, comme il savait le faire sans que son interlocuteur s'en rende compte. Il avait essayé autrefois de la faire revive dans sa mémoire, mais il n'était pas arrivé à se rappeler ses traits, il se souvenait seulement qu'elle chantait avec une belle voix forte et mélodieuse, et à présent qu'il l'avait devant lui il revit en un éclair l'image d'une gamine agile et chanteuse qui reprenait les refrains à tue-tête sous les arbres.

L'Amandière lui rendit son regard sans aucune timidité et dit simplement: «Depuis, Don Vincenzo, je n'ai plus jamais chanté pour le plaisir.

– Tu dois me croire, je le regrette beaucoup.»

Le notaire intervint dans cette conversation illogique et expliqua, comme convenu avec don Vincenzo, qu'il se tenait à leur disposition pour rédiger un accord au cas où il serait nécessaire de parler concrètement; il s'aperçut que l'Amandière, mais aussi don Vincenzo lui-même le regardaient comme s'il était importun et obtus: il avait interrompu un entretien intime et solennel.

L'Amandière dit à voix basse mais sur un ton décidé: «Monsieur le notaire, je n'ai pas besoin d'argent, il vaut mieux que vous vous en alliez, don Vincenzo peut vous appeler s'il a besoin de vous.» Don Vincenzo acquiesça d'un signe de tête.

Ils restèrent seuls, assis l'un en face de l'autre, devant l'imposant bureau de bois massif. De l'autre côté trônait le fauteuil vide du notaire, avec son haut et large dossier encadré de bois sculpté. Il semblait être le siège réservé au personnage absent, à son Giovannino, dont le nom ne fut prononcé à aucun moment, mais dont la présence était presque palpable dans l'air épais et pesant du bureau, comme celle d'un fantôme.

Don Vincenzo respira avec peine, remua les mains et les reposa dans la même position qu'avant. Il leva sa tête rouge complètement chauve et demanda à brûle-pourpoint: «Qu'est-ce qu'il t'a fait?

– Je ne l'ai dit à personne, répondit l'Amandière en le regardant droit dans les yeux. Vous devez l'entendre maintenant?»

Don Vincenzo abaissa légèrement la tête: c'était un ordre.

Elle parla sans s'interrompre, d'une voix monocorde et dépourvue d'émotion, revivant avec précision et lucidité le traumatisme subi à treize ans, le regard vide comme si elle racontait l'histoire de quelqu'un d'autre. «Vous savez qui je suis et aussi que je travaillais pour donner à manger à ma pauvre mère et à ma sœur. J'aimais la vie en plein air et j'étais contente de travailler. Les paysans de Cannelli avaient pitié de nous trois et ils me faisaient trouver des cadeaux de fromage et d'autres choses à manger, cachés derrière une pierre dans le creux sous la petite fenêtre de la grange, je les emportais à la maison. Ce jour-là don Luigi Vicari m'avait dit qu'il y avait deux œufs pour moi, et lui l'aura entendu. C'était une journée chaude et il y avait beaucoup d'arbres à secouer, les gauleurs étaient lents et paresseux, et ils laissaient beaucoup de bonnes amandes sur les arbres, et moi je grimpais les cueillir toutes. J'aimais grimper dans les arbres, j'étais encore une petite fille.

«Il a dû me remarquer quand je travaillais, je ne sais pas, je sais seulement que lorsque nous nous sommes arrêtés pour la pause du déjeuner j'ai eu très faim et j'ai mangé tout le fromage et les olives qu'on nous avait donnés. Normalement j'en grignotais un peu et je gardais le reste pour l'emporter à la maison, ma sœur n'avait pas beaucoup d'appétit et ces choses-là lui faisaient envie. Il tournait autour de nous qui travaillions, comme vous le faisiez. Je racontais aux autres amandières que je n'aurais pas dû le manger en entier, ce fromage avec du poivre, que c'était une merveille. Il m'a entendue et s'est approché. Il m'a dit qu'il avait une moitié d'un de ces fromages et qu'il pouvait m'en donner une grosse tranche, que je la trouverais dans la grange à condition d'y aller vite, parce qu'elle n'y resterait pas longtemps.

«Vous, don Vincenzo, vous étiez déjà parti, alors je l'ai cru. Moi et une autre amandière nous avons emporté chacune une cruche vide pour en prendre une autre pleine d'eau fraîche, nous l'avons posée debout sur notre tête, comme il convenait aux demoiselles, et après ç'a été fini, je ne pourrais même plus les porter couchées.» Elle se tut. Elle le regarda en face, puis ses yeux redevinrent vagues, les pupilles noyées dans le désespoir profond qui remontait à la surface.

Elle poursuivit sur le même ton. «Je suis allée pour la dernière fois de ma vie remplir les cruches d'eau au puits, et ensuite tout droit à la grange. Il était caché derrière la porte. Dès que je suis entrée il m'a sauté dessus comme une bête en chaleur. Je n'ai pas réussi à me défendre, il m'a déchiré les vêtements et les chairs, il était plus fort que moi, il me couvrait la bouche, je l'ai mordu deux fois pour appeler au secours et puis plus rien, il m'a donné un coup de poing sur la bouche et sur la poitrine, j'en ai encore mal. Il m'a pénétrée jusqu'aux entrailles, je me sentais mourir, heureusement don Luigi Vicari et sa femme sont arrivés. Ils sont venus, mais avant de m'aider ils se sont occupés de lui. C'est votre fils, moi je n'étais qu'une orpheline affamée et dévergondée. Je suis restée comme ça, chez zí Maria Vicari, je voulais rentrer sous terre de honte, j'étais pleine de douleur, dans mon cœur et dans mon corps, zí Maria m'a un peu lavée et m'a donné des œufs, des légumes et beaucoup de pain, et je suis rentrée seule à la maison sans même dire au revoir aux autres, chaque pas était un supplice.

« On avait averti ma pauvre mère que je m'étais compromise avec un garçon par ma faute, et elle m'aurait battue à mort si elle n'avait pas été aussi faible, mais quand elle m'a vue elle a compris que ça n'était pas vrai et elle n'a pas posé de questions. Elle vous respectait beaucoup, don Vincenzo, elle disait que vous auriez pu faire renvoyer mon père quand il travaillait comme ouvrier agricole et n'avait pas la force de bêcher parce qu'il était mourant, et que vous ne l'aviez pas fait, c'est pour ça que lorsqu'il m'a proposé le fromage j'ai cru à sa bonté. Ça m'a toujours brûlée à l'intérieur de penser que vous croyiez aussi, comme les autres, que ce qui m'est arrivé est de ma faute, parce que ce n'est pas la vérité. Jusqu'à maintenant, la vérité, nous étions seulement deux à la savoir, moi et lui.

« Je suis restée quelques jours à la maison, je n'arrivais pas à penser, il n'y avait pas d'avenir pour nous. Nous n'avions plus rien à manger, et ma mère et ma sœur étaient très malades. Ma mère m'a mise au service de la famille Alfallipe, même si elle ne l'avait jamais voulu, elle disait qu'on ne peut pas faire confiance à un maître, et elle avait raison, je suis maintenant prisonnière dans cette maison et j'y mourrai sans pouvoir jamais avoir des enfants et une famille à moi.

« Je me suis retrouvée enceinte de maître Orazio Alfallipe, mais lui ne doit jamais l'apprendre, et vous êtes le seul à le savoir, en dehors du docteur Mendicò et de

Madame Lilla. J'ai eu un avortement et je me suis fait tout enlever, il le fallait. Pendant que j'étais à l'hôpital j'ai découvert qu'il existe un système pour faire l'examen du sang des gens, et pour prendre leurs empreintes digitales, comme ça on reconnaît à qui elles appartiennent; je l'ai fait faire sur le mouchoir qu'il a utilisé pour s'essuyer, pas seulement du sang, et il y en avait beaucoup, mais aussi de sa honte, et la marque de son doigt est restée sur le sang. Je l'avais gardé. On peut savoir à qui ils appartiennent. Je le sais, et je n'ai pas besoin de preuves, mais si vous ne me croyez pas, je vous le donne, avec les examens que je me suis fait faire. Je ne suis pas ici pour faire chanter quelqu'un ni pour avoir de l'argent de vous, encore moins de lui. Je suis ici pour vous dire que la vérité est connue, et je vous fais cadeau des seules preuves que je possède, je ne veux plus jamais les voir.»

Elle ouvrit son sac et en tira un pli qu'elle posa sur le bureau.

«Je vous demande seulement trois faveurs, que vous pouvez me refuser, sûr que je ne pourrai ni ne voudrai jamais vous faire de mal ni à vous ni à lui. Madame Lilla Alfallipe a eu pitié de moi, et elle m'a donné cinquante pièces d'or, pour que je pardonne ce que m'a fait son fils, ce qui est trop, parce que j'étais déjà déshonorée et que lui n'a jamais été violent avec moi comme l'autre. J'habite chez eux. Si je les avais laissés en ce temps-là, je n'aurais pu devenir que putain pour tant d'autres porcs comme celui-là, ma sœur serait restée sans médicaments et elle serait morte.» Elle fit une pause et ajouta: «Je n'ai pas honte, parce que je suis arrivée à faire guérir ma sœur Addoloratina et à la marier intacte à un brave homme. Elle a deux beaux enfants et elle est contente, comme le voulait ma pauvre mère.» Elle se tut et planta ses yeux dans ceux de don Vincenzo.

«Que puis-je faire pour toi? demanda-t-il d'une voix rauque.

– La première faveur est pour tout de suite: j'ai besoin d'aide pour investir ces pièces. Je sais un peu lire et je comprends vite. Je ne veux pas que quelqu'un sache que j'ai reçu ce cadeau, et que j'ai déjà des petites économies. Vous êtes puissant et je sais que la Famille s'occupe d'investissements à l'étranger: il me paraît sage d'investir convenablement cet argent et en secret, après tout c'est ce que vous faites. Peu importe comment, mais je veux que ces pièces grossissent, parce que je n'ai peur que d'une chose: être de nouveau pauvre.

«La deuxième est pour l'avenir: si par hasard j'ai besoin de votre protection et vous demande de l'aide, que vous m'aidiez, de tout votre pouvoir.

«La troisième est pour le respect que je mérite: si je devais mourir avant vous, et je sens à l'intérieur que j'ai trop souffert pour vivre longtemps, les Inzerillo meurent tous jeunes, promettez-moi de venir à mon enterrement, parce que c'est ainsi qu'un homme d'honneur paie sa dette à une pauvre amandière qui a été déshonorée par votre sang.»

Don Vincenzo la regardait fixement, immobile. Il se pencha en avant et lui prit les mains. Il les tint serrées entre les siennes et baissa les yeux. L'Amandière fit de même. Puis il lui dit: «Parole d'honneur.»

Ils se levèrent, don Vincenzo ramassa le pli et s'en alla.

Don Vincenzo Ancona ne revit plus l'Amandière et tint parole. Il lui fit investir son argent en Suisse, et organisa pour elle le même traitement de respect que pour la Société : l'employé de banque la rencontrait en Sicile, quand il venait entretenir le contact avec ses clients pendant ses «vacances archéologiques», et utilisait avec elle des canaux de communication discrets et éprouvés. Il fit refaire les examens de laboratoire sur le mouchoir. Il vérifia les preuves et en parla à son fils. Ce ne fut pas une discussion pénible. Il lui dit qu'il devait tout son succès à l'Amandière, car sans elle il ne l'aurait jamais éloigné de lui. Maintenant qu'il était riche et à l'abri, il devait penser à payer la dette morale qu'il avait envers elle : ajouter immédiatement une somme consistante aux pièces d'or et surveiller son compte de près, pour autant qu'elle ne se rende compte de rien. Giovannino, qui craignait encore son père, fit son devoir pour prouver à celui-ci qu'il était repentant et homme d'honneur. Ce fut le début de la richesse de l'Amandière, qui resta dans l'ignorance de l'accroissement continuel de ses investissements.

Satisfaire la deuxième requête fut plus difficile. La terre des Puleri, que les Alfallipe avaient achetée à bas prix au prince di Brogli, rendait peu, mais elle jouxtait Roccacolomba Bassa. L'Amandière savait qu'il était question de construire une nouvelle école à Roccacolomba Bassa pour une renaissance du quartier. S'il était possible de déclarer les Puleri zone constructible et d'y édifier l'école, elle en serait contente, car elle avait besoin de vendre le terrain. Don Vincenzo dut assurer de nombreuses médiations pour y arriver, mais il finit par gagner : on y construisit non seulement des écoles, mais aussi des habitations à loyer modéré et une cimenterie, pour le plus grand profit des Alfallipe.

La troisième et dernière requête avait été satisfaite le

mardi 24 septembre 1963. L'Amandière méritait tout son respect et il resterait le gardien de sa réputation. Malheur à qui dirait du mal d'elle.

50

Le trentième jour

Non seulement les habitants de Roccacolomba, mais aussi les Alfallipe furent surpris par l'annonce parue dans le *Giornale di Sicilia*, qui rappelait à ses amis la date et l'heure de la messe en l'église de l'Addolorata pour le trentième jour la mort de Mademoiselle Maria Rosalia Inzerillo.

L'officiant était le père Arena, rapide comme toujours. Cette fois-là il n'y eut pas d'oraison funèbre. «Il pouvait dire ce qui lui passait par la tête, il n'y avait presque personne», pensa don Paolino Annunziata qui comptait parmi les rares assistants. Madame Adriana Alfallipe et Carmela Leone étaient assises à côté du président Fatta et de sa femme, le notaire Vazzano était debout derrière eux, près du docteur Mendicò et de sa sœur. Il y avait peu d'autres personnes, une dizaine en tout. «Je te l'avais dit, murmurait don Paolino à sa femme sur le chemin du retour, les gens oublient, et je ne m'en plains pas, c'est une bonne chose. Le mot même "amandière" va disparaître de notre langue, on ne trouve plus d'amandières dans les campagnes. Les hommes ramassent les amandes dans des bâches, et bientôt vont arriver les Tunisiens, dans nos montagnes… et ce sera la fin des ramasseuses.»

La messe terminée, Pietro Fatta avait insisté pour inviter le père Arena à déjeuner. Il souhaitait discuter d'une chose importante avec le prêtre et avec Gianni Alfallipe, qui devait les rejoindre vers une heure, venu exprès de Catane. Quand ils se furent levés de table Pietro invita Gianni et le prêtre dans son bureau. Il était particulièrement cérémonieux et semblait un peu embarrassé.

« Gianni, j'ai de grandes nouvelles pour la famille Alfallipe et je veux t'en parler en premier, en présence du père Arena, pour que tu me dises comment les communiquer à ta mère et à tes sœurs, et que tu me donnes des indications sur le rôle que tu voudras bien assumer, comme je l'espère.

– Explique-toi, oncle Pietro, quel rôle?» demanda Gianni de mauvaise humeur. Il avait été réveillé ce matin-là par un ami qui avait lu dans le journal l'annonce de la messe: cette fois, les Alfallipe n'y étaient pour rien. Il en avait parlé avec ses sœurs et sa mère, qui n'étaient pas au courant. Pris de panique il eut peur que l'Amandière n'ait voulu encore une fois leur tendre un piège ou leur jouer un mauvais tour. Il hésitait entre se rendre immédiatement à Roccacolomba et rester à Catane. Il avait même téléphoné au père Arena; celui-ci lui avait répondu que la messe du trentième jour était une chose normale, il l'avait prévue avec l'Amandière elle-même et s'étonnait que Gianni ne soit pas informé. Puis était arrivée l'invitation à déjeuner chez les Fatta, le président avait des nouvelles très importantes à lui communiquer d'urgence.

« Un avocat connu et respecté de Zurich, sur lequel j'ai mené une enquête discrète, nous a écrit à moi et au préfet la semaine dernière. Un de ses vieux clients, amateur d'art, est mort récemment en laissant une partie de son patrimoine considérable à une oeuvre philanthropique en rapport avec ton père.

– Mon père? Je n'y crois pas, dit Gianni.

– J'ai eu la même réaction au début, mais en y repensant, Orazio était un homme qui avait des goûts éclectiques et du charme… ce bienfaiteur, inconnu de nous, a dû le rencontrer et l'admirer, dit Pietro Fatta. Il veut instaurer une manifestation musicale consacrée à l'art lyrique, en mai, à la mémoire de ton père, au chef-lieu de la province. Il a par ailleurs affecté des fonds à une bourse réservée à un jeune indigent pour qu'il étudie le chant au conservatoire de Catane.

– Quoi d'autre? demanda Gianni, incrédule et sarcastique.

– Je suis le président de la fondation chargée de nommer les membres des divers comités, je voudrais savoir si tu es intéressé. Les conditions du bienfaiteur sont claires et peu nombreuses. Il exige que l'on joue au début et à la fin des extraits choisis par lui, tous de Verdi, et on commencera par *Aïda*; il désire que toi ou un autre représentant de la famille Alfallipe soit invité à remettre le prix au lauréat du concours de chant, et que la manifestation, appelée "L'Amandière", soit dédiée "à la mémoire de maître Orazio Alfallipe, homme de culture et collectionneur".

– Ça alors!» Gianni était abasourdi.

«Félicitations, professeur, votre père aurait été heureux, dit le père Arena avec un sourire ironique.

– Que vont dire les gens? demanda Gianni préoccupé. Si c'était un piège? Et si la mafia s'en prenait à nous? Nous ne savons pas encore d'où lui venait l'argent, j'ai peur, il y a la patte de Mandi là-dedans, elle nous mènera à la ruine.

– Calme-toi, Gianni, tu ne dois rien faire. J'ai accepté la mission, je voulais simplement savoir si tu désirais participer. Ce pourrait être intéressant, ce sera bien organisé, important pour notre province et même pour d'autres. Ta femme pourrait faire partie du comité artistique, Lilla voudra peut-être y prendre part, Carmela aussi. C'est un honneur pour la famille Alfallipe. En revanche, je voudrais savoir ce qu'en pensera ta mère.

– Je ne sais pas. Malgré tout, elle adore toujours sa Mandi, je suis sûr qu'elle sera contente de toute façon.»

Pietro Fatta et le prêtre échangèrent un regard entendu: c'étaient de bonnes nouvelles, ils avaient craint le pire.

Gianni avait repris courage et il ajouta avec colère: «Parlons clair, j'ignore qui est ce bienfaiteur, mais j'ai l'impression que cet argent est celui que l'Amandière nous a volé, et maintenant elle nous le jette à la figure, ça m'écœure. C'est une honte, Maman ne comprendra jamais, sans parler de la mémoire de mon père; il serait mortifié à l'idée de lire son nom accolé à celui d'une domestique, ce n'était sûrement pas ce qu'il voulait, sinon personne ne l'aurait empêché de le faire lui-même.» Il regardait les deux autres, Pietro Fatta et le père Arena restaient impassibles, en bons exemples de l'habileté à dissimuler leurs pensées et leurs sentiments que les Siciliens boivent avec le lait de leur mère.

«Fais comme tu veux, oncle Pietro, je ne m'attendais pas à ça de toi, je te croyais un ami fraternel de mon père, dit Gianni avec froideur.

– Et je le suis toujours.» Il y avait de la tension dans la voix de Pietro Fatta.

Gianni haussa le ton: «On dira qu'il y avait je ne sais

quel lien entre mon père et Mandi, une liaison amoureuse, tu comprends? C'est ce qu'elle voulait. Elle n'y est pas parvenue de son vivant et maintenant elle s'en prend à nous. Nous devrons expliquer à tout le monde que leurs relations étaient tout autres.

– Sache que ton père l'aimait», répondit Pietro Fatta avec fermeté.

Gianni était atterré. «Je ne te crois pas, mon oncle. L'honneur de cette mission t'est monté à la tête, tu vas me dire maintenant qu'elle aussi aimait mon père, qu'elle nous aimait, nous, les enfants, et qu'elle ne voulait que notre bien, que nous aurions mieux fait de lui obéir», répondit-il cyniquement.

Le père Arena intervint: «Calmez-vous, professeur. Je ne peux pas trahir le secret de la confession. Mais je vous assure qu'il n'y aura pas de retombées fâcheuses, ni mafieuses, ni autres, à condition que vous ne critiquiez pas publiquement l'Amandière, cela vous l'avez déjà compris à vos dépens. Vous ne recevrez pas de lettres ni d'autres messages de sa part. Il ne s'agit que d'une manifestation musicale, c'est beau et votre nom en sortira grandi.»

Pietro Fatta ajouta: «N'aie pas peur du ridicule, Gianni, au contraire, cela rachète votre conduite passée, c'est vous qui avez publié la notice nécrologique, deux fois. Je donnerai une explication du nom choisi, comme du reste le demande le bienfaiteur. Une employée de maison devenue administratrice, qui vous a servis honnêtement, ce sont vos propres paroles. Je préciserai que votre bienveillance lui a permis d'étudier, si bien qu'elle est devenue aussi l'assistante d'Orazio dans ses recherches artistiques et musicales. De plus, par son travail d'admi-

301

nistratrice, elle lui avait apporté la liberté de se consacrer à l'art. Je n'exagère pas, cela correspond à la pure vérité.» Pietro Fatta parlait bien et Gianni se calma, tout en pensant à leur immense perte... si seulement ils n'avaient pas détruit ces vases grecs!

Le père Arena quitta le Palazzo Fatta dans l'après-midi et alla directement chez les Mendicò, avant de prendre le car pour retourner à la campagne. Assis dans le salon avec sa sœur, le docteur lisait le journal.

«Je dois seulement vous donner une réponse rapide, docteur, dit le père Arena en refusant l'invitation à s'asseoir avec eux pour boire un café. Vous m'avez posé le mois dernier une question difficile à laquelle je n'ai pas su répondre. Maintenant je sais, la réponse est oui.»

La réaction exagérée et imprévisible de son frère donna à Madame Di Prima une nouvelle occasion de constater que malheureusement il devenait vraiment bizarre, c'était peut-être le début du gâtisme. En effet, le docteur Mendicò, qui s'était levé de son fauteuil pour accueillir le prêtre et se trouvait encore debout devant lui, l'obligea à baisser sa main, le prit dans ses bras courts et lui colla deux baisers sonores sur les joues... Il ne le lâchait plus, il restait accroché au prêtre dans une longue embrassade. Le père Arena, de son côté, ne fit rien pour se dégager et semblait trouver ce comportement naturel. Finalement, les deux vieux se séparèrent et se tournèrent vers Madame Di Prima comme deux écoliers pris en faute.

Le père Arena, un peu gêné, prit congé avec moult bégaiement. Le docteur le raccompagna à la porte, et au moment où ils allaient se quitter il dit à voix basse : «Bravo à l'Amandière, c'est bien vrai que l'amour n'a pas d'âge!»

Et il étreignit encore une fois le père Arena avant de rejoindre sa sœur dans le salon.

Madame Di Prima lui demanda aussitôt: «Mimmo, que voulait dire le père Arena avec cette réponse?» Elle était prête à bombarder son frère de questions.

«Concetta, certaines choses sont privées et ne doivent pas t'intéresser. Maintenant ça suffit, s'il te plaît», dit le docteur et il reprit sa lecture. Madame Di Prima se retira dans sa chambre, offensée, laissant le docteur Mendicò lire son journal, heureux comme il ne l'avait pas été depuis longtemps.

Épilogue

Gaspare Risico fut transféré à Palerme avec une petite promotion; Massimo Leone et Carmela Alfallipe, eux, s'installèrent au Palazzo Alfallipe pour tenir compagnie à Madame Adriana et y demeurèrent jusqu'à sa mort en 1967.

Carmela et Massimo se séparèrent bientôt, à la suite d'une autre violente dispute. Carmela décida d'ouvrir un magasin de mode à Roccacolomba, qui eut un succès considérable. Elle occupait un appartement au Palazzo Alfallipe et passait souvent la soirée chez elle, assise à un guéridon, à faire des puzzles, qui la passionnaient depuis qu'elle avait essayé de recoller les vases brisés par elle, sa sœur et son frère le 30 septembre 1963. Elle avait si bien réussi que les trois Alfallipe décidèrent d'apporter à Monsieur Palmeri, au Musée régional archéologique, les fragments de la collection de leur père (qui par la suite furent restaurés et se trouvent à présent exposés au musée), dans un acte de contrition destiné à apaiser l'esprit de l'Amandière, laquelle avait pris dans leur tête des proportions toutes-puissantes et démoniaques.

Les puzzles devinrent son plaisir et sa manie, presque un rite nocturne, dont elle était distraite quatre fois par an au changement de saison, lorsqu'un séduisant représentant en tricots pour dames venait de Naples prendre les commandes de ses clients. Dans les bras du représentant, Carmela s'abandonnait alors à un amour saisonnier, passionné et tranquille. Quand le Napolitain la quittait pour faire sa tournée dans les autres provinces, Carmela retombait sereinement dans la léthargie des sens, soutenue par les pièces du puzzle jusqu'à sa prochaine visite.

Massimo Leone se logea chez sa sœur, et continua à vivoter d'expédients. À l'âge de cinquante ans il mit enceinte une jeune fille de Catane, dont les frères le menacèrent, et c'était sérieux. Encouragé par son beau-frère, Massimo déménagea pour échapper à ses persécuteurs et on n'a plus rien su de lui à Roccacolomba.

Lilla devint une habituée respectée des salons chic de Rome; elle recevait avec style dans sa belle maison, où trônaient à la place d'honneur deux vases, très admirés des gens cultivés de la capitale en tant que magnifiques exemples de l'art de la Grande Grèce. Lilla était en outre l'un des membres du jury au concours annuel «L'Amandière», connu et apprécié dans toute l'île avec ses manifestations musicales.

Gianni vécut satisfait et en paix avec sa femme et son fils Orazio à Catane, et fit une jolie carrière universitaire. Il ne se douta jamais qu'Orazio n'était pas son fils, mais celui d'un très cher ami de la famille, collègue de sa femme. Le Palazzo Alfallipe est resté tel quel, seulement un peu plus mal en point. Gianni et sa femme en occupent le premier étage lorsqu'ils viennent à Roccacolomba pour les vacances et pour les manifestations musicales, et ils invitent souvent quelques amis. Le petit Orazio a été conçu dans le bureau de maître Alfallipe, sur le divan devant la cheminée.

Les habitants de Roccacolomba ont vite oublié Maria
Rosalia Inzerillo, dite l'Amandière, mais ils se rappellent
avec orgueil leur illustre concitoyen maître Orazio
Alfallipe, grand savant et collectionneur, dont la mémoire
donne du lustre à la localité.

Remerciements

La British Airways de la dédicace est bien la compagnie aérienne britannique. Je dois à un retard du vol Palerme-Londres du 2 septembre 2000 l'«illumination» qui m'a conduite à ce roman. C'est pourquoi la British Airways figure là, peut-être aussi à cause du fil aérien qui me permet de conserver un lien entre mes deux pays.

Je tiens à remercier officiellement deux personnes pour le rôle qu'elles ont tenu dans l'histoire de ce roman : Giovanna Salvia, ma première lectrice, médiatrice enthousiaste, dispensatrice généreuse et discrète de suggestions, devenue une amie, et mon directeur littéraire des éditions Feltrinelli, Alberto Rollo. Son soutien constant et sa patience m'ont été précieux, non moins que son jugement professionnel sans faille. Travailler avec lui a été pour moi un plaisir, ainsi qu'un apprentissage permanent. Non seulement il m'a donné une mémorable *master class* d'écriture, mais son érudition est allée jusqu'à me révéler, à ma grande surprise, la signification de certains mots siciliens et anglais inconnus de moi.

Au catalogue

Littérature

Rosetta Loy, *La Bicyclette*
Soma Morgenstern, *Fuite et fin de Joseph Roth*
Soma Morgenstern, *Le Fils du fils prodigue*
Soma Morgenstern, *Idylle en exil*
Soma Morgenstern, *Le Testament du fils prodigue*
Soma Morgenstern, *Errance en France*
Itzhak Orpaz, *Fourmis*
Itzhak Orpaz, *La Mort de Lysanda*
Itzhak Orpaz, *La Rue Tomojenna*
Itzhak Orpaz, *Une marche étroite*
P. M. Pasinetti, *Demain tout à coup*
P. M. Pasinetti, *De Venise à Venise*
P. M. Pasinetti, *Partition vénitienne*
P. M. Pasinetti, *Petites Vénitiennes compliquées*
Paolo Repetti, *Journal d'un hypocondriaque*
Yoïne Rosenfeld, *Ce sont des choses qui arrivent*
Lore Segal, *Du thé pour Lorry*
Lore Segal, *Son premier Américain*
Zalman Shnéour, *Oncle Uri et les siens*
Sholem Aleikhem, *La peste soit de l'Amérique*
Israël Joshua Singer, *Argile*
Andrzej Szczypiorski, *Nuit, jour et nuit*
Andrzej Szczypiorski, *Autoportrait avec femme*
Andrzej Szczypiorski, *Jeu avec le feu*
Oser Warszawski, *On ne peut pas se plaindre*
Aaron Zeitlin, *Terre brûlante*

Collection «Piccolo»

n° 1   Primo Levi, *Poeti* (inédit)
n° 2   Henry James, *Washington Square*
n° 3   Sholem Aleikhem, *Un conseil avisé* (inédit)
n° 4   Isabelle Eberhardt, *Yasmina*
n° 5   Ernest J. Gaines, *4 heures du matin* (inédit)
n° 6   Sholem Aleikhem, *Le Traîne-savates*
n° 7   Linda D. Cirino, *La Coquetière*
n° 8   Émile Gaboriau, *L'Affaire Lerouge*
n° 9   Ernest J. Gaines, *Ti-Bonhomme*
n° 15 Stephen Crane, *Blue Hotel*

Achevé d'imprimer en février 2003
dans les ateliers de Normandie Roto Impression s.a.s.
61250 Lonrai

N° d'impression : 03-0692
Dépôt légal : mars 2003

Imprimé en France